U

Amin Maalouf 1949'da Lü
sonra gazeteciliğe başladı; 1976'dan beri Paris'te yaşıyor. Çeşitli yayın organlarında yöneticilik ve köşe yazarlığı yapmış olan Maalouf, bugün vaktinin çoğunu kitap yazmaya ayırmaktadır.

Çok iyi bildiği Asya ve Akdeniz çevresi kültürlerinin söylencelerini yapıtlarında başarıyla işleyen Maalouf, ilk kitabı *Les Croisades vues par les Arabes* (1983), (*Arapların Gözüyle Haçlı Seferleri*, YKY, 2006) ile tanındı ve bu kitabın çevrildiği dillerde de büyük bir başarı kazandı. 1986'da yayımlanan ve aynı yıl Fransız-Arap Dostluk Ödülü'nü kazanan ikinci kitabı (ilk romanı) *Léon l'Africain* (*Afrikalı Leo*, YKY, 1993) ise bugün bir "klasik" kabul edilmektedir.

Maalouf'un 1988'de yayımlanan ikinci romanı *Samarcande* da (*Semerkant*, YKY, 1993) coşkuyla karşılandı ve pek çok dile çevrildi. *Les Jardins de Lumière* (1991), (*Işık Bahçeleri*, YKY, 2004) ve *Le Ier Siècle après Béatrice* (1992), (*Beatrice'ten Sonra Birinci Yüzyıl*, YKY, 2005) adlı romanlarının ardından, 1993'te yayımlanan romanı *Le Rocher de Tanios* (*Tanios Kayası*, YKY, 1995) ile Goncourt Ödülü'nü kazanan yazarın, *Les Echelles du Levant* (*Doğu'nun Limanları*, YKY, 1996) adlı romanı 1996'da, *Les Identités Meurtrières* (*Ölümcül Kimlikler*, YKY, 2000) adlı deneme kitabı 1998'de çıktı. Maalouf 2000'de *Le Périple de Baldassare*'ı yayımladı (*Yüzüncü Ad - "Baldassare'nin Yolculuğu"*, YKY, 2000). Finlandiyalı müzisyen Kaija Saariaho'nun bestelediği opera için yazdığı *L'amour de loin* (*Uzaktan Aşk*, YKY, 2002) Maalouf'un ilk librettosudur. 2004'te *Origines* (*Yolların Başlangıcı*, YKY, 2004) adlı romanı, 2006'da ikinci librettosu *Adriana Mater*, (YKY, 2004) 2009'da ise ikinci deneme kitabı *Le dérèglement du monde* (*Çivisi Çıkmış Dünya*, YKY, 2009) yayımlanmıştır. Amin Maalouf 2011 yılında Fransız Akademisi'ne (Académie Française) seçilmiştir. 2019 yılında kaleme aldığı *Les naufrages des civilisations* (*Uygarlıkların Batışı*, YKY, 2019) Prix Aujourd'hui Jüri Özel Ödülü'ne (Fransa) ve Tiziano Terzani Uluslararası Edebiyat Ödülü'ne (İtalya, 2020) layık görüldü.

Ali Berktay tiyatro yazarı, editör, çevirmen. 1960 yılında İstanbul'da doğdu. Galatasaray Lisesi'ni bitirdi. 1982-1994 yılları arasında önce İsveç, sonra Fransa'da Halk Oyuncuları Tiyatrosu'nda çalıştı. Tiyatro kaynaklarımız ve dünyadaki çeşitli tiyatro akımları konusunda çeviriler, araştırmalar yaptı. Bu konulardaki bazı makale ve çevirileri, yurtdışında basılan çeşitli dergilerde yayımlandı.

Amin Maalouf'un
YKY'deki kitapları:

Afrikalı Leo (1993)
Semerkant (1993)
Tanios Kayası (1995)
Doğu'nun Limanları (1996)
Ölümcül Kimlikler (2000)
Yüzüncü Ad - "Baldassare'nin Yolculuğu" (2000)
Uzaktan Aşk (2002)
Işık Bahçeleri (2004)
Yolların Başlangıcı (2004)
Béatrice'ten Sonra Birinci Yüzyıl (2005)
Adriana Mater (2006)
Arapların Gözünden Haçlı Seferleri (2006)
Çivisi Çıkmış Dünya (2009)
Doğu'dan Uzakta (2012)
Fransız Akademisi'ne Kabul Konuşması (2017)
29 Numaralı Koltuğun Hikâyesi -
Fransa Tarihinin Dört Yüzyılı (2018)
Uygarlıkların Batışı (2019)
Empedokles'in Dostları (2021)

Yüzüncü Ad 1 - Baldassare'nin Yolculuğu (2013)
Yüzüncü Ad 2 - Yıldızsız Gökyüzü (2013)
Yüzüncü Ad 3 - Cenova'nın Ayartması (2014)

AMIN MAALOUF

Uygarlıkların Batışı

Deneme

Çeviren
Ali Berktay

Yapı Kredi Yayınları - 5470
Edebiyat - 1559

Uygarlıkların Batışı / Amin Maalouf
Özgün adı: **Le Naufrage des civilisations**
Çeviren: **Ali Berktay**

Kitap editörü: **Korkut Erdur**
Düzelti: **Filiz Özkan**

Kapak tasarımı: **Nahide Dikel**
Sayfa tasarımı: **Mehmet Ulusel**
Grafik uygulama: **Arzu Yaraş**

Baskı: Mega Basım Yayın San. ve Tic. A.Ş.
Cihangir Mah. Güvercin Cad. No: 3/1 Baha İş Merkezi
A Blok Kat: 2 34310 Haramidere / İstanbul
Telefon: (0 212) 412 17 00
Sertifika No: 44452

Çeviriye temel alınan baskı: Bernard Grasset, Paris, 2019
1. baskı: İstanbul, Ekim 2019
8. baskı: İstanbul, Nisan 2023
ISBN 978-975-08-4589-5

Yapı Kredi Kültür Sanat Yayıncılık Ticaret ve Sanayi A.Ş.
İstiklal Caddesi No: 161 Beyoğlu 34433 İstanbul
Telefon: (0 212) 252 47 00 Faks: (0 212) 293 07 23
https://www.ykykultur.com.tr
e-posta: **ykykultur@ykykultur.com.tr**
facebook.com/**yapikrediyayinlari**
twitter.com/**YKYHaber**
instagram.com/**yapikrediyayinlari**

Yapı Kredi Kültür Sanat Yayıncılık
PEN International Publishers Circle üyesidir.

İçindekiler

Anneme, babama
ve bana aktardıkları
sırça düşlere

Önsöz Yerine

Yalnızca olan şeyleri bilir insanlar.
Geleceği tüm ışıkların sahipleri bilir
o yalnız ve mutlak olan Tanrılar.
Bilgeler de sezerler olacakları.

Tehlike işareti verirler bazen
derin bir düşünce anında kulak zarları.
Yaklaşan olayların gizli uğultusu ulaşır onlara.
Saygıyla dikkat kesilirler o zaman. Oysa
dışarda halklar hiçbir şey duymaz sokakta.

Konstantinos Kavafis (1863-1933)
*Şiirler**

---

* *Bütün Şiirleri*, çeviren: Özdemir İnce, Herkül Millas, Varlık Yayınları.

Ölmekte olan bir uygarlığın kucağında sağlıklı bir bebek olarak doğdum ve ömrüm boyunca etrafımda onca şey harap olup giderken övünecek bir şey yapmadan, suçluluk da hissetmeden, hayatta kalma duygusuyla yaşadım; geçtikleri sokaklarda bütün duvarlar yıkılırken yine de sağ salim kurtulan ve sonra, arkada bıraktıkları koca kent bir moloz yığınından ibaret kalmışken, giysilerindeki tozları silkeleyen film kahramanları gibiydim.

İlk soluğumdan itibaren hüzünlü ayrıcalığım bu olmuştu. Ama hiç kuşkusuz, daha öncekilerle karşılaştırıldığında, çağımızın da ayırt edici özelliklerinden biri bu. Eskiden insanlara hiç değişmeyen bir dünyada gelip geçici oldukları duygusu hâkimdi; ailenizin yaşadığı topraklarda yaşar, onların çalıştıkları gibi çalışır, onların tedavi oldukları gibi tedavi olur, onların eğitildikleri gibi eğitilir, aynı şekilde dua eder, aynı ulaşım imkânlarıyla yolculuk ederdiniz. İki dedem, iki ninem ve tüm ataları on iki kuşaktan beri aynı Osmanlı hanedanının egemenliğinde doğmuşlardı, bu hanedanın ezeli ve ebedi olduğuna inanmamaları mümkün müydü?

Aydınlanma çağının Fransız filozofları ülkelerinin toplumsal düzenini ve monarşisini kastederek, "Ölçü güllerin belleğiyse, bir bahçıvanın öldüğü asla görülmemiştir" diye iç geçiriyorlardı. Bugün biz düşünen güllerin ömrü giderek uzuyor ve bahçıvanlar ölüyorlar. Bir yaşamlık süre ülkelerin, imparatorlukların, halkların, dillerin, uygarlıkların yok olduklarını görmeye yetiyor.

İnsanlık gözlerimizin önünde başkalaşıyor. Serüveni hiç bu kadar vaatkâr ve hiç bu kadar tehlikeli olmamıştı. Tarihçi açısından, dünya büyüleyici bir manzara sunuyor. Tabii yakınlarının sıkıntılarına ve kendi kaygılarına alışabilmek koşuluyla...

Ben *Levant* (Doğu Akdeniz) dünyasında doğdum. Ama söz konusu dünya günümüzde öyle unutuldu ki çağdaşlarımın çoğu bunun neyi ifade ettiğini herhalde bilmiyorlardır.

Gerçi bu ismi taşıyan hiçbir ulus olmadı. Bazı kitaplarda *Levant*'tan söz edildiğinde, tarihi belirsiz, coğrafyası ise değişken kalıyor – İskenderiye'den Beyrut, Trablusşam, Halep veya İzmir'e ve Bağdat'tan Musul, İstanbul, Selanik, Odessa veya Saraybosna'ya kadar uzanan, hepsi değil ama çoğu kıyıda yer alan bir ticari kentler kümesi.

Zaman aşımına uğramış bu sözcük, benim kullandığım haliyle, Akdeniz Doğusu'nun kadim kültürlerinin Batı'nın daha genç kültürleriyle tanıştıkları yerlerin bütününü ifade ediyor. Bu yakınlaşmadan az daha tüm insanlar için farklı bir gelecek doğacaktı.

Sonuç alınamamış bu buluşmayı ileride daha uzun ele alacağım ama düşüncemi açıkça belirtebilmek için şimdiden bu konuda bir çift söz söylemeliyim: Eğer farklı ulusların ve tektanrıcı dinlerin mensupları dünyanın bu bölgesinde birlikte yaşamaya devam etseler ve yazgılarını uzlaştırmayı başarsalardı, tüm insanlık ahenk içinde bir arada yaşama ve refah konusunda ilham alabileceği, yolunu aydınlatacak anlamlı bir model bulmuş olacaktı. Ne yazık ki bunun tam tersi cereyan etti, nefret ağır bastı, birlikte yaşama konusundaki yetersizlik kural haline geldi.

Doğu Akdeniz'in ışıkları söndü. Sonra karanlık gezegene yayıldı. Bence bu bir rastlantı değil.

Ailemin yaşadığı ve benim de hep yaşamak istediğim şekliyle *Levant* ideali, herkesten aidiyetlerinin tamamını ve biraz da başkalarınınkileri üstlenmesini bekler. Her idealde olduğu üzere, buna hasret duyulsa da tam olarak erişilemez, ama zaten kurtarıcı olan o hasretin kendisidir, izlenecek yolu, aklın yolunu, geleceğin yolunu o hasret işaret eder. Hatta şunu bile söyleyebilirim: Bir toplumun barbarlıktan uygarlığa geçtiğinin göstergesi bu hasrettir.

Çocukluğum boyunca, ebeveynimin başka dinlerden veya başka ülkelerden yakın arkadaşlarından söz ederken nasıl bir sevinç ve gurur duyduklarını gözlemledim. Seslerindeki zar zor algılanabilen bir tonlamaydı söz konusu olan. Ama bir mesaj iletiyordu. Bugün olsa, bir kullanım kılavuzu aktarıyor, derdim.

O sırada bu bana olağan geliyordu, üzerinde düşünmüyordum bile, her yerde işlerin böyle yürüdüğüne inanıyordum. Çeşitli cemaatler arasında görülen ve çocukluk dünyama hâkim olan bu yakınlığın ne kadar az bulunur ve ne kadar kırılgan bir şey olduğunu çok sonraları anladım. Çok geçmeden kendi yaşamım içinde onun nasıl solduğunu, bozulduğunu, sonra da geride sadece özlemler ve silik izler bırakarak yok olduğunu görecektim.

Doğu Akdeniz'in ışıkları sönünce karanlığın dünyaya yayıldığını söylemem doğru mu? Çağdaşlarım ve ben tüm zamanların en parlak teknolojik ilerlemesine tanık olurken; daha önce hiç görülmemiş bir şekilde insanların tüm bilgisi artık parmaklarımızın ucundayken; insan ömrü giderek uzar ve geçmişe göre daha sağlıklı yaşanırken; en başta Çin ve Hindistan olmak üzere, eski "Üçüncü Dünya"nın birçok ülkesi geri kalmışlıktan nihayet çıkarken, karanlıktan söz etmek yersiz değil mi?

Ama bu asrın kahredici çelişkisi de bu zaten: Tarihte ilk kez insan türünü başındaki her türlü felaketten kurtarıp bir özgürlük, kusursuz ilerleme, gezegen dayanışması ve paylaşılan refah çağına dinginlik içinde götürmenin araçlarına sahibiz; ama son sürat zıt istikamette ilerliyoruz.

• • •

"Eskiden daha iyiydi" demeyi sevenlerden değilim. Bilimsel buluşlar beni büyülüyor, zihinlerin ve bedenlerin özgürleşmesi hoşuma gidiyor, bu kadar yaratıcı ve dizginsiz bir çağda yaşamayı ayrıcalık olarak görüyorum. Bununla birlikte, birkaç yıldır türümüzün şu ana kadar inşa ettiği, haklı olarak gurur duyduğumuz ve genellikle adına "uygarlık" dediğimiz her şeyi yok edebilecek, giderek kaygı verici bir hal alan sapmalar gözlemliyorum.

Bu noktaya nasıl geldik? Yüzyılımızın meşum sarsıntılarıyla ne zaman karşılaşsam kendime bu soruyu soruyorum. Ters giden neydi? Hangi yol ayrımlarında yanlış yöne sapıldı? Bunlardan kaçınılabilir miydi? Bugün dümeni doğru yöne çevirmek hâlâ mümkün mü?

Denizcilik terminolojisine başvuruyorum, çünkü birkaç yıldır deniz kazası ve batış imgesi peşimi bırakmıyor: *Titanic* gibi modern, ışıl ışıl, kendinden emin ve asla batmaz denen bir transatlantik, tüm ülkelerden ve sınıflardan yolcularıyla birlikte, orkestra eşliğinde yok olmaya doğru ilerliyor.

Geminin gidişini seyirci gibi izlemediğimi eklememe bilmem gerek var mı? Tüm çağdaşlarımla birlikte ben de gemideyim. En çok sevdiklerimle veya daha az sevdiklerimle birlikte. Tüm başardıklarım veya başardığımı sandıklarımla birlikte. Kuşkusuz kitap boyunca mümkün olduğu kadar sakin bir üslubu korumaya gayret edeceğim. Ama önümüzde beliren buz dağlarına dehşetle bakıyorum. Ve onlardan kurtulabilmemiz için, Tanrı'ya kendi tarzımda yürekten dua ediyorum.

Denizde batma tabii ki sadece bir metafor. Kaçınılmaz olarak öznel, kaçınılmaz olarak hata payları var. Bu yüzyılın çalkantılarını tarif edebilecek başka imgeler de bulunabilir. Ama benim gözümün önünden hiç gitmeyen görüntü bu. Son zamanlarda onu aklımdan geçirmediğim tek bir gün bile yok.

Bana bunu düşündüren çoğunlukla, ne yazık ki doğduğum bölge oluyor. Antik adlarını telaffuz etmekten hoşlandığım tüm o yerler – Assur, Ninova, Babil, Mezopotamya, Emesus, Palmyria, Tripolitania, Kyrenaika veya bir zamanlar "mutlu Arabistan" denen Saba krallığı... Bu yerlerin en kadim uygarlıkların mirasçıları olan sakinleri, tıpkı bir deniz kazasından sonra olduğu üzere, sallara binmişler, kaçıyorlar.

Bazen küresel ısınma bu düşüncelere neden oluyor. Dev buzullar durmadan eriyor; Kuzey Buz Denizi bin yıllardır ilk kez yaz aylarında seyrüsefere izin veriyor; Antarktika'dan muazzam buz kütleleri kopuyor; Pasifik adalarında yaşayanlar yakında sular altında kalmaktan korkuyorlar. Önümüzdeki on yıllarda gerçekten kıyamet benzeri kazalarla karşılaşacaklar mı?

Bazen de görüntü o kadar somutlaşmıyor, insani açıdan daha az iç acıtıcı, daha simgesel bir hal alıyor. Örneğin dünyadaki bir numaralı gücün, olgun bir demokrasi örneği vermesi ve gezegenin geri kalanı üzerinde neredeyse babacan bir otorite kurması beklenen gücün başkenti olan Washington'a bakarken de bir batış imgesi akla gelmiyor mu? Potomac nehrinde kazadan kurtulanları taşıyan sallara rastlanmıyor; ama bir anlamda, insanlık gemisinin kaptan köşkü sular altında kalmış, tüm insanlık batıyor.

Başka seferler, Avrupa söz konusu oluyor. Avrupa'nın birlik düşü, benim gözümde çağımızın en umut verici hayallerinden biriydi. Peki ne oldu? Bu şekilde yıpranmasına nasıl izin verildi? İngiltere Birlik'ten ayrılmaya karar verdiğinde, Kıta Avrupası'ndaki sorumlular hemen olayı önemsizleştirmeye ve projeye yeniden hız kazandırmak için kalan üyeler arasında cüretkâr inisiyatifleri öne çıkarmaya giriştiler. Başarılı olmalarını yürekten diliyorum. Ancak bu arada söylenmeden edemiyorum: "Gemi nasıl battı ama!"

Daha düne kadar insanlara düşler kurdurmayı, zihinlerini yükseklere taşımayı, enerjilerini seferber etmeyi başaran ve bugün artık cazibesini yitirmiş şeylerin listesi öyle uzun ki... İdeallerde görülen bu "tağşiş"i, yayılmaya devam eden ve tüm sistemleri, tüm öğretileri etkileyen bu "değersizleşme"yi genel bir ahlaki batışla özdeşleştirmenin abartı olacağını düşünmüyorum. Komünist ütopya okyanus çukurlarına gömülürken, kapitalizmin zaferine eşitsizliklerin edepsizce zincirlerinden boşanması eşlik ediyor. Belki ekonomik açıdan bunun bir sebeb-i hikmeti vardır; ama insani düzlemde, etik düzlemde ve hiç kuşkusuz siyasal düzlemde bu durumun bir batış olduğu inkâr edilemez.

Bu birkaç örnek açıklayıcı oldu mu? Yeterince değil sanıyorum. Kuşkusuz niçin bu başlığı seçtiğimi izah etmelerine karşın işin özünü yakalamaya elvermiyorlar. Hiç kimsenin isteyerek tetiklemediği bir çark dönüyor ve hepimiz uygarlıklarımızı yok edebilecek bu çarka doğru zorla sürükleniyoruz, konu bu.

Dünyayı bu felaketin eşiğine getiren çalkantılardan söz ederken, sık sık "ben", "bence" ve "biz" demek zorunda kalacağım. İnsanlığın serüvenini dert edinen bir kitabın sayfalarında, birinci tekil şahısta konuşmamayı tercih ederdim. Ama söz etmeye hazırlandığım altüstlüklerin ömrümün başından itibaren birinci dereceden tanığı olmuşsam; sulara ilk önce "benim" Doğu Akdeniz dünyam gömülmüşse; "benim" Arap milletim intihara meyilli sıkıntısıyla tüm gezegeni yok edici bir çarkın içine sürüklemişse, başka ne yapabilirdim?

I
Alevler İçinde Bir Cennet

After the torchlight red on sweaty faces
After the frosty silence in the gardens
After the agony in stony places...
He who was living is now dead
We who were living are now dying
With a little patience.

Vurunca meşale kızıllığı terli yüzlere
İnince dondurucu sessizlik bahçelere
Başlayınca can çekişme taşlık yerlerde...
O adam ki yaşıyordu, şimdi ölüdür
Bizler ki yaşıyorduk, şimdi ölüyoruz
Sabrımız tükenmiş...

T. S. ELIOT (1888-1965)
The Waste Land (Çorak Ülke)

1

Ben Doğu Akdeniz'in altın çağına yetişemedim. Geç kalmıştım, tiyatrodan geriye lime lime olmuş bir dekor, ziyafetten geriye sadece artıklar kalmıştı. Ama şenliğin bir gün yeniden başlayacağı ümidimi hiç yitirmedim, kaderin beni yıkılmaya mahkûm bir evde doğmaya mecbur ettiğine inanmak istemiyordum.

Bizimkiler Anadolu, Cebel-i Lübnan, sahil kentleri ve Nil vadisinde birkaç ev inşa etmişlerdi ama hepsini teker teker terk edeceklerdi. Onlardan aklımda hem kaçınılmaz olarak bir hasret hem de dünyanın boşluğu karşısında bir nebze tevekkül duygusu kalmıştı. Bir gün çekip gitmek gerektiğinde geride bıraktığın için üzülebileceğin hiçbir şeye bağlanmamak!

Boşa çaba. İnsan kaçınılmaz olarak bağlanıyor. Sonra yine kaçınılmaz olarak gidiyor. Kapıyı bile çekmeden gidiyor, zaten ne duvar ne kapı kalmış oluyor geride.

25 Şubat 1949'da Beyrut'ta doğdum. Haber ertesi gün babamın çalıştığı gazetede –o zamanlar ara sıra yapıldığı üzere– kısa bir ilanla duyuruldu. "Çocuk ve annesinin sağlığı iyi."

Ülke ve bölgenin durumu ise berbattı. O sırada az sayıda insan bunun farkındaydı ama cehenneme iniş başlamıştı. Bir daha da durmayacaktı.

Annemin ailesinin ikinci vatanı olan Mısır kargaşa içindeydi. 12 Şubat'ta, ben doğmadan iki hafta önce, Müslüman Kardeşler'in (İhvan-ı Müslimin) kurucusu Hasan el-Benna öldürülmüştü. O gün siyasi müttefiklerinden birinin evine gitmişti; binadan çıkarken yanına bir araba yaklaşmış, silahlı biri namlusunu ona doğrultmuştu. Koltukaltından vurulmasına karşın yere yığılmamıştı ve yarası da pek ağır gibi görünmüyordu. Hatta aracın arkasından koşup plakasını not edebilmişti. Böylelikle katillerin arabasının bir emniyet amirine ait olduğu ortaya çıkmıştı.

El-Benna daha sonra tedavi olmak üzere hastaneye gitti. Taraftarları basit bir sargıyla gün içinde taburcu olacağını düşünüyorlardı. Hatta onu omuzlarda taşımaya hazırlanıyorlardı. Ama iç kanama yüzünden aşırı kan kaybedecek ve birkaç saat sonra ölecekti. Henüz kırk iki yaşındaydı.

Bir buçuk ay önce, 28 Aralık'ta bir Müslüman Kardeşler üyesi tarafından vurulan Mısır başbakanı Nukraşi Paşa'ya misilleme olarak öldürülmüştü. Paşa'nın katili tıp öğrencisiydi, polis memuru kılığına girip resmi binadan içeri sızmış, devlet adamının yakınına kadar sokulmuş ve asansöre binmek üzereyken burnunun dibinden ateş etmişti. Bu cinayet de hükümetin 8 Aralık'ta aldığı Müslüman Kardeşler örgütünün feshedilmesi kararına tepki olarak işlenmişti.

İslamcı örgüt ile Mısır devleti arasındaki bilek güreşi yirmi yıldır sürüyordu sürmesine ama benim doğumumun hemen öncesinde iyice şiddetlenmişti. Sonraki yıllarda bu kapışma birçok kanlı dönemin yanı sıra uzun ateşkeslerden de geçecek, ancak her ateşkes yine çatışmaların alevlenmesiyle noktalanacaktı. Bu satırları yazdığım sırada da kapışma devam ediyor.

Mısır'da yirmili yıllarda başlayan bu çatışmanın Sahra'dan Kafkasya'ya, Afganistan dağlarından New York'taki İkiz Kuleler'e kadar tüm dünyada etkileri olacaktı. 11 Eylül 2001'de İkiz Kuleler'e saldırıp yıkan intihar timinin başında Mısırlı bir İslamcı militan vardı.

1949'da devlet ile İhvan'ın karşılıklı darbeleri, ne kadar şiddetli olurlarsa olsun henüz gündelik yaşamı etkilemiyordu. Bu nedenle annem, doğumumdan dört hafta sonra ablamla beni çekinmeden Kahire'ye götürebilmişti. Bize anne babasının ve onların hizmetindeki personelin yardımıyla bakmak onun için çok daha rahattı. Lübnan'da köşe yazarı ücretiyle geçinen babam bu tür kolaylıklar sağlayamazdı. Babam da zamanı olduğunda annemin yanına geliyordu. Bundan hoşlanmadığı da söylenemezdi. Mısır'ın geçmişine büyük bir saygı, kültürel canlılığına da –şairleri, ressamları, müzisyenleri, tiyatrosu, sineması, gazeteleri, yayınevleri...– hayranlık duyuyordu. Zaten ilk kitabını, İngilizce çıkan Doğu Akdenizli yazarlar antolojisini de 1940'ta Kahire'de yayımlamıştı. Ayrıca annem ile babam Aralık 1945'te Kahire'deki Katolik Rum Kilisesi'nde evlenmişlerdi.

O sırada Nil diyarı bizimkiler için ikinci bir vatandı ve annem beni üç sene peş peşe oraya götürüp uzunca süreler kalmıştı – doğumumdan sonra, ertesi yıl ve sonraki yıl. Tabii ki serin mevsimde gidiyorduk, çünkü yazın Mısır'ın havası "nefes alınamaz" olmakla ünlüydü.

Sonra birdenbire bu ritüel kesildi. 1951 yılının son günlerinde adı Amin olan dedem ani bir kalp krizi sonucu öldü. Herhalde Tanrı'nın sevgili kuluymuş ki, bütün ömrü boyunca yaptığı eserlerin dağılıp gittiğini görmeden bu dünyadan göçtü. Çünkü ölümü üzerinden bir ay bile geçmeden, *onun* Mısır'ı, o kadar sevdiği ülkesi alevler içinde kalmıştı.

• • •

Oraya on altı yaşında, en büyük ağabeyinin peşinden gelmiş ve özel yeteneği at terbiyeciliği sayesinde hızla kendine bir yer edinmişti. Bir hayvan sırtına binici almak istemediği zaman, delikanlı sırtına atlıyor, bükülmüş kolları ve bacaklarıyla ata yapışıyor ve bir daha bırakmıyordu. At her zaman ondan önce yoruluyordu. Sakinleşiyor, başını eğiyor, sonra susuzluğunu gidermek için yalağa doğru ilerliyordu. Genç dedem sağrısına hafifçe vuruyor, boynunu okşuyor, yelesini parmaklarıyla karıştırıyor, böylece at artık evcilleşmiş oluyordu.

Genç adam mesleğinde uzun süre devam etmedi. Biraz yaş ve kilo alınca, bambaşka bir kariyere yöneldi. Bu konuda ne diploması ne de özel bir eğitimi vardı ama kalkınma hamlesi içindeki Mısır'ın bu mesleğe çok ihtiyacı vardı: Yol, kanal ve köprü inşaatları. Kardeşleriyle birlikte Nil deltasındaki Tanta kentinde bir inşaat şirketi kurdu. Kendi gibi Maruni olan ama Adana'da doğmuş karısı Virginie ile orada tanışacaktı. Karısının ailesi, önce Ermenileri hedef alıp sonra diğer Hıristiyan cemaatlere de yönelen kanlı 1909 olayları sırasında Mısır'a göç etmişti.

Müstakbel dedem ve ninem, I. Dünya Savaşı'nın sonunda Tanta'da evlendiler. Yedi çocukları oldu. Önce çok küçük yaşta ölen bir oğul; sonra 1921'de bir kız, annem. Adını Odette koydular. Babam ona hep Aude dedi.

Aile işi gelişmeye başlayınca, dedem Heliopolis'e yerleşti; Kahire yakınındaki bu yeni kent, Belçikalı sanayici Baron Empain tarafından kurulmuştu. Dedem aynı anda Cebel-i Lübnan'ın bir köyünde yaz aylarını geçirmek üzere beyaz taştan bir ev yaptırıyordu – lüks bir ev değildi ama sağlam, zarif, yerleşimi güzel, rahat bir konuttu.

Onunla aynı dönemde Mısır'a çalışmaya gidenlerden bazıları artık saraylarda yaşıyorlardı; bankaları, fabrikaları, pamuk tarlaları, uluslararası şirketleri vardı, hatta soyluluk unvanları –paşa, kont veya prens– bile almışlardı. Dedem onlardan değildi. Hayatını iyi kazanıyordu ama öyle muazzam bir servet biriktirmemişti. En fazla yirmi haneli olan köyde bile, en gösterişli ev onunki değildi. Çalışkanlığıyla zenginleşmiş ve kendi sosyal statüsünün üzerine çıkabilmişti ancak toplumsal basamakların tepesinde değildi. İşin aslı, katettiği yol XIX. yüzyılın son otuz yılı ile XX. yüzyılın ortası arasında daha uzak topraklara göç etmek yerine Nil vadisine yerleşmeyi seçen pek çok yurttaşınınkine benziyordu.

Bu dönemin sonunda doğduğum için, onu önce annem, babam ve çevrelerindekilerin anlattıklarından öğrendim. Daha sonraları bazı kitaplar okudum – anlatılar, sayısal verilerin de yer aldığı incelemeler, ayrıca İskenderiye veya Heliopolis'i yücelten bazı romanlar. Bugün, ailemin kendi devrinde Mısır'ı seçmek için mükemmel nedenleri olduğuna inanıyorum. O zamanın Mısır'ı, çalışkan bir göçmenin önüne bir daha eşine rastlanmayacak avantajlar koyuyordu.

Gerçi ABD, Brezilya, Meksika, Küba veya Avustralya gibi ülkeler de kâğıt üzerinde sınırsız fırsatlar sunuyorlardı; ama okyanusları aşmak ve doğduğun topraklardan nihai olarak kopmak gerekiyordu; halbuki dedem, bir yıl çalıştıktan sonra köyüne dönüp güç toplayabiliyordu.

Sonraları, çok sonraları coğrafi olarak yakında bulunan, insanların hayatlarını düzgün bir şekilde kazanabildikleri, hatta en açıkgözlerin hızla servet sahibi olabildikleri petrol ülkelerine göç başlayacaktı. Ama orada daha fazlası yoktu. Sıkı çalışılıyor, sessizce düş kuruluyor, gizlice sarhoş olunuyor, sonra da aşırı tüketimle rahatlanıyordu. Halbuki Nil vadisinde farklı gıdalar vardı. Müzikte, edebiyatta, birçok başka sanat dalında büyük bir gelişme söz konusuydu; her türlü köken ve dinden göçmenler de bu gelişime yerel halkla eşit düzeyde katılmaya davet edildiklerini hissediyorlardı.

Mısır'ın bestecileri, şarkıcıları, oyuncuları, romancıları ve şairleri uzun süre tüm Arap dünyasının yıldızları olacak, hatta bu sınırları da aşacaklardı. Diva Ümmü Gülsüm Hayyam'ın *Rubailer*'ini, unutulmaz Suriyeli göçmen şarkıcı Asmahan *Tatlı Viyana Geceleri*'ni söylerken, asıl adı Assouline olan, uzun bir Yahudi müzisyenler geleneğinin mirasçısı Leyla Murad kült şarkısıyla salonları inletiyordu: *Tek rehberim kalbimdir.*

Bu hareketlilik Doğu Akdeniz ve Arap dilinden hareketle, başka kültürel evrenlere de sirayet edecekti. Örneğin Frank Sinatra'nın en meşhur şarkılarından *My Way*'in önce Mısır asıllı Fransız şarkıcı Claude François için yazılmış olması anlamlıdır; daha sonra da Suriye-Lübnan asıllı bir Amerikalı olan Paul Anka tarafından İngilizceye uyarlanmıştır. Zaten Fransa'da da müzikhol dünyasını uzun süre Mısır doğumlu yıldızlar doldurmuştu: Dalida, Georges Moustaki, Guy Béart veya Claude François.

Üstelik bu, pek çok alandan sadece biriydi. Dedem ihale almak üzere Mısır Bayındırlık Bakanlığı'na gittiğinde, o bakanlığın katlarından birinde, masasında çalışan Konstantin Kavafis diye bir memur vardı; tabii o sırada henüz hiç kimse onun modern zamanların en büyük Yunan şairi kabul edileceğini bilmiyordu – yaşamöyküsü yazarlarına göre, Kavafis 29 Nisan 1863'te İskenderiye'de doğmuş, 29 Nisan 1933'te yine İskenderiye'de ölmüştü. Tanıştıklarını varsaymak için hiçbir sebep yok ama onları bir sulama projesi üzerine birlikte çalışır halde hayal etmek hoşuma gidiyor.

Büyük İtalyan şairi Giuseppe Ungaretti de 1888'de İskenderiye'de doğmuş, ömrünün ilk yıllarını orada geçirmişti. Annesi bu kentte fırın işletiyordu...

• • •

Yurttaşların çoğunun aksine, parayla fazla ilgisi olmayan babam Mısır'ı özellikle şairleri aracılığıyla tanıyordu. Sık sık bana onlardan dizeler söylerdi ve dinleye dinleye bazılarını ben de aklımda tuttum.

En sevdiği, "emirü'ş-şuara/şairlerin emiri" lakaplı Ahmed Şevki'ydi. Şair, o sıralarda kaçınılmaz, eli kulağında olduğu ve kesinlikle Nil vadisinden başlayacağı düşünülen Arap kültürel rönesansının simge ismi olarak görülüyordu.

Şevki'nin Lübnan'ı ziyareti, günlük gazetelerin birinci sayfadan verdikleri hatırı sayılır bir olaya dönüşürdü. Genç yazarlardan oluşan kalabalık peşinden ayrılmazdı. Babam onunla bir gün tanışabilmiş olmasının gururunu ömrü boyunca yaşadı; bir açık hava lokantasındaymışlar, şair bardağa bira dökmüş, bardağı kulağına yaklaştırıp başını hafifçe arkaya eğerek etrafındakilere bu karakteristik sese eski Arap yazarlarının *cerş* dediklerini açıklamış. Çok önemli bir ayrıntı değil ama babam bundan heyecanla söz ederdi çünkü anlatırken Şevki'nin sesi ve hareketi belleğinde canlanıyordu.

Roma'ya gidince bazen Villa Borghese parkına giderim; orada Mısırlı şairin papyon kravatlı bir heykeli durur; parmaklarının arasında bir gül tutar ve başı da babamın hatıralarındaki gibi hafifçe arkaya eğiktir.

Geleceği parlak görünen bu dönemi temsil açısından en az "Emir" Şevki kadar önemli bir diğer isim de "Arap edebiyatının duayeni" lakabıyla anılan Taha Hüseyin'dir.

Yoksul bir köylü ailesinde doğan, yanlış tedavi edilen bir hastalık sonucunda üç yaşında kör olan Hüseyin, bu engeli aşıp döneminin en saygın Mısırlı entelektüeli olmayı başardı. Bir Aydınlanma insanı, kararlı bir çağdaşlaşmacı olan Taha Hüseyin, Arap araştırmacıları eskilerden alınmış beylik fikirleri durmadan yinelemek yerine, Tarih'i modern bilimsel araçlarla incelemeye çağırıyordu.

1926'da, İslam öncesi Cahiliye Dönemi'ne ait olduğu kabul edilen Arap şiirinin daha sonraki bir dönemde ve farklı kabileler arasındaki rekabet koşullarında baştan başa yeniden yazılmış olduğunu ileri sürdüğü bir eser yayımlayınca şiddetli bir polemik patlak verdi. Şoke edici gelen ve sapkınlıkla suçlanmasına neden olan, sadece Arap edebiyatı tarihinin ve eserlerin yazılma tarzı hakkındaki genel görüşü sorgulaması değildi. Asıl engellemek istedikleri, bu put kırıcı yöntemini dini metinlere uygulamasıydı.

Bu polemik, altmış dört yıl önce Ernest Renan'ın Collège de France'taki açılış dersinde İsa'dan tanrı olarak değil, "olağanüstü bir insan" diye söz ederek yarattığı tartışmayı da hatırlatıyordu. Kahire Üniversitesi'nde profesör olan Taha Hüseyin, Renan'ın da başına geldiği üzere, derhal görevden alındı. Ama ülkenin en yüksek dini otoritesi olan El-Ezher şeyhi yargılanmasını da istediğinde, Mısır hükümeti normal akademik bir tartışma çerçevesinde kalındığını, adaletin bu alana karışamayacağını belirterek o kadar ileri gitmeyi reddetti.

Gelenekçi çevrelerden gelen saldırılara karşın, "Arap edebiyatının duayeni" ömrünün son gününe kadar çağdaşlarından büyük saygı gören bir entelektüel olarak kaldı. Üstelik yüksek makamlarda görev yaptı: İskenderiye Üniversitesi'nde önce Edebiyat Fakültesi dekanı, sonra rektör oldu; 1950-1952 yılları arasında ise Milli Eğitim Bakanlığı –veya o dönemin Mısır'ındaki nefis adıyla, "Bilgiler Bakanlığı"– yaptı. İlk icraatlarından biri, eğitimi parasız yapmak olmuştu.

Bazı dini otoriteler tarafından sapkın kabul edilen bu kör adamın böylesine bir sosyal tırmanış gösterebilmesi, hem Taha Hüseyin hem de o devrin Mısır'ı hakkında iyi bir fikir veriyor.

Örnekler çoğaltılabilir. Mısır hıdivinin siparişi üzerine bestelenen Verdi'nin *Aida*'sının dünya prömiyerinin 1871'de Kahire Operası'nda yapıldığı hatırlatılabilir; Mısır sinemasının dünya sahnesine çıkaracağı Lübnan asıllı iki Mısırlının, Youssef Chahine ve Omar Sharif'in adları sayılabilir; Kahire Tıp Okulu'nun bir süreliğine dünyadaki en iyi okullardan biri olduğunu doğrulayan çok sayıda uzman zikredilebilir... Ama ben birşeyleri ispatlamaya çalışmıyorum, sadece ailemin bana naklettiği duyguyu aktarmak istiyorum: Tarihinin ayrıcalıklı ânını yaşamış olağanüstü bir ülke.

Babamın bazı anılarına değindim değinmesine ama asıl annem ömrünün her günü bana Mısır'ı anlatıp durdu. "Kokuları başka hiçbir yerde bulunmayan" mango ve guavalarından; Kahire'nin "Londra'nın Harrods, Paris'in Les Galeries Lafayette'i ayarındaki" Cicurel mağazalarından; "Milano veya Viyana pastanelerini aratmayan" Groppi pastanesinden ve bu arada İskenderiye'nin uzun ve büyüleyici kumsallarından söz ederdi.

Burada tabii ki ömrünün sonuna dayanmış her insanın o mutlu gençlik dönemine duyduğu olağan özlem de vardı. Ama sadece bundan ibaret değildi, sadece annemin anlattıkları değildi söz konusu olan. O kadar çok başka insanı dinledim, o kadar çok tanıklık okudum ki, belirli bir dönemde ve belirli bir insan topluluğu için Mısır diye bir cennetin varolduğu benim gözümde kuşku götürmüyor. Ben oraya henüz hiçbir şey göremediğim, anlayamadığım, aklımda tutamadığım bir yaşta gitmiştim. Ve orası da gün geldi olduğu şey olmaktan çıktı, gelecek vaatleri her ne idiyse sona erdi.

2

Dedem 1952'nin Ocak ayının ilk günlerinde Kahire Maruni mezarlığında defnedildiğinde, hissetmesini bilen için gerilim algılanabilir bir haldeydi, ancak sokaklar her zamanki gibi sakindi.

Mısır hükümeti ile otuz yıl önce ülkenin bağımsızlığını tanıyan ama daha sonra, 1936'da Süveyş Kanalı bölgesinde asker bulundurmalarına izin veren bir anlaşma imzalatan İngiliz makamları arasında üç aydır alttan alta büyüyen bir kriz vardı. Bu düzenleme, 1936'da Hitler'in yükselişi ve Etiyopya'nın Mussolini tarafından işgal edilmesiyle meşruiyet kazanmıştı. II. Dünya Savaşı sona erince Mısırlı yöneticiler Londra'dan artık varlık nedeni ortadan kalkmış, ülkenin hükümranlık haklarıyla bağdaşmayan ve yerel nüfusun kaldıramadığı bu askeri mevcudiyete son vermelerini istemişlerdi.

Görüşmeler başladı, teklifler ve karşı teklifler ileri sürüldü, bitmek bilmeyen müzakerelerden en küçük bir sonuç çıkmadı. Sonunda canına tak diyen Mısır hükümeti, Ekim 1951'de Meclis'ten anlaşmayı tek taraflı fesheden bir karar çıkardı ve İngilizlere askerlerini en kısa sürede çekmelerini bildirdi. Bu tavrı coşkuyla karşılayan Mısırlılar kendiliğinden sokaklara çıkıp, sanki her şey olmuş bitmiş gibi, topraklarının "kurtuluşu"nu kutladılar.

Ama Londra'nın boyun eğmeye hiç niyeti yoktu. Yeni bir başbakan görevi devralmıştı, o da Winston Churchill'den başkası değildi. 1945 seçimlerinde, başlıca mimarı olduğu bir zaferin hemen ertesinde sandıkta yenilen Churchill, şimdi seçimleri kazanıp hükümetin dizginlerini yeniden ele geçirmişti. İnatçılığından hiçbir şey yitirmemişti. Hindistan'ın kaybından dolayı İşçi Partilileri suçluyordu ve ne İmparatorluk topraklarından bir metrekare ne de kendi itibarından bir gram bırakmaya kararlıydı. Askerlerini Süveyş'ten çekmek yerine kuvvetlerin takviye edilmesini emretti.

Mısır başbakanı Nehhas Paşa da kıdemli bir siyasetçiydi. Yetmiş iki yaşında ve uzun kariyerinde beşinci hükümetinin başındaydı. Zengin bir toprak sahibi, ılımlı bir vatansever ve Batı usulü parlamenter demokrasi taraftarı olan Paşa'nın, İngiltere ile askeri çatışmaya girmek gibi bir isteği yoktu. Ama geri adım atarsa hem onurunu yitirecek hem de sahneyi daha militan milliyetçilere kaptıracaktı.

O zaman İngilizleri bıktırıp kendiliklerinden çekilmeye zorlayacak çeşitli protestoları devreye soktu. Sonraki sürecin göstereceği üzere bu riskli, hatta çok riskli bir yoldu, ama işgal kuvvetlerinin suç ortağı ve işbirlikçisi olarak gözükmek başbakanın gözünde daha tehlikeliydi.

Mısır makamları tarafından alınan tedbirlerin bazıları tamamen simgesel nitelikteydi. İskenderiye'de Lord Kitchener veya General Allenby gibi İngilizlerin adı verilmiş bazı caddelerin adları değiştirildi. Kahire'de pek çok İngiliz vatandaşının devam ettiği prestijli özel kulüp Gezira Sporting herkese açık bir park haline getirildi. Tüccarlardan artık İngiliz malı ithal etmemeleri istendi. Süveyş Kanalı bölgesinde İngiliz birlikleri için çalışan ve sayıları on binleri bulan Mısırlılar kimi zaman zararlarının tazmin edileceği vaadiyle, kimi zaman da işgalciye hizmette inat ederlerse misillemelere maruz kalabilecekleri tehdidiyle işlerini bırakmaya teşvik edildiler.

Daha da beteri, İngiliz yerleşim bölgelerine karşı komando eylemleri düzenlendi. Bu eylemler komünistler ve milliyetçilerden Müslüman Kardeşler'e kadar çeşitli siyasal hareketlere mensup silahlı gençler tarafından yapılıyordu. Eylemcilerin bazıları da güvenlik kuvvetlerindendi; dizginlerin tamamen elinden çıkmasını istemeyen hükümet, polise yardımcı güç olarak bu saldırılara katılma izni vermişti.

O zaman İngilizler ibret olsun diye büyük bir darbe indirmeye karar verdiler. 25 Ocak 1952 Cuma günü, Kanal'ın batı yakasındaki İsmailiye polis karakoluna saldırdılar. Tanklarla kuşatılan karakolda çatışma saatlerce sürdü; kırktan fazla Mısırlı ölürken, yüz kadarı da yaralandı. Haber ülkede duyulduğunda büyük bir infial yaşandı.

Ertesi gün, cumartesi, şafakla birlikte göstericiler Kahire sokaklarında toplanmaya başladılar. Saatler ilerledikçe sayıları çoğalıyordu ve Barclays bankası, Thomas Cook seyahat acentası, W. H. Smith kitapçısı, Turf Club veya Shepheard oteli gibi en göz önündeki İngiliz işyerleri yağmalanıp yakılmaya başladı. Kuruluşu yüz yıldan daha önceye uzanan Shepheard eskiden İngiliz ordusunun genel karargâhı olarak da kullanılmıştı ve hâlâ ülkenin en lüks otellerinden biriydi.

Sonra isyancılar Batılıların veya Mısır'ın yönetici sınıfının gittiği her yere saldırmaya başladılar: Barlar, özel kulüpler, sinema salonları, Avrupa tarzı büyük mağazalar – annemi çok mutlu eden unutulmaz Cicurel de saldırıya uğrayan yerler arasındaydı. Her yer kırılıp dökülüyor, yağmalanıyor, ateşe veriliyordu, hatta bazı linç hadiseleri de yaşandı. Gün sona ererken bilanço, otuz kadar ölü, beş yüzden fazla yaralı ve bin kadar yakılmış binaydı. Başkentin modern merkezi tamamen tahrip edilmişti.

Büyük Kahire yangınının sorumluları asla net olarak ortaya çıkarılamadı. Bugün bile bazı tarihçiler bunun kendi yıkıcı öfkesinden beslenerek adım adım yoldan çıkan bir kendiliğinden hareket olduğunu düşünürken; bazıları da kesin siyasal hedefleri olan bir "orkestra şefi"nin varlığına inanmaktadır. Yine de sloganların saatler ilerledikçe boyut değiştirdiğini unutmamak gerekiyor. Kalabalık başlarda sadece İngiliz askerlerin davranışlarını protesto ederken, giderek onların suç ortağı olmakla itham edilen Mısır hükümetini hedef alan sloganlar atmaya başlamıştı; bir diğer hedef de rüşvetçilikle, uyruklarının acılarına duyarsız kalmakla, sefahat arkadaşlarının etkisinden çıkamamakla suçlanan genç kral Faruk'tu.

Olaylarla başa çıkamayıp âciz kalan yetkili makamlar bütün gün parmaklarını kıpırdatmamış, sadece rejimin ileri gelenlerinin oturdukları semtleri korumakla yetinerek, meydanı yağmacılara bırakmıştı. Tamamen gözden düşen Nehhas Paşa ertesi gün istifasını vermek zorunda kaldı. Oynadığı kumarı içler acısı bir şekilde kaybetmişti ve bir daha ülke yaşamında önemli bir rolü olmayacaktı. Bu durumda olan sadece o da değildi. Eski yönetici sınıfın tamamı çok geçmeden yuhalanarak sahneyi bir daha geri dönmemek üzere terk edeceklerdi.

• • •

Kahire yangınından altı ay sonra "Hür Subaylar" iktidarı ele geçirdi, kral ülkeyi terk etti ve yeni bir dönem başladı. Bu dönemin ayırt edici özelliği, her ikisi de katı milliyetçi ve önceki kozmopolit topluma kararlı biçimde düşman olan iki büyük siyasi yapı arasındaki amansız mücadeleydi: Bir yanda geniş bir halk desteğine sahip olan Müslüman Kardeşler, diğer yanda silahlı kuvvetler vardı ve çok geçmeden ordunun içinden kuvvetli bir adam, Cemal Abdünnâsır öne çıkacaktı. On beş yıl boyunca Arap dünyasının en sevilen yöneticisi ve uluslararası siyaset sahnesinin önde gelen şahsiyetlerinden biri olacaktı.

Fakat onun baş döndürücü bir hızla yükselişi benim ailem açısından hiç iyi şeylerin habercisi değildi. Yeni muktedir Mısır halkının topraklarının, kaynaklarının, kaderinin denetimini yabancılardan geri alması gerektiğini söyleyip duruyordu. 1952 devrimini izleyen yıllarda alınacak bir yığın tedbirle –haciz, müsadere, yed-i emin, kamulaştırma, millileştirme vb– mülk sahiplerinin mülksüzleştirilmesi hedeflenirken, deyim yerindeyse "sonradan gelmiş yabancılar"a özel bir dikkat gösterilecekti.

Dedem Kahire yangınından ve devrimden önce ölmüştü ama mirasçıları çok geçmeden onun bıraktığı mülkleri gerçek değerlerinin çok aşağısında fiyatlarla ellerinden çıkarmak zorunda kalacaklardı. Sonra doğdukları Mısır'ı terk edecek, kimileri Kuzey Amerika'ya, kimileri de Lübnan'a göçecekti.

Ailem kayıp cennetlerinin ardından gözyaşı dökerken, Nâsır durmadan önem kazanıyor, iktidarını güçlendiriyordu. Bir dizi usta manevrayla askerlerin arasındaki potansiyel rakiplerini bertaraf etmiş, sonra da Müslüman Kardeşler ile girdiği bilek güreşinden galip çıkmıştı. Cumhurbaşkanı ve devrimin tartışmasız lideri olunca, Mısırlılar açısından İngilizlerden rövanşı alma zamanının geldiğine kanaat getirdi. 26 Temmuz 1956'da İskenderiye'de yaptığı bir konuşmada, Uluslararası Süveyş Kanalı Şirketi'nin millileştirildiğini açıkladı ve aynı gün şirket binalarını işgal ettirdi. İngiltere, Fransa ve İsrail buna birkaç hafta sonra ortak bir askeri harekâtla cevap verdiler. Ama harekât devam edemedi. Washington'ın onay vermediği ve Moskova'nın misillemeyle tehdit ettiği üç müttefik ülke operasyonlara son verip askerlerini geri çekmek zorunda kaldı.

Süveyş krizi Avrupa'nın bellibaşlı iki sömürgeci devleti için büyük bir siyasal bozgun, Nâsır için ise zaferle sonuçlandı. Halkına parlak bir rövanş armağan etmişti; İslamcıların eleştirilerini uzun bir süre için susturmuş ve dünya sahnesinde ezilen halkların hakları için mücadelenin yeni lideri olarak belirmişti.

İşte reis bu zafer ânında kozmopolit ve liberal Mısır'ın ölüm kararını açıkladı. İngilizleri, Fransızları ve Yahudileri ülkeden kovmaya yönelik bir dizi tedbir aldı. Bakıldığında, "dar hedefli", "üçlü saldırı"yı yürütmüş olanlara yönelik bir yaptırım söz konusuydu. Ama işin aslı, bu politika "Mısırlılaşmış" denen ve bazıları kuşaklardır, hatta asırlardır Nil kıyılarına yerleşmiş tüm cemaatlerin kitlesel göçüne neden oldu.

Bu tedbirler sadece doğrudan hedef alınan insanlar arasında infiale yol açtı. Dünyanın geri kalanının gözünde ise, o devrin koşulları içinde, Süveyş krizinin normal bir devamı ve Mısır'ın çok uzun süre hiçe sayılmış hükümranlığını tekrar ele geçirmesinin öngörülebilir bir sonucu söz konusuydu.

Nâsır bir günde hem kendi ülkesinde hem de Yakındoğu'nun tamamında, hatta daha uzak diyarlarda da kalabalıkların idolü oldu. Asırlardır hiçbir Arap yönetici, sesiyle insanı sarhoş eden ve vaatlerle dolu konuşmalar yapan otuzlarındaki bu yakışıklı subay kadar büyük umutlar yaratmamıştı. Ama benim ailemde, onun bahsi geçtiğinde övmek, kutsamak veya uzun bir ömür dilemek söz konusu değildi.

3

Anne tarafımda hep yeryüzü cennetinden haksız yere kovuldukları duygusu hâkimdi.

Kovulmaya kovulmuşlardı veya en azından çıkışa doğru biraz kabaca itilmişlerdi... Bu yapılanın *haksız* olup olmadığına gelince, üzerinde düşünmeye değer. Benim bu konu hakkındaki duygum yılların akışı içinde birkaç kez değişti.

Çocukluğumda yakınlarımla aynı kanaati paylaşıyordum, bunda şaşılacak bir şey yok. Annemin, "bizim" Heliopolis veya İskenderiye'de neleri yitirdiğimizle ilgili anlattıklarını dinliyor ve üzülüyordum. Aile toplantılarında sık sık gündeme gelen bir konuydu bu. Zaman zaman Mısır'da başkalarından biraz daha uzun kalmayı deneyip sonunda havlu atmış bir amca, bir kuzin veya bir aile dostu kalkıp Lübnan'a gelirdi. Bu yeni "tersine göçmenler"den birinin, ifade ve toplantı özgürlüğünü ve hür teşebbüsü korkunç biçimde kısıtlayan yeni devrimci rejimdeki yaşamı betimlemek için kullandığı şu ifadeyi hâlâ hatırlıyorum: "Artık yasak olmayan her şey mecburi!" Bana otoriterliğin mükemmel bir tanımı olarak gelen bu cümleyi hiç unutmadım.

Tiksindirici olaylar da yaşandı. Örneğin meymenetsiz adamın biri annemi ve dayılarımı görmeye gelmiş, Heliopolis'teki evlerinde duran ve Mısır makamlarının dışarı çıkarılmasını yasakladıkları değerli eşyaları onlara getirebileceğini söylemişti. Gümrükte çok güvenilir bağlantılarım var, diyordu. Fazla bir tercih şansı olmadığı için, dediklerine inanmaya karar verildi. Ama o adama emanet edilen hiçbir şeyi ya da neredeyse hiçbir şeyi bir daha göremedik. Her şeye el koymuş ve anlaşılan hepsini kendi hesabına satmıştı. Tabii, şikâyetçi olacak halimiz yoktu...

Daha sonraları, dünyadaki gelişmeleri yakından takip ettiğim bir dönemde, olayları farklı bir açıdan görmeye başladım. Ulusal kurtuluş, halkların kendi kaderlerini tayin hakkı, sömürgeciliğe ve emperyalizme, Üçüncü Dünya'nın yağmalanmasına, yabancı üslere karşı mücadele revaçtaydı. Mısır'ın reisini sadece ailemin başına gelmiş bir bela olarak görmekte ısrar etseydim, kendi küçük çıkarlarımızı evrensel ilkelerin üzerine koymuş gibi hissederdim kendimi.

Ben de bizi "soyup soğana çeviren" adama hayranlık duymaya, konuşmalarını belli bir empatiyle dinlemeye başladım. Hatta zaman zaman haksız bir saldırıya uğradığını düşündüğümde onu savunduğum bile oluyordu. Kendi de Mısır Lübnanlısı olan ve sık sık bizimle yemek yemeye gelen bir aile dostu da bu tavrımı teşvik ediyordu. O da bizimkiler gibi devrim tarafından alınan tedbirlerden çekmişti ama Nâsır'a sınırsız bir hayranlık besliyor ve bunu her fırsatta göstermekten de hiç çekinmiyordu. Bu tavrı uzun ve ateşli tartışmalara yol açsa da kalıcı kırgınlıklar pek yaşanmıyordu. Medeni ve düzgün sınırlar içinde kalınıyordu. Reis darbe aldığında annemle babam arkadaşlarına takılıyor, o da kahramanı bir başarı kazandığında onlarla dalga geçiyordu.

Benim büyük adam hakkındaki hükmüm epey kararsızdı. Hâlâ da öyle. Evet, aradan yıllar geçtikten sonra, bugün bile onun hakkında tereddütlüyüm. Bazı yönlerden Nâsır Arap dünyasının son büyük devi, hatta belki de doğrulmak için son şansıydı. Bununla birlikte en temel konularda öyle ağır yanılgılar içine düştü ki arkasında üzüntü, pişmanlık ve hayal kırıklığından başka bir şey bırakmadı. Çoğulculuğu yok edip tek parti sistemi kurdu; eski rejimde oldukça özgür olan basının ağzına kilit vurdu; muhaliflerini susturmak için gizli servisleri kullandı; Mısır ekonomisini bürokratik ve verimsiz bir şekilde yönetip sonunda mahvetti; milliyetçi demagojisi onu ve onunla birlikte tüm Arap dünyasını uçuruma sürükledi...

Denkleme "bencil" değişkeni, yani anne tarafından ailemi cennetinin dışına atmasını hiç katmasam bile, bilançosu hakkında hatırı sayılır kuşkularım olduğu görülüyor.

• • •

Zaman zaman bir dünya tarihi müzesi açılsa, orada "Ianus* Panteonu" adı verilecek bir alanın da bulunması gerektiği düşüncesi geçer aklımdan. Bu alana, iki yüzlü tanrının simgesel himayesi altında, hayranlık verici tarihsel bir rol oynamış ama aynı oranda, hatta bazen de aynı anda nefret edilecek, hatta yıkıcı bir rol üstlenmiş

* İki yüzü zıt yönlere bakan Roma tanrısı (ç. n.).

önemli şahsiyetler yerleştirilebilir. Önceki sayfalarda andığım iki büyük adam bu Panteon'da baş köşelere kurulmayı hak ediyor: Nâsır ve Churchill.

Bu kitabın devamında reisi çekici kılan ve vakitsiz ölümünün birçok Arapta olduğu gibi bende de belli bir nostalji yaratmasını sağlayan birkaç tavır alışını anlatma fırsatını bulacağım; halbuki diğer yandan, sevdiğim Doğu Akdeniz'in mezar kazıcılarından biri olduğu da yadsınamaz. Bu çift yanlılığın nedenleri üzerinde fazla durmasam da, bu insanın kendi kuşağından pek çokları gibi yabancı tahakkümüne karşı hınç içinde büyüdüğünü ve bütün enerjisini bu tahakküme son vermek üzere kullandığını ama onu yıkarken aynı zamanda onunla birlikte var olmuş bir yaşam tarzını da yok ettiğinin farkına varmadığını, oysa ki bu yaşam tarzının birkaç düzeltme ve ayarlamayla yeri doldurulamaz bir ilerleme ve modernleşme etkeni oluşturabileceğini söylemekle yetineyim.

Churchill'e gelince, Nazizme karşı inatçı mücadelesinin ne kadar yararlı olduğunu söylemek için uzun ispatlara girişmeme hiç gerek olmadığı ortada. Onun enerjisi, kararlılığı, becerisi olmasa İngiltere belki de savaşmaktan vazgeçecek, Amerika savaşa girmeyecek ve dünya uzun bir karanlığa gömülecekti. Onun kendi cümlelerinden biriyle söyleyecek olursak, "hiçbir zaman bu kadar çok kişi" tek bir insana "bu kadar borçlanmamıştı."*

Bununla birlikte, Churchill'in Arap-Müslüman dünyasındaki faaliyetlerine bakıldığında bambaşka bir çehreyle karşılaşılır. Hitler karşısındaki hayranlık verici efsanevi inadı, mert Nehhas Paşa –ılımlı bir vatansever, Batılılaşmış bir soylu, bir Aydınlanmacı olan Taha Hüseyin'e Milli Eğitim Bakanlığı görevini verebilecek kadar gözü kara bir modernist– karşısında hiç de aynı izlenimi uyandırmamaktadır.

Churchill'in amacının, Mısır'ın barışçı ve uyumlu evrimine açılan yolu tıkamak olmadığını tartışmaya bile gerek yok. O sadece her ne pahasına olursa olsun Britanya Krallığı'nın çıkarlarını korumak istiyor, eylemlerinden kaynaklanabilecek yan etkileri ise hiç

---

* Cümlenin aslı şöyledir: "Hiçbir zaman bu kadar çok kişi bu kadar az insana bu kadar borçlanmamıştı" ve II. Dünya Savaşı'nda İngiltere muharebesinde ülkelerini savunan Kraliyet Hava Kuvvetleri pilotları için kullanılmıştır (ç. n.).

dikkate almıyordu. Ama bunun sonuçları felaket oldu. Churchill'in doğrudan emir vermese bile en azından izin verdiği 25 Ocak 1952 katliamı olmasaydı, belki de farklı bir vatanseverlik biçimi ağır basacak ve hem Mısır'ın hem de Arap dünyasının tamamının geleceği bambaşka bir yola girecekti.

Büyük adamın suçluluğu bir başka dosyada, İran'da daha da barizdir. Tek suçu halkı için petrol gelirlerinden daha büyük bir pay istemek olan, modernist demokrat Doktor Musaddık'ın hükümetini devirmek için Churchill bizzat uğraşmıştır. Bugün eldeki belgeler sayesinde, Amerikalıları 1953'te Tahran'daki darbeyi düzenlemeye ikna etmek için İngiliz başbakanının Washington'a gidip bizzat lobi faaliyeti yürüttüğü bilinmektedir.

Dolayısıyla, Churchill Mısır'daki icraatıyla Arap milliyetçiliğinin otoriter ve yabancı düşmanı versiyonunun önünü açmış, İran'daki icraatıyla ise Humeynici İslamcılığın yolunu döşemiştir. Her iki örnekte de sanırım vicdanı hiç rahatsız olmamıştır...

• • •

Şimdi bu parantezi kapatıp ilk baştaki soruma dönüyorum: Bizimkiler cennetlerinden haksız yere mi kovulmuşlardı, yoksa cezalandırılmayı hak etmişler miydi?

Onların o yıllardaki duygularını sanırım biliyorum ve aşikâr bir durumu inkâr etmeye çalışmayacağım: İster Suriye-Lübnanlı, ister İtalyan, ister Fransız, ister Yunan, ister Yahudi, ister Maltalı olsunlar, "Mısırlılaşmışlar"ın çoğu gibi onların da albayların iktidarındansa paşalarınkini tercih ettiklerine şüphe yoktu. Statüko işlerine geliyordu, sonsuza dek sürsün isterlerdi. İngilizlerin siyasetine fazla sempati duymadıkları zaman bile, onları istikrarın teminatı olarak görüyorlardı.

Annem, büyük yangın sırasında yağmacıların Heliopolis'i de istila edip Kahire merkezinde yaptıkları gibi ortalığı yakıp yıkacaklarından korkunca, kendi annesiyle birlikte arabaya atlayıp İngilizlerin elindeki Kanal bölgesine gitmeyi düşündüğünü anlatmıştı. Bu fikirden vazgeçmesinin tek nedeni, yolların güvenli olmamasıydı.

Pek vatansever bir tutum değil, kabul ediyorum. Ama ne yapacaktı? Uslu uslu oturup, o kundakçılar güruhunu mu bekleyecekti?

Sonuçta kundakçılar Heliopolis'e ulaşamadan durmuşlardı. "Bizim" evimiz kurtulmuştu. Fakat bu da bir işe yaramamış, bir süre sonra ülkeden kesin olarak ayrılmak zorunda kaldığımızda, ev de yok pahasına satılmıştı.

Laftan anlamayan iki gücün, Arapların yükselen öfkesi ile sarhoş bir gergedan nezaketiyle sağa sola çarpıp duran Batı kibrinin arasında cendereye giren bizimkiler, ne yapsalar kurtulamazlardı. Görüşlerinden, sözlerinden, yaptıklarından ötürü değil, kendi seçmedikleri ve değiştiremeyecekleri kökenleri yüzünden suçlanıyorlardı.

Bu nedenle o bunalımlı yıllarda göstermiş olabilecekleri tepkiler üstünde fazla durmayacağım. Dünyaları sulara gömülmeye başladığı zaman, karşılarına çıkan ilk tahta parçasına –bir kral, bir paşa, yabancı bir ordu– boğulmalarını engelleyebileceği düşüncesiyle tutunmaya çalışmışlardı. Belki masum olmayabilirler ama suçlu da değillerdi.

4

Geçen yıllarla birlikte ve son dönemde yaşanan olayların ışığında, ergenliğimden beri içimi kemirip duran ahlaki ikilem artık bana hükümsüz geliyor. Ailemin, diğer "Mısırlılaşmışlar" gibi, başlarına geleni hak edip etmediğini, Nâsır'ın onları çok özensiz bir şekilde doğdukları ülkeden kovmaya hakkı olup olmadığını sorgulamaktan vazgeçtim.

Bugün bu konudaki doğru tavrın Afrika kıtasının bir başka büyük liderinin, reis ile aynı yıl, 1918'de doğmuş ama uluslararası sahnede daha geç boy göstermiş Nelson Mandela'nın benimsediği tavır olduğuna inanıyorum. Ömrünün yirmi altı yılını ırk ayrımcısı rejimin zindanlarında geçirdikten sonra, muzaffer bir şekilde dışarı çıkıp Güney Afrika'nın başkanı olduğunda, kurtuluş mücadelesi sırasında Beyazların ona destek verip vermediklerini; yerleşimci kibirlerinden ve üstünlük duygularından vazgeçip vazgeçmediklerini; yerel halkla saygı ve kardeşlik zihniyeti içinde bütünleşip bütünleşmediklerini, dolayısıyla yeni ulusun bir parçası olmayı hak edip etmediklerini sorgulamadı... Bu soruların her birinin cevabı "hayır" olurdu. Ama Mandela onları sormaktan özenle kaçındı. Onun aklında bambaşka bir sorgulama vardı: Afrikaner'ler gideceklerine kalsalar, ülkem için daha iyi olur mu? Ona göre cevap belliydi: Güney Afrika'nın istikrarı, ekonomisinin sağlıklı kalması, kurumlarının iyi işlemesi, dünyadaki imajı için, o güne kadarki tavırları ne olursa olsun, Beyaz azınlığı ülkede tutmakta yarar vardı. Yeni başkan da dünkü düşmanlarının ülkeden ayrılmamalarını teşvik etmek için ne gerekiyorsa onu yaptı.

Bu sürecin en simgesel anlarından biri, hem geçmişin hınçlarını hem de zafer sarhoşluğunu aşarak, Bayan Verwoerd'i, kendisini hapse atmış başbakanın dul eşini ziyaret edip, birlikte çay içerken geleceğe ilişkin içini ferahlatmasıydı.

Siyasi ustalığından mı yoksa yüce gönüllülüğünden mi bu şekilde davranmıştı? İşin aslı, pek de önemi yok. Çıkarlar ile ilkelerin sistematik bir şekilde zıt kutuplara yerleştirilmesi bir hata. Çünkü kimi zaman buluşabilirler. Kimi zaman yüce gönüllü davranış bir ustalık, alçaklık ise beceriksizliktir. Bizim sinik dünyamız bunu kabullenemese de Tarih bu yönde örneklerle doludur. Çoğunlukla, değerlerine ihanet eden bir ülke aynı zamanda çıkarlarına da ihanet eder.

Aklıma gelen ilk örnek, XIV. Louis'nin, dedesi IV. Henri'nin Protestan azınlığa ibadet özgürlüğü tanıyan Nantes fermanını 1685'te kaldırmasıdır. O sırada "Huguenot" adı verilen Protestanlar Fransa dışına sürülmüş, Avrupa'nın başka yöreleri tarafından kabul edilmiş ve Amsterdam, Londra veya Berlin'in zenginleşmesine büyük katkılar yapmışlardır; pek çok tarihçi Berlin'in metropol düzeyine Fransız mültecilerin gelişiyle yükseldiği fikrindedir; bu kentin bir müddet sonra Paris'in büyük rakibi olacağı bilgisiyle birlikte düşünüldüğünde, olay ayrı bir anlam kazanıyor.

Demek ki "Huguenot"ların kitlesel bir şekilde sürülmesi Fransa'yı yoksullaştırırken, rakiplerini zenginleştirmişti. 1492'de Granada'nın alınmasından sonra Katolik krallar tarafından Müslümanların ve Yahudilerin sürülmesi için de aynı şey söylenebilir; hoşgörüsüzlük ve kendini beğenmişlik sonucu alınan bu önlem yüzünden, Amerika kıtalarını fethetmesinin kazançlarını yeterince derleyemeyen İspanya, diğer Avrupa devletleriyle arasındaki mesafeyi ancak beş yüzyılda kapatabilecektir.

Felaketlere yol açan bu kararları alan hükümdarlar için bulunabilecek tek mazeret şudur: Sergiledikleri miyopluk o dönemde tüm dünyada öyle yaygındı ki bilgeliğin ta kendisi gibi algılanıyordu. Krallıklarının daha türdeş olurlarsa güçleneceğini düşünmeye hakları yok muydu? "Sapkınlar"ı ve "kâfirler"i kovdukları için Tanrı'nın onları lütuflarıyla ödüllendireceğini düşünmeleri doğal değil miydi? Ama gerçekte olaylar öyle seyretmez. Ne XV. yüzyılda, ne XVII. yüzyılda ne de bugün... Tarih boyunca kitlesel sürgünler, gerekçeleri varmış ve meşruymuş gibi gözükse de genellikle kovulanlardan çok geride kalanlara zarar vermişlerdir. Kuşkusuz kovulanlar başlarda acı çekerler; ama nihayetinde kendilerini toparlar, travmalarını atlatır ve çoğunlukla kendilerini kabul eden ülke yararına mucizeler gerçekleştirirler.

Gezegenin en güçlü devleti olan ABD'nin İngiliz püritenlerinden Almanya Yahudilerine, bu arada Rus, Çin, Küba veya İran devrimlerinden kaçanlara, hatta Fransa'nın Protestanlarına kadar –Başkan Franklin Delano Roosevelt'in adındaki Delano bölümü asıl adı De Lannoy olan bir Huguenot atadan gelmektedir– peş peşe sürgün dalgalarını kabul etmeyi özel uzmanlık alanı haline getirmiş olması bir rastlantı değildir.

• • •

Pek çok insan toplumuna yutturulan, sapıkça türdeşlik –dinsel, etnik, dilsel, ırksal vb– efsanesine ileride de değineceğim. Şu anda "sonradan gelmiş yabancı" olarak algılanan topluluklar sorunu ve bunların içinde yaşadıkları toplumlarda nasıl bir işlev yerine getirebilecekleri üzerinde durmak istiyorum.

Azınlıklar çoğunlukla tozlayıcıdır (polen taşıyıcı). Dolanıp dururlar, fırıl fırıl dönerler, çiçek özü toplarlar; bütün bunlar, haklarında menfaatçi, hatta asalak imajı uyanmasına neden olur. Ama ne kadar faydalı olduklarının farkına ancak yok olduklarında varılır.

Sömürgeleştirilmiş halkların sömürgecilerine karşı duydukları hınç anlaşılabilir; buna, eski efendilerin müttefikleri veya hamileri olmuş topluluklara karşı kuşku, hatta düşmanlığın da eşlik etmesi doğaldır. Yine de yakın dönem tarihi bize, bağımsızlık mücadelesinin hemen ardından kalkınma ve modernleşme mücadelesinin geldiğini öğretmektedir. Bu yeni aşamada, sanayileşmiş toplumlara doğrudan erişimi olan vasıflı bir topluluğun varlığı yeri doldurulamaz bir kozdur. Bu erişim, genç ulusu gelişmiş dünyanın kalbine bağlayan bir atardamara benzetilebilir. Bu damarı kesmek saçmadır, kendini sakatlamak ve neredeyse intihar etmek anlamına gelir. Birçok ülke bu hatadan sonra belini doğrultamamıştır!

Yıpratıcı bir savaşın ardından düşmanlık ve kuşku anlaşılabilir. Ama büyük bir lider hem ileri görüşlü hem de pragmatik olmak zorundadır; yüzeysel hınçların üstüne çıkmayı ve hem mücadele yoldaşlarına hem de yurttaşlarının bütününe önceliklerin değiştiğini, dünün bazı amansız düşmanlarının zaferden sonra gezegenin ekonomik ve entelektüel merkezine yakınlıkları nedeniyle değerli ortaklar haline geldiklerini izah edebilmelidir. Bir diğer neden de, daha önce işgal ettikleri ayrıcalıklı konum sayesinde yeri doldurulmaz bir bilgi birikimine sahip olmalarıdır. Mandela, *apartheid* hizmetinde baskı araçları olan ordu ve polisi bile kendi yanına çekmeyi ve "gökkuşağı ulus"un hizmetinde çalıştırmayı bilmişti.

Nâsır bunların hiçbirini beceremedi, onu çok da suçlamak istemem. İktidara Mandela'dan kırk yıl önce gelmişti; üstelik, iki adam arasındaki karakter farklılığını bile hesaba katmadan söyleyecek olursak, bu arada dünya değişmişti. Reis birçok alanda kendi döneminde geçerli olan kavramların tutsağıydı. Sömürgecilik henüz insanlık tarihinin kapanmış bir sayfası olarak görülmüyordu. Musaddık'ın devrilmesi, Batılıların kovulduktan sonra da güçlü bir şekilde geri dönüp dizginleri yeniden ellerine geçirebileceklerini göstermemiş miydi?

Reis, belirleyici olduğu ortaya çıkacak bir başka düzlemde, ekonomik alanda "Mısırlılaşmış" toplulukların olağanüstü becerilerinin ülkesi için nasıl bir yararı olabileceğini görmüyordu; ellili ve altmışlı yıllarda, millileştirmeler ve firmaların devlet tarafından işletilmesine dayanan devletçi sosyalizm, henüz ekonomide geleceği olan bir yol olarak görülüyordu.

Bu "miyopluk"lara sadece tarihler ve dönemin yanılsamalarıyla izah edilemeyecek başkaları da eklenmişti. Özellikle Arap siyasal yaşamının çok karakteristik bir özelliği ve tüm yakın tarihin yarası olmuş bir tavır apayrı bir önem taşıyor. Bunu, iddia yarıştırmaya direnememe hastalığı olarak tarif edebilirim. Nâsır sürekli olarak Müslüman Kardeşler'den daha milliyetçi, diğer milliyetçi liderlerden ise daha radikal olduğunu gösterme ihtiyacı duyuyordu. Mısır'ın tartışmasız lideri ve Arap kalabalıklarının idolü olduktan sonra bile, "kendinden daha Nâsır" birisi tarafından geride bırakılabileceği fikrinden dehşete kapılıyordu.

Bir gün, yumuşamakla suçlanacağı endişesiyle, istemediği bir savaşa sürüklendi ve bu savaşın, hem kendisi hem de ona inanan ulus için ölümcül sonuçları oldu.

1967'de yaşanan bu travmatik hadise üzerinde ileride daha uzun duracağım. O tarihte tüm ailem ve yakınlarım Mısır'ı terk edeli yıllar olmuştu ama geçen zamana karşın, sevgi ve hınç karışımı bir duyguyla, hiç durmadan Mısır'dan söz ediyorlardı.

Kendi payıma, Heliopolis'teki evimize en son sekiz yaşımdayken gitmiştim. Annem beni, ev tamamen terk edilmeden önce birkaç kişisel eşyayı toplamasına yardım edeyim diye götürmüştü. Büyükannem kansere yenik düşmüştü. Bina onun adınaydı ve ölüm döşeğinde, o devrin alameti olarak, Mısır ordusundan bir subaya satmıştı. Mecburen düşük bir fiyata elden çıkmıştı ama büyükannem alıcıdan evin cephesindeki Azize Theresa heykeline dokunmayacağı sözünü almıştı. O heykeli yirmi beş yıl önce, yeni inşa edilmiş eve göz kulak olsun diye İtalya'dan getirtmişti.

Subay da mirasçıları da sözlerini tuttular. Son aldığım haberlere göre, Azize hâlâ yerinde duruyormuş.

5

Annemin cenneti bir daha geri gelmeyecek şekilde yok olmuş, hatta çalkantılar dolayısıyla peşi sıra babamın cennetine uzanmasına da ramak kalmıştı. Ama Lübnan bu defa paçayı sıyırmıştı ve biraz zaman kazanacaktı. Hatta Tarih'e bugünden baktığımızda, son bir altın çağ yaşayacaktı bile diyebiliriz.

Altmışlı yıllarda beni çevreleyen dünyaya gözlerimi açtığımda, Beyrut Arap Doğusu'nun entelektüel başkenti olarak Kahire'nin yerini almaya başlamıştı. Nâsır bölgenin açık ara en nüfuzlu şahsiyetli haline gelirken, ülkesinde iktidarı sadece kendi elinde toplaması gazetelerin, yayınevlerinin, akademik çevrelerin ve siyasal hareketlerin hizaya sokulması şeklinde yansımıştı. Bu nedenle Araplar arası tartışmaların "agora"sı hiçbir ezici otoritenin ortalığı kırıp geçirmediği tarafsız bir sahaya taşınmıştı.

Bu saha Lübnan'dı: Başka hiçbir ülke böyle bir rolü onun kadar iyi oynayamazdı. Çok çeşitli duyarlılıkları olan ve hiçbiri hegemonya iddiasında bulunamayacak birçok cemaati bünyesinde bir araya getiren ülke, çeşitlilik ve çoğulculuk için ideal bir yerdi. Böylece yurtlarında kendilerini ifade imkânını artık bulamayanlar gayet doğal olarak Lübnan'a yöneldiler.

Komşu devletler iktidarda olmayanlara –veya artık olmayanlara– karşı konukseverliklerini giderek yitiriyorlardı. Özellikle Suriye bu durumdaydı.

Bu ülkenin henüz bağımsız bir basına, serbest seçimlere ve geniş bir siyasal parti yelpazesine sahip olduğu devri hatırlayabilenlerin sayısı fazla değildir. O devir pekâlâ yaşanmıştı ama benim bu konuda doğrudan hiçbir anım yok çünkü Mart 1949'da, ben doğduktan bir ay sonra Şam ilk darbesiyle tanışmıştı. Bir general iktidarı ele geçirmiş ve anayasayı askıya almıştı. Haziran ayında oyların % 99'unu alarak kendini cumhurbaşkanı seçtirdi ve mareşal unvanını aldı. Ama Ağustos ayında ikinci bir darbeyle devrilip infaz edildi. Sonra Aralık ayında onu deviren de devrildi, birkaç ay sonra da öldürüldü...

Üç darbenin yaşandığı 1949'dan sonra, bir daha Suriye'de hiçbir zaman demokrasi kendini kabul ettiremedi. Ülke üzücü ve hayal kırıcı bir şekilde peşi sıra yaşanan istikrarsızlık ve diktatörlük evrelerinden başka bir şey tanımadı. Ve her sarsıntıda, mağluplar Lübnan'a sığınıyorlardı: Kızağa çekilmiş subaylar, hapisten kaçmış siyasetçiler, fabrikaları millileştirilen sanayiciler, bir özgürlük alanı arayan sanatçılar ve entelektüeller...

Onlarca yıl boyunca Şam ile Beyrut arasında sürekli bir mülteci akını oldu; bu mültecilerden zaten Suriye seçkinlerinin içinde yer alanlar kendilerini kabul eden ülkenin elitiyle fazla zorluk çekmeden bütünleşebildiler. Şu şairin, şu kadın oyuncunun, şu bestecinin, Lübnan'ın şu bakanı veya cumhurbaşkanının Beyrut ya da Sur'da değil de Şam, Halep veya Lazkiye'de doğduğunu öğrenmek hiç kimseye dokunmuyordu.

Suriye üzerinde fazla durdum, çünkü en çarpıcı örnek o; ama bu hadise çok daha geniş çaplı ve daha eskiydi. Lübnan uzun süre Ortadoğu'nun "sevilmeyenleri" için bir iltica toprağı olmuştu. Konumu biraz kırklı yıllara kadarki Mısır'ın durumunu andırıyordu. Bu görüntü, daha geç dönemden bir gözlemciyi yanıltıp iki Doğu Akdeniz modeli arasında benzerlik varmış gibi yanlış bir izlenim uyanmasına neden olabilir. Gerçekte, bu iki model aynı temellere dayanmıyorlardı.

Mısır usulü kozmopolitizm uzun bir geleneğe bağlanıyordu; bu liman kentlerinde Avrupa uyruklular bir zamanlar "hasta adam" Osmanlı'ya dayatılmış eşitsiz antlaşmalara dayanarak, Düvel-i Muazzama (Büyük Devletler) konsoloslarının himayesinden yararlanıyorlardı. Kuşkusuz daha sonra siyasal ortam değişmişti ama bazı uygulamalar hâlâ sürüyordu. Eğer Mısır'da yaşayan bir İtalyan komşusunu öldürürse, İtalya'da yargılanmayı talep edebiliyordu ve yerel makamların buna karşı çıkma hakları yoktu.

Bu örneği tesadüfen vermedim, dedelerimin ve ninelerimin devrinde gazete manşetlerinden inmeyen gerçek bir olaydan esinlendim. 1927'nin Mart ayında Cicurel mağazalarının başlıca sahibi Salomon Cicurel Kahire'deki villasında sekiz bıçak darbesiyle öldürülmüştü. Polis, katilleri güçlük çekmeden buldu: Şoförü, işten çıkardığı eski bir çalışanı ve iki suç ortağı. Dört suçludan ikisi İtalyan vatandaşıydı ve yargılanmadan ülkelerinin yetkili makamlarına teslim edildiler; üçüncüsü Yunan vatandaşıydı, o da Yunanistan'a teslim edildi; sadece dördüncüsü, o dönemdeki kimlik belgelerine göre "vatansız Yahudi" diye geçen Dario Jacoel adında biri yargılanıp mahkûm edildi. O da İtalyan olduğunu, hatta Faşist Parti üyesi olduğunu iddia etmiş ama kanıt gösterememişti. Olayda önemsiz bir rolü olduğu belliydi ama "komplonun beyni" olarak ilan edildi ve asıldı.

Bu dava büyük yankı uyandırdı. Mısırlı ünlü entelektüeller yabancı uyrukluları yasaların üstüne koyan, her birine –cezasızlık güvencesi değilse bile– bir tür diplomatik dokunulmazlık sağlayan bu akla aykırı vaziyeti eleştirmek için kalemlerine sarıldı.

Kötüye kullanılan bu ayrıcalıklar hem iştahları kabartıyor hem de hınç yaratıyordu. Nüfusun bazı kategorileri aynı avantajlardan yararlanmak için Batılılara yakınlaşmaya çalışıyorlardı. Ama Mısırlıların çoğu yabancı uyrukluların statüsünü ülkenin bağımsızlığına ve itibarına yönelik bir hakaret sayıyordu. Zaten Kahire yangını da alttan alta birikmiş muazzam öfkenin göstergesi değil miydi? Yıllar geçtikçe bölgenin birçok ülkesinde benzer nedenlerle başka birçok kızgınlık patlaması yaşanacaktı.

Kimi zaman bunların ağır ve kalıcı sonuçları olacaktı. Örneğin Ayetullah Humeyni ile Şah rejimi arasındaki kopuş, Şah İran'a yerleşmiş Amerikan askerlerinin asla yerel mahkemelerde yargılanamayacaklarını Washington'ın talebi üzerine 1964'te kabul ettiğinde tamamlandı. O zaman doğan radikal protesto, on beş yıl sonra monarşinin yıkılması ve İslam Cumhuriyeti'nin kurulmasıyla sonuçlanacaktı... Bu altüst oluşun –ileride bu konuya döneceğim– birçok nedeni olduğundan şüphem yok; ama Batılıların yararlandıkları dokunulmazlığa duyulan öfke hiç tartışmasız belirleyici etkenlerden biriydi. Zaten İranlı devrimci militanların ilk eylemlerinden birinin Amerikan Büyükelçiliği'nin dokunulmazlığını hiçe sayıp diplomatları rehin almak olması rastlantı değildi.

Bu tabii her türlü uluslararası anlaşma ve teamülün açık bir şekilde çiğnenmesiydi. Ama her şeyden önce, yüzyıllardır hâkim olan ve kâh açık kâh örtük biçimde halklar ile kültürler arasında bir hiyerarşi kurup, Batılıları en üst basamağa yerleştiren "dünya düzeni"ne karşı bir isyan eylemiydi.

Bu eşitsiz düzenleme ona maruz kalan halklar açısından her zaman aşağılayıcı olmuştu ve sömürgecilik çağı sona ererken kabul edilemez hale gelmişti. Ondan kaynaklanan her şey artık öfkeyle reddediliyordu. Hatta haklı olarak bu düzen hesabına kaydedilebilecek birkaç olumlu sonuç bile yadsınıyordu. Bu sonuçlara bir örnek olarak, Şanghay, Kalküta, Cezayir veya İskenderiye'de kültürel "cennet"lerin ortaya çıkışının kolaylaştırılması gösterilebilir; oralarda çeşitli diller, inançlar, bilgiler, gelenekler arasındaki az bulunur karşılaşmalardan doğmuş nadide çiçekler bir süreliğine boy atmıştı.

Ama bu nefis çiçeklenmenin geçici olması kaçınılmazdı. O kadar haksız temellere dayanıyordu ki sürme şansı yoktu. "Sonradan gelmiş yabancılar" olarak algılanan topluluklara gelince, statülerini temin eden durumdan sorumlu olmadıkları zaman bile, sadece bundan yararlandıkları için suçlu sayılıyorlardı. Sonunda da bunun bedelini ödediler. Mısır'da Suriye-Lübnan veya Yunan asıllıların, Libya'da İtalyanların, Cezayir'de de "kara ayaklar"ın* başına gelen buydu.

Kavafis'i, Camus'yü, Ungaretti'yi veya Asmahan'ı çıkaran kültürel dünya tamamen kaybolacağına, dönüşüp yeni duruma uyum sağlayabilseydi çok mutlu olurdum; ne var ki bu dünyanın temellerinin çürüdüğünü de kabul etmek gerekiyor.

Anne tarafımın Mısır'ının çökmesi kaçınılmazdı. Sadece bir kalıntıdan ibaretti, geride kalmış bir çağın can çekişen tanığıydı. Nâsır da son darbeyi indirdi ve bir daha ayağa kalkamadı.

• • •

Lübnan aynı durumda değildi. Nüfusun hiçbir kategorisi herhangi bir yabancı uyruk statüsünden, dokunulmazlıktan yararlanmıyordu. Ülkenin kurucularının amacı, yerel dini cemaatlerin –Maruniler, Dürziler, Sünniler, Şiiler, Ortodoks Rumlar ve Katolik Rumlar, ayrıca Ermeniler, Süryaniler, Yahudiler, Nusayriler veya İsmaililer– bir arada yaşamasını düzenlemek ve aralarındaki dengeyi korumaktı.

Bazı cemaatler hatırlanamayacak kadar eski çağlardan beri oradayken, bazıları ise en fazla kırk elli yıl önce gelmişlerdi ama hiçbiri yabancı sayılmıyordu; çocukluğumda, "yerliler" ile "sonradan gelenler" veya soydan Lübnanlılar ile yeni Lübnanlı olanlar arasında ayrım yapmak uygunsuz görülür, hatta açıkça kabalık sayılırdı. Demek ki bu Doğu Akdeniz modeli, Mısır usulü kozmopolit çoğulculuğu kirleten ilk günahla malûl değildi.

Ama ne yazık ki onun da kendi kusurları vardı. Bunların en önde geleni de farklı cemaatlerin ülke içindeki konumlarını güçlendirmek için dışarıda hamiler arama alışkanlığıydı. İsviçre'de –Lübnan'a sık sık Yakındoğu'nun İsviçresi dendiği için bu örneği

---

* *Pieds-noirs*: Cezayir'in Fransız sömürgesi olduğu dönemde bu ülkede doğan ve Cezayir bağımsızlığına kavuştuktan sonra Fransa'ya dönen Avrupa kökenli nüfus için kullanılan terim (ç. n.).

veriyorum– Zürih, Cenevre veya Ticino sakinlerinin diğer kantonlarla ne zaman ihtilafa düşseler, Almanya, Fransa veya İtalya'ya başvurduklarını düşünün. Konfederasyon paramparça olur giderdi.

Bir gün babam şu açıklamayı yaptı: "Başlangıçta, bu sağlıksız davranışların çalkantılı tarihimizin mirası olduğu ve zamanla onlardan kurtulacağımız söylenirdi."

Gerçekten de eskiden Cebel-i Lübnan'a yerleşmiş ve başlıca özellikleri her gün hakaret, aşağılama ve keyfi yönetim olan Osmanlı rejiminde hayatta kalmakta zorluk çeken küçük cemaatler bir koruyucuya ihtiyaç duyuyorlardı. Maruniler Fransa'ya, onların rakipleri olan Dürziler de İngiltere'ye bağlanmışlardı. Sünniler Türklere, Ortodokslar Ruslara güveniyor ve diğer cemaatler için de bu böyle devam ediyordu. Babamın ait olduğu Katolik Rum cemaati Avusturya-Macaristan İmparatorluğu'nun şemsiyesi altına girmişti; köydeki evlerden birinde İmparator Franz-Joseph'in çerçevelenmiş heybetli bir fotoğrafının hep durduğunu görsem de büyük ölçüde simgesel bir bağ söz konusuydu.

Bu yakınlıklar yöre sakinlerine dünyaya açılan bir pencere veya en azından tamamen kaderine terk edilmemişlik duygusu sağlıyordu. Kaliteli okullar ve üniversiteler açılmasını kolaylaştırmak gibi tartışılmaz olumlu sonuçları da oldu. Ülkenin doğuşunda da belirleyici bir rol oynadılar.

I. Dünya Savaşı'ndan sonra Osmanlı İmparatorluğu dağılmaya başladığı sırada, Maruni Kilisesi'nin liderleri kendi topraklarının Fransız mandası olması ve kendilerini evlerinde hissedebilecekleri yeni bir devletin sınırlarını Fransa'nın çizmesi için uğraşmışlardı. Bugünkü sınırları içindeki Lübnan böyle doğmuştu.

Bu ülke ilk zamanlar, evlatlarının çoğuna, öncelikle Maruniler için tasarlanmış bir Fransız icadı gibi gözüküyordu. O devrin bazı okumuş yazmışları, "Bunun yerine niçin büyük bir Suriye kurmadılar?" diye soruyorlardı. Bazıları da, niçin bütün Arap halklarını bir araya getiren geniş bir toprak olmasın, diyorlardı.

Nüfus topluluklarının iç içe geçtiği ve yakın zamana kadar süregelmiş hükümranlıkların olduğu bu bölgede, birlik tasarıları her zaman çok sayıda taraftar bulmuştu. Kuşkusuz belli bakımlardan gerçekçilikten uzaktılar. Ama sayısız cemaatin her birine kendi hükümran devletini vermeyi düşünmek; hele son toprak parçalanmasından ya da bütünleştirilmesinden doğmuş siyasi birimleri, ezeli, ebedi vatan toprakları düzeyine çıkarmayı istemek de hiç gerçekçi değildi.

6

Nâsır'ın iktidara gelişini izleyen yıllar boyunca Arap birliği sorunu sahnenin önünü işgal edecekti. Bölge halklarının bir numaralı kahramanı olan Nâsır, önüne hedef olarak bu halkların hepsini "okyanustan Basra Körfezi'ne kadar uzanacak" tek bir devlet çatısında birleştirmeyi ve böylece sömürgeciler tarafından çizilmiş sınırları kaldırmayı koymuştu. Kalabalıklar onun projesini coşkuyla alkışlıyorlardı.

Şubat 1958'de, ülkelerini etkileyen kronik istikrarsızlıktan bıkan ve yurttaşlarının Pan-arabizm tezlerini kitlesel olarak benimsediklerinin bilincinde olan Suriye yöneticileri reisten gelip iktidarı almasını resmen istediklerinde, bu ateş iyice harlandı. Birleşik Arap Cumhuriyeti (BAC) adını alan birleşik bir devlet kuruldu, Mısır bu devletin "güney eyaleti", Suriye de "kuzey eyaleti" oldu.

BAC'ın doğuşu bölgenin birçok ülkesinde halk tarafından hayranlıkla karşılandı. O güne dek uzak bir düş sayılan Arap birliğinin somutça gerçekleşmekte oluşu Irak'tan Yemen'e ve Sudan'dan Fas'a kadar muazzam bir umut yarattı. Lübnan'ın diğer birçok kentinde olduğu gibi Beyrut'ta da ülkenin gecikmeden BAC'a katılmasını ve onun "batı eyaleti" olmasını isteyen kitle gösterileri düzenlendi.

Mısır'dan, onun polis rejiminden ve cezalandırıcı millileştirmelerinden yeni kaçıp Lübnan'a sığınmış anne tarafım, Lübnan'ın yeni Nâsır cumhuriyetine katılması olasılığının dehşetle izlendiğini söylememe bilmem gerek var mı? Kaderin acımasızca peşimizi bırakmadığı izlenimi hâkimdi.

Babam hem kişisel kanaati hem de annemin duygularıyla olan empatisi nedeniyle, olup bitenden dolayı kaygılı ve öfkeliydi. O sırada günlük basında bir köşesi vardı; sivri dilli ve iğneleyici üslubuyla çok okunuyordu. Sütununda genellikle yurttaşlarının gelenekçiliklerini ve siyasal yaşamdaki densizlikleri hedef alıyordu. BAC ilan edildiğinde öfkeden köpürmüştü: "Adınızın Mısır olması gibi bir ayrıcalığa sahipseniz, adınızı değiştirmezsiniz! Gezegenin en büyük üniversitelerinde 'Mısırbilimci' unvanını gururla taşıyan ünlü âlimler vardır! Onlara bundan böyle 'BACbilimci' mi diyeceğiz, 'Mısırbilim' bölümü olan büyük üniversitelerden bu bölümlere 'BACbilim' adını vermelerini mi isteyeceğiz?"

Birçok okuyucu bu yazılanlara iyi niyetle gülüyordu. Ama gülmeyen de çoktu. Hatta babam ölüm tehditleri aldı. Bütün dostları kalemini biraz yatıştırmasını, kitlelerin idolüne saldırmamasını tavsiye ettiler; bir fanatiğin babama saldıracağından korkuyorlardı. Gerçekten de hararet artmıştı ve gerilim tehlikeli bir şekilde yükseliyordu. Nâsır yanlıları ile Nâsır karşıtları arasındaki tartışmalar sonunda gerçek bir iç savaşa dönüşecekti. Bu savaş kısa sürse de hırçın ve kanlı geçti, binlerce kurban verildi.

Dokuz yaşındaydım ve doğduğum ülkenin tarihinde "58 devrimi" adı verilen olay hakkında sadece sisli hatıralarım var. Belleğime kazınmış olanlar, özellikle önümde bazı trajik olaylardan söz eden babamın ve annemin sesleriydi: Nâsır'ı destekleyen Hıristiyan bir gazetecinin öldürülmesi; yine Hıristiyan ama Nâsır'a kesinlikle karşı bir başka gazetecinin kaçırılıp öldürülmesi; reise karşı açıkça tavır almaya cesaret etmiş az sayıda Müslüman siyasetçiden biri olan başbakanın konutunun isyancılar tarafından yakılması... Okulların altı ay boyunca kapalı kaldığını da hatırlıyorum.

O yılın 14 Temmuzu'nda kanlı bir devrimle Irak monarşisi devrildi ve kraliyet ailesinin üyeleriyle Batı yanlısı yöneticiler sokaklarda katledildiler; ABD, Arap Doğusu'nun üzerine boşalan sol milliyetçi selin Lübnan'ı da önüne katıp sürükleyeceğinden şüpheleniyordu. Akdeniz'deki filolarından, Almanya'daki üslerinden gelen, hatta bazıları Kuzey Carolina'dan itibaren kurulan bir hava köprüsüyle taşınan Amerikan askerleri kırk sekiz saat içinde Lübnan'a inmişti. Operasyona en az on dört bin asker katıldı; Beyrut limanının, havaalanının, anayolların ve hükümet binalarının güvenliğini sağladılar. Yerel hizipler arasındaki çatışmalar derhal kesildi.

Krize son vermek amacıyla, parlamento tarafından, Washington'ın da onayıyla, yeni bir başkan seçildi. Bu kişi, Lübnan ordusunun başkomutanı olan General Fuad Şehab'dı. Osmanlı döneminde uzun süre Cebel-i Lübnan'ı idare etmiş bir prens ailesinden gelen, Saint-Cyr askeri okulunda yetişmiş, Fransa Cumhuriyeti modeline hayran olan Şehab, devlet mefhumuna ve bir ulus inşa etme iradesine Lübnanlı yöneticilerin hepsinden daha çok sahipti. Derhal, ülkeyi kana boyayan olaylardan "ne galip ne mağlup" çıktığını açıkladı ve uzlaşmayı pekiştirmeye, ülkeyi modern kurumlarla donatmaya yönelik geniş çaplı bir çalışmaya girişti.

İlk girişimlerinden biri, büyük sonuçlara gebe simgesel bir jestti; eğer ülke ve bölge farklı bir şekilde gelişselerdi, bu jestin kalıcı sonuçları olabilirdi: Suriye-Lübnan sınırında, daha doğrusu Lübnan'ı BAC'ın "kuzey eyaleti"nden ayıran sınırın tam üstüne kurulu bir barakada Nâsır ile baş başa görüştü.

Eternitten yapılmış, kış şartlarına rağmen çok kötü ısıtılan bu mütevazı dikdörtgen yapıda, zayıf ve bölünmüş bir küçük ulusun başkanı, Arap dünyasının en güçlü ve en çekinilen adamıyla eşit koşullarda tartışmayı ve onunla bir tür "tarihsel uzlaşma"ya varmayı görev bilmişti; Şehab ülkesinin bir daha Nâsır'ın düşmanları tarafından üs olarak kullanılmayacağını taahhüt ederken, Nâsır da buna karşılık Lübnan'ın Birleşik Arap Cumhuriyeti'ne bağlanmasından bir daha bahsetmemeye söz verdi.

Bizim ailedekiler pek bu düzenlemeden yana değildiler. Aile sohbetlerinde, Lübnan başkanının Nâsır ile "aynı çizgiye geldiği", ülkemizi BAC'ın "peykine" dönüştürdüğü, yakında basınımızın susturulup şirketlerin millileştirileceği eleştirisi sık sık yineleniyordu.

Ama bu kaygılar hiç de haklı çıkmadı. Bugünden dönülüp bakıldığında, sınırdaki barakada yapılan o toplantı tam tersine Lübnan'ın hükümranlığını akıllıca korumayı ve bölgesindeki ölümcül karışıklıklardan kaçınmayı bildiği ender anlardan biri olmuştu.

• • •

28 Eylül 1961 günü şafakla birlikte Şam yeni bir darbeye sahne oldu. Bu defa Nâsır'a, Mısır'la birleşmeye karşı bir darbe söz konusuydu. Darbeciler, reisi ülkelerini aşağılamakla, bir sömürge veya fetih toprağı gibi muamele etmekle ve yoksullaştırmakla suçladılar.

Nâsır'ın bürokratik sosyalizminin Mısır ekonomisini olduğu gibi, Suriye ekonomisini de mahvettiği doğruydu aslında.

Ailemde BAC'ın dağılması bir rahatlama duygusuyla, hatta neşeyle karşılandı. Darbecilerin kontrolündeki Şam Radyosu'nun duyurularını ve vatanseverlik şarkılarını veren transistörlü radyonun çevresinde atılan sevinç çığlıklarını hâlâ hatırlıyorum. Babam ertesi günkü köşe yazısında o kadar coşkulu davranmıştı ki bir gün sonra Şehab tarafından cumhurbaşkanlığı sarayına davet edilip ikaz edilmişti.

Devlet başkanı, Nâsır'ın kalabalık taraftar kitlesinin uğradığı hayal kırıklığının, 1958 olaylarının anısının hâlâ canlı olduğu Beyrut sokaklarına ve diğer Lübnan kentlerine ayaklanmalar şeklinde yansımasından çekiniyordu. Ateşin üzerine benzinle gitmenin hiçbir faydası yok, diye yineleyip duruyordu. Gazeteciler sorumlu ve ihtiyatlı davranmalıydı. Şehab, dudaklarında hafif bir gülümsemeyle, "Mademki biz istediğimizi elde ettik, kaybedenleri düşünerek üzülüyormuşuz gibi yapalım" demişti. Babam bana bu sözleri defalarca tekrarlamış, cümledeki "biz" kullanımının sadece cümlenin gelişiyle mi ilgili olduğuna yoksa başkanın kendisiyle aynı duyguları paylaştığını mı ima ettiğine bir türlü karar verememişti.

Kesin olan bir şey varsa, Suriye-Mısır birleşmesi Lübnan'ın hem bağımsızlığı hem de iç barışı için ciddi ve çok yakın bir tehdit oluşturmuş, o dönemdeki yöneticilerinin bilgeliği, ileri görüşlülüğü ve ustalığı sayesinde ülke bu zorlu sınavdan sağ salim, hatta belki daha da güçlenmiş olarak çıkmıştı.

Sonraki yıllarda, seçimlerde iki koalisyon oluştuğu görüldü: Biri Başkan Şehab'ın siyasi hattından yanaydı, zaten "Hat" diye adlandırılıyordu; diğeri ise buna karşıydı ve ona da "İttifak" deniyordu. Koalisyonların her birinde Hıristiyanlar kadar Müslümanlar da vardı; sadece etnik veya dinsel aidiyete göre değil, fikirlere, programlara göre karşı karşıya geliyorlardı. Ülke iyi bir yola girmiş gibiydi; rüştünü ispatlamış, modernleşmeye ve gerek siyasal yaşamını gerekse kurumlarını adım adım "sekülerleştirmeye" kararlı bir ulus görünümünü veriyordu.

Soylu, sağlıklı, heyecan verici ve gözü pek bir yönelişti bu, üstelik başarma şansına da sahipti. Ülkenin ciddi kozları vardı.

Okulları, üniversiteleri, gazeteleri, bankaları ve ticaret gelenekleriyle bölgenin öncüsü konumundaydı. Geniş ifade özgürlüğüyle, hem Doğu'ya, hem Batı'ya açıklığıyla diğer ülkelerden ayrılıyordu. Doğu Akdeniz dünyasını ve Arap dünyasının bütününü demokrasi ve çağdaşlık yolunda daha yukarılara çekebilirdi. Ama tersine aşağı doğru çekilen o oldu. Daha fazla şiddete ve daha fazla hoşgörüsüzlüğe doğru. Sıkıntı ve gerilemeye doğru. Bütün özgüvenin ve gelecek beklentilerinin yitirilmesine doğru...

7

O kadar gelecek vaat eden bu modelin yıkılması bana artık telafisi olmayan bir hüzün veriyor. Gönlüm kolay mazeretler aramaktan yana da değil. Kuşkusuz başarısızlık kısmen doğduğum ülkeyi devasa açmazlarla karşı karşıya bırakan Yakındoğu krizleriyle izah edilebilir. Ama bu krizler karşısında verilen feci tepkiler de bir diğer izahı oluşturuyor.

Önceki sayfalarda sorumluların kötü bir durumdan çıkmanın doğru yolunu buldukları çok kritik bir andan söz ettim. Ne yazık ki bu kural değil istisnaydı. Bağımsızlık kazanıldığından beri, özellikle de son otuz kırk yılda, büyük devlet adamı vasfına sahip yönetici fazla çıkmadı. Çoğunun tek pusulası kendi hiziplerinin, zümrelerinin veya dinsel cemaatlerinin çıkarlarıydı. Ulusal sınırlar dışında güçlü müttefikler aramak alışılmış bir uygulama halini almıştı.

Her biri el altından yapılan bu uzlaşmaları kendi tarafının azınlıkta kalması, uzun süre acı çekmiş olması ve her ne pahasına kendini savunma ihtiyacı duymasıyla meşrulaştırıyordu. Lübnan'daki bütün cemaatler, en kalabalık olanlar bile tabii ki azınlıktır; her biri günün birinde baskıya veya aşağılanmaya tabii ki maruz kalmıştır; ve tabii ki hepsi hayatta kalabilmek için kurnazlık yapma ve korunma ihtiyacı duymuştur. Bu nedenle de her biri, kendi emelleri, korkuları, düşmanlıkları olan türlü çeşitli ortaklarla bölgesel ve uluslararası dayanışma ağları örmeye uğraşmıştır.

Geride kalan yıllar, krizler ve savaşlarla birlikte Lübnan toprağı doğrudan veya aracılar üzerinden sayısız çatışmanın yürütüldüğü bir açık alana dönüştü: Ruslar ile Amerikalılar arasında, İsrailliler ile Filistinliler arasında, Suriyeliler ile Filistinliler arasında, Suriyeliler ile İsrailliler arasında, Iraklılar ile Suriyeliler arasında, İranlılar ile Suudiler arasında, İranlılar ile İsrailliler arasında – çatışma listesi uzundu... Ve her seferinde bu dış çatışma mihrakları dayanabilecekleri bir yerel hizbin yardımını sağlıyor, yerel hizipler de mükemmel bahaneler üreterek, ülkeyi ve onun hassas dengelerini fazla umursamadan kendi piyonlarını ileri sürebilmek için bu dış güçlerden destek almayı ustaca ve meşru bir davranış olarak gösteriyorlardı.

Sonunda o küçük ülkenin duvarları, güzelim çatısından temellerine kadar çatlamaya başladı. Artık hiçbir şey ilk başta kurulmak istenmiş yapıya benzemiyor ve hiçbir şey düzgün işlemiyordu. Siyasal kurumlar öyle sarsılmışlardı ki her seçim döneminde çökme tehlikesi geçiriyorlardı. Ekonomi, iflası bir yarı yıldan diğerine sürekli erteleyen zahmetli el çabuklukları sayesinde ayakta durabiliyordu ancak. Yozlaşma ve rüşvet sistemli yağmacılıkla kol kola yürürken halk su, elektrik, sağlık, toplu taşıma, telekomünikasyon veya çöplerin toplanması gibi en temel hizmetlerden yoksun durumdaydı.

Gençliğimin Beyrut'unun dinlerin bir arada var olması anlamında, hatta dünyanın başka yerlerine de üzerinde düşünülmesi gereken bir örnek sunabilecek az rastlanır bir deney yaşadığı dikkate alındığında, bu maddi ve manevi yıkıntı insanın daha da içini acıtıyor.

Her insanın yaşlandıkça kendi gençlik dönemini altın çağ mertebesine yükseltme eğiliminde olduğunun farkındayım. Yine de bugünün dünyasında Hıristiyan, Müslüman ve Yahudi nüfusların hiçbir yerde dengeli ve uyumlu bir biçimde bir arada yaşatılamadığını da saptamak zorundayız.

İslam'ın ağır bastığı ülkelerde, diğer dinlerin mensupları en iyi koşulda ikinci sınıf vatandaş, çok daha sıkça da parya veya günah keçisi muamelesi görüyorlar; üstelik yıllar geçtikçe bu durum düzeleceğine giderek bozuluyor.

Hıristiyan geleneği içinde yer alan ülkelerde, İslam'a karşı takınılan tavır şüphe sözcüğüyle ifade edilebilir. Bunda tek neden terörizm değil; yerküreyi ele geçirme konusunda aynı ihtirası paylaşmış iki fetihçi din arasındaki rekabetten doğmuş daha kadim bir güvensizlik söz konusu; bu iki din sayısız haçlı ve karşı-haçlı seferi, fetihler ve yeniden fetihler, sömürgeleştirme ve sömürgelikten kurtulma mücadeleleri içinde asırlardır çatışıp durdular.

Müslümanlar ile Yahudiler arasındaki ilişkilerde de şüphe öne çıkıyor; bu defa güvensizlik, sırtlarını dine dayamış ve topyekûn bir savaşa –her düzlemde ve tüm gezegende sürdürülen bir savaş– girişmiş milliyetçilikler arasındaki daha yakın tarihli ve çok daha sert bir rekabetten kaynaklanıyor.

Tek tanrıcı dinlerin mensupları arasındaki, zihinlere sağlam bir şekilde yerleşmiş ve güncel gelişmeler tarafından da sürekli beslenen bu derin güvensizlik, farklı topluluklar arasındaki verimli alışverişleri ve kültürler arasındaki ahenkli geçişmeleri zorlaştırıyor.

Dünyanın her yerinde tüm içtenlikleriyle Öteki'ni anlamak, önyargılarını ve kaygılarını aşarak onunla birlikte var olmak isteyen sayısız iyi niyetli insan bulunduğundan hiç kuşkum yok. Buna karşılık, hemen hiçbir zaman rastlanmayan ve benim de sadece doğduğum Doğu Akdeniz kentinde tanıdığım şey, Arap uygarlığının içlerine işlediği Hıristiyan veya Yahudi topluluklarıyla yüzlerini hiç korkmadan Batı'ya, onun kültürüne, yaşam tarzına, değerlerine dönmüş Müslümanların sürekli ve iç içe geçmiş halde yan yana yaşamalarıdır.

Dinler ve kültürler arasındaki bu az bulunur bir arada var olma çeşitliliği, açık bir evrenselci öğretiden ziyade, içgüdüsel ve pragmatik bir bilgeliğin ürünüydü. Ama ben bu çeşitliliğin çok daha geniş bir etki alanına sahip olmayı hak ettiğine inanıyorum. Hatta zaman zaman bu yüzyılın zehirlerine karşı bir panzehir işlevi görebilirdi diye düşünüyorum – veya en azından kimlik kaynaklı rota sapmalarına direnmek isteyeceklere inandırıcı birkaç gerekçe temin edebilirdi. Zamanında bu katalizör rolünü oynamış toplulukların günümüzde köklerinden koparılmış ve tükenmeye yüz tutmuş hale gelmesi, sadece bu cemaatlerin kendileri ve kültür çeşitliliği açısından bir felaket değildir. Doğu Akdeniz'in çoğul toplumlarının dağılması, telafi edilemez bir manevi bozulmaya yol açmıştır ki bu da günümüzde tüm toplumları etkilemekte ve dünyamızın üstüne akla hayale gelmeyecek bir barbarlık selinin boşanmasına neden olmaktadır.

• • •

Doğduğum ülkede dinsel çeşitliliğin nasıl yönetildiği meselesine gelince, tam bir başarısızlıkla sonlandığı göz önünde tutulduğunda ona övgüler düzmek pek kolay değil. Ama eski bir Alman atasözünün dediği gibi, "banyo suyuyla birlikte çocuğu da atmak" da doğru olmaz.

Burada "çocuk" derken, en küçüklerine varıncaya dek tüm dinsel toplulukların varlığının kabul edilmesi ve her birinin yasal statüsünün, ibadet özgürlüğünün, siyasal ve kültürel haklarının –kısacası saygınlığının– tanınması fikrini kastediyorum. Lübnan daha kurulurken benimsenen bu ilke, onu dünyadaki ülkelerin pek çoğundan farklı kılmaktadır.

Bu özgünlük, uzun süre oldukça gülünç ve muhtemelen gereksiz yerel bir tuhaflık olarak algılandı. Çünkü komşu ülkeler tüm yurttaşlarının dini veya etnik aidiyetleri ne olursa olsun aynı bayrak altında yaşadıklarını güçlü ve emin bir şekilde ifade ediyorlardı. İnsanın Sünni veya Şii, Müslüman veya Kıpti, Arap veya Kürt, Nusayri veya Dürzi olmasına göre farklı muameleye tabi tutulduğunu ileri sürmeye cüret edenler, ulusun düşmanlarının uydurdukları yalanları yayıyorlardı! Ne Suriye'de, ne Irak'ta, ne Mısır'da, ne Sudan'da ne de diğer Arap ülkelerinin herhangi birinde ya da Ortadoğu'nun İsrail, İran veya Türkiye gibi Arap olmayan ülkelerinde, yurttaşlar arasında dinine veya etnisitesine göre ayrım yapılmıyordu ki zaten, öyle değil mi? Sadece Lübnan hâlâ bu arkaik yutturmacalara takılıp kalmıştı işte...

Bugün, farklı dinsel veya dilsel toplulukların varlığını kabul etmeye yönelik bu reddin, yurttaşlar arasındaki eşitliği pekiştirmeye veya ayrımcılıkları yok etmeye değil, tam tersi sonuca yol açtığını biliyoruz. Bu inkâr her yerde, oynayabilecekleri bir rol bulunan koca koca insan topluluklarının marjinalleştirilmesi ve dışlanmasıyla sonuçlandı.

Bu satırları yazarken, öncelikle kendi doğduğum bölgeyi, Yakındoğu'yu göz önünde tutuyorum; bu bölgenin hiçbir ülkesi konu hakkındaki bilançosundan gurur duyamaz. Ama inkâr dünyanın geri kalanı için de erdemli bir davranış oluşturmuyor. Kuşkusuz bazı toplumlarda, en azından kuramsal olarak, zihniyetler dinsel veya etnik farklılıkları hesaba katmayı gereksizleştirecek kadar gelişmiş olabilir. Gerçeği söylemek gerekirse, bu toplumları ben bilmiyorum, birinin bile adını veremem, yine de bir gün, ideal bir dünyada böyle bir toplum olabileceğini kabul ediyorum. Ama o zamana dek, tüm yurttaşlarına eşit davranıldığını ve toplumun hiçbir kesiminin diğerlerinden daha çok himaye görmeye ihtiyacı olmadığını iddia eden ülkelere karşı kuşkuculuğumu koruyacağım.

En endişeli cemaatlerin içini rahatlatmaya yönelik bu kaygı Lübnan tecrübesinin başlangıcından itibaren mevcuttu ve benim gözümde Lübnan'ın günümüz uygarlığına yaptığı en dikkat çekici katkı olmayı sürdürüyor. Bu "arkaizm", dış görünüşün aksine, bünyesinde gerçek bir modernitenin vaatlerini barındırıyordu.

Ama ne yazık ki gelecek vaat eden "çocuk", bir "banyo suyu" ile çepeçevre kuşatılmıştı ve bu suyu mümkün olan en kısa zamanda boşaltmak şarttı. Mezhepçilikten bahsediyorum. Başka yerlerde cemaatçilik adı verilen olgunun yerel karşılığı olan bu terim, bütün bir kota sistemini ifade etmektedir; ülkenin önemli makamları bu sisteme göre önceden cemaat temsilcileri arasında paylaştırılır.

İlk çıktığında bu fikir saçma değildi: Ne zaman bir yönetici seçilecek olsa, Hıristiyan bir adayın karşısına sürekli Müslüman bir aday çıkması, ikisinin de kendi dindaşları tarafından desteklenmesi olgusundan kaçınmak gerekiyordu. Bu nedenle makamların en baştan farklı cemaatler arasında paylaştırılmasına karar verilmişti. Cumhurbaşkanı mecburen bir Maruni Hıristiyan, Bakanlar Kurulu başkanı bir Sünni Müslüman, Meclis başkanı bir Şii Müslüman olacaktı. Hükümette Hıristiyan ve Müslüman bakanların sayısı her zaman eşit olacaktı. Ayrıca her cemaatin kendi milletvekili sayısı olacak, bu sayıya itiraz edilemeyecekti. Kamu görevlerinde de bazı dozajlara uyulmaya gayret edilmişti.

Bu kurgu karmaşık, hatta içinden çıkılması zor olmakla birlikte bir sebebi vardı ve belki de sonunda istenen neticeleri verecekti. Ama kotalar sistemine özgü zehirli ve aldatıcı nitelik yeterince dikkate alınmamıştı. Aslında cemaatler arası rekabet azaltılırsa, gerilimlerin yavaş yavaş düşürüleceği ve yurttaşlarda bir dinden veya mezhepten ziyade bir ulusa ait olma duygusunun güçleneceği umuluyordu. Ama bunun tam tersi yaşandı. Yurttaşlar haklarını elde etmek için devlete yöneleceklerine, kendi cemaatlerinin yöneticilerine başvurmayı daha faydalı buluyordu. O zaman cemaatler, zümreler veya silahlı milisler tarafından yönetilen ve kendi çıkarlarını ulusal çıkarın üzerine koyan özerk derebeyliklere dönüştü.

İşin aslı ve bunu ömrümün akşamında sonsuz bir hüzünle yazıyorum, çocuğu tutup pis suyu atacağımıza tam tersini yaptık. Çocuğu atıp geride sadece pis suyu bıraktık. Gelecek vaat eden hiçbir şey gelişemedi, çelimsiz kaldı. Endişe verici, sağlıksız olan ve kalıcı olmayacağını umduğumuz her şey ise hiç olmadığı kadar sağlam bir şekilde yerleşti.

Bugün, ideal çözümün –doğduğum ülke için, ama sadece orası için de değil– ne toplumu zararlı bir mantık içine hapsedip dosdoğru sakınılmak istenen noktaya giden kotalar sisteminde ne de sorunları örten ve çoğunlukla onları ağırlaştıran farklılıkları inkârda olduğunu düşünüyorum. İdeal çözüm tetikte olmayı sağlayacak bir düzenek kurulmasıdır; bu düzenek sayesinde nüfusun hiçbir kesiminin, daha da ideali hiçbir yurttaşın rengi, dini, etnisitesi, yaşı, cinsiyeti vb'den kaynaklanan haksız bir ayrımcılığa maruz kalmaması denetlenecektir. Toplumsal dokunun yavaş yavaş çürümesine sessiz kalmak, diğer yandan da cemaatçiliğin tuzaklarla dolu mantığına girmek istemiyorsak, nüfus içinde mevcut çok sayıda duyarlılığı dikkate almaya gayret etmek gerekir; böylece her yurttaş yaşadığı toplumla, onun toplumsal sistemiyle ve kurumlarıyla özdeşleşebilir. Böyle bir düzenek bütün gerilimlere ve bütün sapmalara her gün dikkat edilmesini gerektirir.

Tabii ki bu basit bir iş değil. Nasıl ki modern bir ülkenin yetkili makamları için kamu sağlığını, ulaşımı veya eğitimi yönetmek de basit değilse... Ama ulusun hayatta kalmasının, refahının, dünyadaki yerinin ve iç barışının söz konusu olduğunun bilincine varılırsa, bunu yapmanın yolu her ne pahasına olursa olsun bulunur.

• • •

Doğduğum bölgeye, onun sosyolojik özelliklerine ve onu mateme boğan trajedilere bu kadar önem vermem doğru mu?

Arap-Müslüman dünyanın içine düştüğü girdapların şu son yıllarda tüm insanlık için büyük bir endişe kaynağı haline gelmesi beni buna sevk ediyor. Bu bölgede ağır ve daha önce hiç görülmemiş bir şeyler cereyan etti, bu da dünyamızın düzeninin bozulmasına ve izlemesi gereken yoldan sapmasına katkı yaptı.

Sanki hep birlikte çok şiddetli zihinsel bir depreme maruz kaldık; bu depremin merkezi doğduğum topraklardaydı. Tam da bu nedenle, "fay hattı"nın kıyısında doğup büyüdüğüm için, sarsıntının nasıl gerçekleştiğini ve niçin bilinen canavarca sonuçlarıyla birlikte dünyanın geri kalanına yayıldığını anlamaya çalışıyorum.

Beni bir türlü rahat bırakmayan ve elinizdeki kitabın da eksenini oluşturan bu soruna tekrar döneceğim. Çocukluğumun kayıp cennetlerine ayrılmış bu bölümün sonunda ondan söz ediyorum, çünkü bana öyle geliyor ki eğer bu Doğu Akdeniz deneyleri başarılı olup sürdürülebilir modeller sunabilselerdi, belki de Arap ve Müslüman toplumlar farklı bir gelişim içine girebilirlerdi. Gericilik, bağnazlık, ıstırap, umutsuzluk bu düzeyde olmazdı.

Hatta belki de insanlık bile başka bir yol izleyebilir, bugün bizi doğrudan batışa sürükleyen yolda olmazdı.

II
Batma Tehlikesi İçindeki Halklar

Nasıl ki en iyi perdahlanmış demir bile paslanmaya uzak değilse, en medeni imparatorluklar da her zaman barbarlığa aynı ölçüde yakın olacaktır; metaller gibi milletlerin de sadece dış yüzeyleri parlar.

Antoine DE RIVAROL (1753-1801)
De la philosophie moderne

1

Atalarımın uygarlığına hep çok bağlılık duydum, yeniden doğmasını, gelişmesini, zenginleşmesini, ışıltısına, büyüklüğüne, cömertliğine, yaratıcılığına kavuşup tüm insanlığın bir kez daha gözlerini kamaştırmasını umutla bekledim. Ömrümün günbatımında onun güzergâhını sıkıntı, hüzün, başıboş sürüklenme, felaket, gerileme, batma, yok olma gibi kelimelerle betimleyeceğim asla aklıma gelmezdi.

Ama gözlerimizin önüne serilen bu viran manzara başka nasıl nitelenebilir? Parçalanan bu ülkeler, köklerinden sökülen bu binlerce yıllık topluluklar, tahrip edilen bu soylu kalıntılar, delik deşik edilmiş bu kentler ve gezegenin geri kalanı bir tek karesini bile kaçırmasın diye usulüne uygun şekilde filme çekilip yayımlanan bu anlatılmaz vahşet seli –recmler, kafa kesmeler, uzuv kesmeler, çarmıha germeler, linçler– başka nasıl nitelenebilir?

Halkların tarihinde kendine karşı duyulan kin nadiren bu tarz aşırı noktalara varmıştır. Dünün o görkemli yaratıcılarının torunları, uygarlıklarının itibarını yükselteceklerine; matematik, mimari, tıp veya felsefede insanlık serüvenine yaptığı katkının altını çizeceklerine; çağdaşlarına Kordoba'nın, Granada'nın, Fas'ın, İskenderiye'nin, Sirte'nin, Bağdat'ın, Şam'ın veya Halep'in parlak devirlerini hatırlatacaklarına, emanetçisi oldukları mirasa layık olmadıklarını gösteriyorlar. Hatta uygarlıklarının aleyhinde olanları haklı çıkarmak istercesine, o uygarlığa âşık olanların yüzünü sanki bilerek kızartıyorlar.

Eskiden Araplardan nefret edenlerin yabancı düşmanlığından ve sömürgecilik özleminden şüphe edilirdi; bugün ise herkes modernite, laiklik, ifade özgürlüğü veya kadın hakları adına hiç vicdan azabı çekmeden onlardan nefret etme hakkını buluyor kendinde.

"Kendine karşı duyulan kin" dedim... Bence bu tavır nispeten yakın tarihli. Benim ailemde kök salmış olan ve gençliğimde beni sürekli rahatsız eden, kendilerine ve kaderlerini ellerine alabilme kabiliyetlerine karşı duyulan güven eksikliğiydi. Bu zihin düzeni kendine karşı kin duymakla bağlantısız sayılmaz; hatta ikincisi o toprakta boy atmıştır kuşkusuz. Ama güven eksikliği aynı yıkıcı sonuçlara yol açmadığı gibi, hiçbir şekilde halka, bir etnisiteye veya bir dinsel cemaate özgü bir durum da değildir. Bir sömürgecinin, bir işgalcinin, bir metropolün omuzlara çöken otoritesine uzun süre maruz kalan herkes bu bağımlılık duygusunu, bir üst makamın onayını bekleme ihtiyacını, kendi kararlarının aşağılanması, cezalandırılması, lağvedilmesi kaygısını bilir.

Doğduğum ülkenin tarihi bu bakımdan çok şey anlatabilir. Yüzyıllar boyunca buyruklar İstanbul'dan, Babıali'den gelirdi. Zaman zaman Cebel'de bir emir isyan eder, kendine bir derebeylik kurar, ittifaklar oluşturur, iki üç zafer kazanırdı. Ne yazık ki Saray her zaman tepkisini gösterir; isyancı yenilip yakalanır, sonra da zincire vurulup rutubetli bir zindana atılırdı. Cebel-i Lübnan ancak Osmanlı'nın son zamanlarında, artık sultana kendi şartlarını dayatabilen çok daha güçlü hükümdarlar ortaya çıktığında onların cenderesinden sıyrılabildi.

Ama bir Babıali'ye itaat etme alışkanlığı yok olmadı. Artık buyruklar İstanbul'dan değil, Washington'dan, Moskova'dan, Paris'ten, Londra'dan, aynı zamanda Kahire, Şam, Tahran veya Riyad gibi bazı bölgesel başkentlerden bekleniyordu. Bugün bile, örneğin yeni bir cumhurbaşkanı seçme vakti geldiğinde, yurttaşlar potansiyel adaylardan hangisinin ülke için daha iyi olacağından ziyade, farklı dışişleri bakanlıklarının hangi isim üzerinde anlaşacaklarına bakıyorlar; hatta "seçici devletler"in uzlaşabilmesi için seçimin anayasal mühleti de aşarak ertelendiğine bile birkaç kez rastlandı.

Lübnan örneği kendine özgü yanlara sahip olmakla birlikte, Arap ülkelerinin bütününde çeşitli derecelerde bulunan ve büyük devletlerin arzularına gösterilen aşırı dikkat diye tarif edilebilecek zihniyet halini de temsil eder. Bu büyük devletlerin kadir-i mutlak ve onlara direnmenin faydasız olduğu düşünülür. Aralarında mutlaka bir gizli anlaşma bulunduğu ve çelişkilerinden yararlanmaya çalışmanın boşuna olduğu kanaati hâkimdir. Ulusların geleceği için kesinlikle değiştirilemeyecek planlar tasarladıklarına, sadece bu planları bulmaya çalışmakla yetinilmesi gerektiğine inanılır; bu nedenle Beyaz Saray basamaklarında oldukça aşağılarda yer alan bir danışmanın en küçük demeci bile Tanrısal bir buyruk gibi okunur.

Bizimkilerdeki bu kusur uzun bir cesaret kırıklığı ve tevekkül pratiğinin sonucudur. Her şeyin bir kan seli içinde sona ereceğini bildiğimize göre, protesto etmek, talepler öne sürmek, ateşlenmek neye yarar? Şu rakiple veya bu hanedanla savaşmak, büyük devletler onları asla bırakmayacağına göre, neye yarar? Tabii, bir savaşın ne zaman başlayıp ne zaman bitmesi gerektiğine karar verenler de yine aynı büyük devletlerdir. Bu muhterem savları kuşkuyla karşılayan herkes ya saf ya cahil kabul edilir.

• • •

Bu özgüven yokluğu gülünç ve rahatsız edici gelse de, Arap dünyasından birkaç yıldır yaşananlarla, yani kendinden ve başkalarından derin bir nefret duygusuyla, buna eşlik eden ölümün ve intihar eylemlerinin yüceltilmesiyle karşılaştırıldığında yine de masum gözüküyor.

Bu kadar canavarca bir savrulmayı kelimelerle izah etmek kolay değil. Burada sadece, benimle aynı çağda ve aynı bölgede doğmuş olanlara bu gelişimin, çağdaşlarımızın çoğuna kıyasla, hem daha kaygı verici hem de daha az şaşırtıcı geldiğini söylemek isterim.

Bir insan yaşamını sona erdirmeye karar verdiğinde, niçin bu kadar aşırı bir noktaya geldiğinden başka bir şey sorulamaz. Nedenler bir intihardan diğerine hiçbir zaman aynı olmasa da, genellikle ortak bir sebep mevcuttur: Umut yokluğu, hayatı değerli kılan şeyi –sağlık, servet, itibar veya sevilen insan– bir daha geri gelmeyecek şekilde kaybetmiş olma duygusu.

Halklar için de aynı şeyin geçerli olduğunu katiyen eklemeyeceğim. Çünkü, işin aslı, böyle bir şey hiçbir zaman olmaz. Evet, bazen küçük bir grup –bir aile, bir topluluk, küçük bir tarikat– topluca intihar edebilir. Hatta eski kronikler, MÖ IV. yüzyılda Fenike'de, Pers kralı tarafından kuşatılan Sidon'un sakinlerinin işgalciye teslim olmaktansa ölümü tercih ederek kendi kentlerini yaktıklarını yazar; Yahudi Sicarii'lerin Roma lejyonerlerinin eline geçmemek için kendilerini öldürdükleri Masada olayını da herkes bilir.

Ne var ki şu yüzyılda tanık olduğumuz hadise bunun ötesine geçiyor. Milyonlarca insanın umutsuzluğun pençesine düşmesi ve aralarından çok sayıda kişinin intihar eylemlerini benimseyecek noktaya varması; böyle bir şey tarihte asla görülmedi ve bana öyle geliyor ki Arap-Müslüman dünyanın bütününde olduğu gibi, diasporalarının yaşadığı tüm ülkelerde de gözlerimizin önünde cereyan etmekte olanların gerçek manası henüz tam anlaşılamadı.

Nisan 2011'de, Suriye'deki ayaklanmanın ilk aşamalarında, göstericilerin yürürken şu sloganı attıkları bir video seyrettiğimi hatırlıyorum: "Cennete gideceğiz, milyonlarca şehit olarak." Bu slogan çok geçmeden diğer Arap ülkelerinde de yankılanacaktı.

Adamları hem büyülenmiş gibi hem de dehşetle izliyordum. O dönemde silahsız olduklarını ve her gösteride rejim taraftarlarınca üzerlerine ateş açıldığını düşünürsek, büyük bir cesaret gösteriyorlardı. Tabii o sözler zarar görmüş ruhlara da işaret ediyor ve dünyanın tüm acısını çırılçıplak gözler önüne seriyordu.

Bir insan yaşama isteğini kaybederse, ona yeniden umut vermek yakınlarına düşer. Başkasını ve kendini yok etme arzusu büyük insan topluluklarını istila ettiğinde ise derman bulmak bizlere, çağdaşlarına, diğer insanlara düşer. Bunu Öteki ile dayanışma duygusu içinde yapmasak bile, en azından hayatta kalma arzusuyla yapmalıyız.

Çünkü çağımızda umutsuzluk; denizleri, duvarları, tüm somut veya zihinsel sınırları aşarak yayılıyor ve önüne set çekmek kolay değil.

2

Pek bilinmeyen bir Arap şairin, XI. yüzyılda İspanya'nın Denia kentinde doğmuş Ebü's-Salt Ümeyye b. el-Endelüsî'nin, katlanmış bir not kâğıdına yazdığım şu sözlerini hiç yanımdan ayırmam:

Balçıktan yapılmışsam
Tekmil dünya yurdumdur benim
Tekmil mahlukat da yakınlarım.

Zaten atalarımın uygarlığının bambaşka bir çehresini görmek için geçmişte bu kadar geriye gitmeye de gerek yok. Bugün gözlerimizin önüne serilen iğrençlik gözüktüğünden daha yakın tarihlidir. Ben bile farklı bir gerçekliği tanıma fırsatı buldum. Ama günümüzde bundan bahsettiğim zaman, çevremde bir rahatsızlık, sabırsızlık ve inanmazlık duygusunun yükseldiğini hissediyorum.

Bu da beni çok şaşırtmıyor. Bir felaket gerçekten cereyan ettiğinde, aslında kaçınılabilir olduğu asla ispat edilemez. İnsan buna bizzat ikna olsa bile... Ve ben buna ikna oldum. Gençliğim dünyanın bu kısmında geçti ve o zamandan beri de orayı gözlemlemeye hiç ara vermedim. Benim neslimin talihsiz ayrıcalığı Dr. Jekyll'ın yavaş yavaş Mr. Hyde'a dönüşmesine tanıklık etmesiydi; çağının normlarına pek uzak olmayan, çağdaşlarının tüm düşlerini, tüm iddialarını ve tüm hayallerini paylaşan çok geniş bir halklar topluluğunun yabani, öfkeli, tehditkâr, umutsuz kalabalıklara dönüşmesinden söz ediyorum.

O "normallik" hali bugün unutulmuş durumda. Hatta birçok kişi böyle bir şeyin bir zamanlar gerçekten var olduğuna bile inanmakta güçlük çekiyor, çünkü Araplara ve İslam'a ilişkin her şeye sanki bir başka galaksiden gelmiş gibi bakmaya alışmışlar. Bu nedenle, insanlığın XX. yüzyılda Marksizm ile hasımları arasında tanık olduğu ideolojik kırılmanın, dünyanın geri kalanında olduğu gibi Arap-Müslüman dünyada da geçerli olduğunu onlara hatırlatmakta yarar var.

Sudan, Yemen, Irak veya Suriye gibi ülkeler, komünist eğilimli büyük siyasal yapılar barındırıyorlardı. Gazze şeridi de, Müslüman Kardeşler'in Filistin şubesi olan Hamas'ın kalesi halinde gelmeden önce, doksanlı yıllara kadar marksist-leninist olduğunu söyleyen bir örgütün elindeydi.

Endonezya örneği bu bakımdan daha da anlamlıdır. Günümüzde ne zaman Endonezya'dan bahsedilse, dünyanın en büyük Müslüman ulusu olduğu vurgulanır. Benim yeniyetmeliğimde ise Endonezya başka bir özelliğiyle, dünyanın Çin ve Sovyetler Birliği'ndekilerden sonra en büyük komünist partisini barındırmasıyla tanınırdı; en kuvvetli zamanında yaklaşık üç milyon üyesi vardı, yani en yakın "rakibi" İtalyan Komünist Partisi'nden biraz daha kalabalıktı.

Burada komünist hareketi övmeye çalışmıyorum. Bu hareket tüm insanlık için muazzam umutlar uyandırdı, sonra da onlara ihanet etti. Değerli insanları, en cömert ideallerin taşıyıcılarını örgütleyip seferber etti, sonra da onları çıkmaza sürükledi. Yolundan öyle saptı ki iflası da büyük bir felaket yarattı ve dünyanın bugün tanık olduğumuz çöküntüye doğru kaymasını kolaylaştırdı.

Bu yakın geçmişi hatırlatırken kullandığım üslupta her şeye karşın biraz nostalji tınısı varsa, bunun nedeni, büyük çoğunluğu Müslüman olan çok sayıda ulus içinde yirmili yıllar ile seksenli yılların sonu arasında marksizm gibi laiklikten asla vazgeçmeyen bir ideolojinin varlığının bana bugün anlamlı ve yok olmasına hayıflanılabilecek bir gösterge olarak görünmesidir.

Tamamen siyasal yanın dışında, XX. yüzyılın önemli bir bölümünde hâkim olan ve benim de Beyrut'ta bizzat gördüğüm entelektüel ve kültürel atmosferi de hatırlamakta yarar var. Örneğin Hartum Üniversitesi'nde, Musul'un bahçelerinde veya Halep kahvelerinde erkek ve kız üniversite öğrencileri arasında yaşanmış olabilecek tartışmaları düşünüyorum; bu gençlerin ellerinden düşürmedikleri Gramsci'nin kitaplarını, oynadıkları veya alkışladıkları Bertolt Brecht piyeslerini, Nâzım Hikmet veya Paul Éluard şiirlerini, içlerini kıpır kıpır yapan devrimci şarkıları, tepki verdikleri olayları –Vietnam Savaşı, Lumumba'nın öldürülmesi, Mandela'nın hapse atılması, Gagarin'in uzay yolculuğu veya "Che"nin ölümü– düşünüyorum. Ve bütün bunlardan da fazla, Afgan ya da Yemenli kız öğrencilerin altmışlı yılların fotoğraflarında hâlâ ışıldayan gülümsemelerini derin bir nostaljiyle düşünüyorum. Sonra bugün aynı yerlerde, aynı sokaklarda, aynı amfiteatrlarda dolaşanların küçücük, kasvetli, hüzünlü ve çelimsiz evreniyle karşılaştırıyorum...

Üzüntümün birkaç nedeni daha var; bunları sık sık düşünsem de normalde pek bahsetmem.

Doğduğum bölgenin son yüz yıllık tarihini aklımdan geçirdiğimde, marksist esinli siyasal hareketlerin Müslümanları, Yahudileri ve çeşitli mezheplerden Hıristiyanları bir süreliğine yan yana getirebilen yegâne hareketler olduklarını görüyorum. Doğrudur, çoğu ülkede bu hareketlerin etkisi sınırlıydı. Ama yine de birkaç çarpıcı istisna çıktı.

Özellikle de "Yoldaş Fahd" diye anılan kişi aklıma geliyor. 1901'de Bağdat'ta Süryani bir ailede doğmuş, bir Amerikan misyoner okulunda eğitim görmüş, sonra marksizmi keşfetmiş ve toplumsal mücadelelere katılmıştı. Öyle bir kişisel etkileme gücüne ve teşkilatçılık kabiliyetine sahipti ki sadece genç Irak Komünist Partisi'nin tartışılmaz lideri olmakla kalmadı, ülkenin, tüm dinler ve mezhepler dahil olmak üzere, en popüler şahsiyetlerinden biri haline geldi. Yetkililer onu zindana atmaya karar verdiler. Ama cezaevinden hâlâ genel grevler ve kitle gösterileri tertipleyebiliyordu. O zaman ondan tamamen kurtulmanın iyi olacağına hükmettiler. "Yabancı ülkelerle ilişkiler", "yıkıcı faaliyetler" ve "silahlı kuvvetler içinde komünizm propagandası" suçlamalarıyla idama mahkûm edildi ve Şubat 1949'da bir meydanda asıldı.

Söylendiğine göre, tüm ülke mateme gömüldü. Yoldaşlarını kimse teselli edemiyordu ve binlerce militan intikam yemini etti. Hatta dokuz yıl sonra Irak krallığı devrildiği gün, göstericilerin onun ölümünden sorumlu tuttukları kişileri saraydan "Yoldaş Fahd"ın idam edildiği yere kadar sürükleyip, onlara da aynı kaderi yaşattıkları anlatılır.

Bu hikâyeyi, bugün ne bu ülkede ne de bölgenin geri kalanında Süryani Hıristiyanlar gibi küçük bir cemaate mensup birini başına geçirebilecek bir tek siyasal hareket bile kalmadığına işaret etmek için anlattım. Bugün bir Iraklının herhangi bir rol oynayabilmesi için, mutlaka ulusun üç ana bileşeninin –Şiiler, Sünniler veya Kürtler– birinden olması gerekiyor. Zaten bu üç topluluğun üçünde de örgütlü tek bir parti bile kalmadı artık...

Süryaniler veya Keldanilere gelince, atalarının binlerce yıldır yaşadıkları Mezopotamya'dan ayrılıp ABD, Kanada, İsveç ve başka yerlere sığınmak zorunda kaldılar. Daha dün, gözlerimizin önünde ve bu yüzyılın ayırt edici özelliği olan sulu gözlü bir umursamazlık içinde köklerinden koparıldılar.

• • •

"Yoldaş Fahd" örneği beni uzun süredir meşgul eden, son yıllarda cemaatçiliğin yükselişiyle birlikte önem kazanan ve yeteri kadar söz edilmeyen bir soruna değinmemi gerekli kılıyor.

Komünizmin tarihinde başından itibaren kurucular, onların devamcıları ve aleyhinde olanlar tarafından bilinçli veya bilinçsiz olarak yayılan, muazzam bir alt metin bulunup bulunmadığını sık sık merak etmişimdir; bu alt metin şöyle ifade edilebilir: Marx sadece *proleterlere* değil, aynı zamanda *azınlıklara*, mensup oldukları kabul edilen ulusla tam olarak özdeşleşemeyen herkese kurtuluş vaat etmişti. Her halükârda pek çok kişi onun mesajını böyle anlamıştı.

Irak Komünist Partisi'nin tarihsel liderinin Hıristiyan, Suriye Komünist Partisi'nin tarihsel liderinin de Kürt olması bir rastlantı değildi. Rusya, Almanya, Polonya, Romanya ve birçok ülkeden onca Yahudi'nin harekete coşkuyla katılması rastlantı değildi. İsrail devleti kurulduğunda, orada kalan Arapların kitlesel olarak Komünist Parti bayrağı altında toplanmaları da rastlantı değildi: Arap kimliklerine ihanet etme duygusuna kapılmadan, Yahudi yurttaşlarla eşit şekilde siyasal yaşama katılmalarını sağlayan tek siyasal yapı oydu. Pek çok ülkede hâkim dine veya çoğunluktaki etnisiteye mensup olmayanlar genellikle dışlanır veya en azından kenarda bırakılırlar; siyasal faaliyete katılmak isterlerse, daha büyük cemaatlere mensup hemşerileriyle kendilerini eşit hissedebilecekleri bir alan bulmaları gerekir.

Doğu Avrupa'da veya dünyanın birçok başka bölgesinde olduğu gibi, Doğu Akdeniz'de de marksist esinli hareketler uzun süre bu rolü üstlendiler. Bu hareketlerde çeşitli dinlerden ve kökenlerden erkeklere –ve kadınlara– rastlanıyordu; sınıf aidiyetini öne çıkaran, bu nedenle de azınlık statüsü engelini örten bir öğreti hepsini cezbediyordu. Dar aidiyetlerini aşıp "bütün ülkelerin proleterlerini", yani bütün insanlığı kucaklayan, uçsuz bucaksız bir kimliğe sıçramak, onlar için bundan daha güzel ne olabilirdi? Bu zihniyet hali, ona eşlik eden siyasal fikirlerden bağımsız olarak, tartışılmaz bir ilerlemeyi temsil ediyordu ve bu sadece militanlar için geçerli değildi; kendi cemaatlerinin üzerine çıkarak, cemaat mantığının yükünden kurtuluyorlar, onlarla birlikte tüm toplum da bu mantıktan biraz kurtulmuş oluyordu.

Şurası aşikâr ki harekete katılmalarının gizli nedenleri bu şekilde açıklansa, herhalde pek çoğu öfkelenirdi. Onların bakış açısına göre, sadece baskıya, yabancılaşmaya, insanın insan tarafından sömürülmesine isyan ediyorlardı. İşçi sınıfına desteklerinden veya sınıf bilincinden söz ediyorlar, hatta bazıları belli bir gururla içinden çıktıkları burjuvaziye "ihanet" ettiklerini anlatıyordu. Dinsel veya etnik aidiyetlerinin mücadelelerinde bir rolü olduğunu zor kabul ederlerdi.

Ben de kısa süre bu topluluk içinde yer aldım. O kadar kısa ki bu konuya birkaç satırdan fazla ayırmak kendini beğenmişlik olur. Harekete on sekiz buçuk yaşımda katılıp on dokuz buçuk yaşımda ayrıldım. Bende militan ya da hareket mensubu mizacı olmadığını çok çabuk anladım. Ayaklarımın ucuna basa basa, kavgasız, gürültüsüz, bir terslik yaşanmadan uzaklaştım. Orada kalan arkadaşlarımla aramı hiç bozmadım ama onların inançlarından sadece benim eski kanaatlerimle buluşanları, yani hiçbir insanın renginden, dininden, dilinden, milliyetinden, cinsel kimliği veya toplumsal kökeninden dolayı ayrımcılığa uğramayacağı bir dünyaya inananları korudum.

Belki de bu tür –evrenselci veya sadece uzlaşmacı– kanaatler küçük bir ülkeye ve küçücük bir cemaate aidiyetimden dolayı içimde kök salmıştı; benimki gibi bir profili olanlar bazı ortamlarda serpilip gelişirler, bazılarında ise yıkıma doğru giderler. Gerçi buradan hareketle, böyle bir zihniyet halinin azınlıklarda doğal olarak ortaya çıktığı sonucuna varamam. Azınlıkların en doğal tepkisi, dar topluluk aidiyetlerini (partikülarizm) beyan edip onun içine kapanmaktır, onu aşmaya çalışmak değil... Bu hep böyle olmuştur ve bu yüzyılda daha da fazla olmaya devam etmektedir.

Nostaljiden ve pişmanlıklardan söz ettim. Bu belirsiz kavramlar biraz daha yakından incelenmeyi hak ediyor. Eğer komünist partiler daha önemli bir rol oynayabilselerdi, Arap veya Müslüman ülkeler daha mı iyi bir gelişim gösterirlerdi? Sanmıyorum, hatta tam aksi kanaatteyim. Bu hareketlerin her iktidara geldiklerinde takındıkları tutuma bakıldığında, mucize beklemektense canavarca sapmalara tanıklık edileceğini varsaymak daha mantıklı olur: Etnik temizlikler, katliamlar ve bir sürü küçük Stalin. Bu açıdan hissedilecek hiçbir pişmanlık veya nostalji yok.

Buna karşılık, asıl hayıflanılacak olan her yurttaşın etnik, dini veya diğer aidiyetleri ne olursa olsun, ulusunun bünyesinde birinci derecede rol oynamasına izin veren tek siyasal alanın kaybolmasıdır.

Marksizm tarafından oluşturulan ve siyasal satrancın sol kanadında yer alan bu özgürleştirici alan sağdaki benzer bir alanla ikame edilebilseydi, buna kolayca razı olurdum. Ama edilemedi. Bu özgürleştirici alan tek kelimeyle yok olup gitti. Azınlıklar yeniden paryalara, uzatmaları oynayan kurbanlara dönüştü. Bu yok oluş benim gözümde yeri doldurulmaz bir kayıp, hatta felaketlere gebe bir gerileme oluşturuyor. Hem doğduğum bölge hem de dünyanın geri kalanı için.

Ben de bu azınlıklardan olduğum için, belki de cemaatimi savunuyormuş izlenimi veriyorumdur. Ama beni kaygılandıran başka bir şey. İnsanlık tarihi boyunca, azınlıkların kaderi bir ülkenin tüm yurttaşlarını ve toplumsal, siyasal yaşamının tüm cephelerini etkileyen daha geniş bir sorunun göstergesi oldu. Otuzlu ve kırklı yıllarda Nazilerin Yahudilere karşı tavrı, Alman ulusunun bütününe ölüm ve yıkım getirdi. Azınlıkların ayrımcılığa ve baskıya maruz kaldıkları bir toplumda her şey çürür ve bozulur. Kavramların içi boşalır, anlamlarını yitirirler. Hâlâ seçimlerden, tartışmalardan, akademik özgürlüklerden veya hukuk devletinden söz etmek aldatıcı bir istismara dönüşür.

İnsanlar etnik veya dinsel aidiyetlerine gönderme yapmaksızın yurttaşlık haklarını kullanamaz hale geldiklerinde, ulus bütünüyle barbarlık yoluna girmiş demektir. Minicik bir cemaatin mensubu tüm ülke ölçeğinde bir rol oynayabildiği sürece, insan ve yurttaş olma niteliği her şeyin önünde geliyor demektir. Bu imkânsızlaştığında, yurttaşlık ve onunla birlikte insanlık fikrinde bir arıza çıkmıştır. Bu mesele bugün Doğu Akdeniz'in istisnasız tüm bölgelerinde geçerlidir. Ve değişik derecelerle dünyanın başka bölümlerinde de giderek geçerli hale gelmektedir.

Büyük demokratik gelenekleri olan ülkelerde bile etnik kökenlerine, dinine veya özel aidiyetlerine gönderme yapmadan yurttaş rolünü yerine getirmek zorlaşıyor.

Amerikalı filozof William James bir gün üniversite öğrencilerine verdiği konferansta çok yerinde bir soru sormuştu: Mademki savaş dönemleri duyguları seferber ediyor ve her insanın sunabileceği en iyi şeyleri –arkadaşlık, yardımlaşma, gayret, fedakârlık– sunmasını sağlıyor, uyuşukluktan ve vurdumduymazlıktan sıyrılmak için, bazılarının yaptığı gibi, "iyi bir savaş" mı istemek lazım? Sorunun cevabı, toplumlarımızın bağrında "savaşın manevi bir muadili"ni icat etmek gerektiğiydi; yani erdemlere seslenecek, aynı duyguları harekete geçirecek ama savaşların yol açtığı vahşete yol açmayacak barışçı kavgalar bulmalıyız diyordu. Ben de burada benzer bir gözlemde bulunmak istiyorum: Belki de bu yüzyılda ihtiyacımız olan, proleter enternasyonalizminin –yol açtığı canavarlıkları dışarıda tutarak– "manevi muadili"dir. Gerçekten de kimlik kaynaklı tüm taşkınlıkların karşısında çağdaşlarımızı tüm siyasal, dinsel, etnik veya kültürel sınırların ötesinde, evrensel değerlerin etrafında kitlesel olarak harekete geçirebilecek geniş bir hareketin doğduğunu görmek güzel olmaz mı?

Doğduğum bölge bu alanda da örnek olabilir ve ışığını tüm gezegene yayabilirdi ama ne yazık ki sonunda karanlığını yaymaya başladı.

3

Marksizmin çok çehreli tarihine yaptığımız bu kısa ziyaretin amacı, esas olarak Arap dünyasının da uzun süre gezegenin geri kalanıyla aynı düşlerin ve aynı hayallerin peşinden koştuğunu vurgulayarak onun "normalliği"ni hatırlatmaktı. Kendimi bu noktanın üstünde durmak zorunda hissettim, çünkü günümüzde geçerli olan fikir Arap dünyasının öz itibariyle "yabancılığı"dır. Arap dünyasının ezelden beri "yok edilemeyecek farklılıklar"ın taşıyıcısı olduğuna inanılıyor. Hatta zaman zaman, bilinçli veya bilinçsiz olarak, farklı türde bir insanlığın yaşadığı ayrı bir âlem diye değerlendiriliyor.

Bu tavır geniş ölçüde paylaşılıyor. Arap-Müslüman dünyaya, oradan çıkmış halklara karşı kuşku veya düşmanlık besleyen ve sayıları durmadan artanlardan; sözleri ve eylemleriyle bu algıyı geçerli kılan İslamcı militanlardan; hatalı gördükleri bazı davranışlardan heyecana kapılıp kendi tutumlarıyla farklılıklar saptayan ve buradan tüm içtenlikleriyle kendilerine bariz gelen sonuçlar çıkaran her köken ve her inançtan insanlardan oluşan geniş bir yelpaze tarafından kabul görüyor.

Böylesi tavırlar beni endişelendiriyor, çünkü "yok edilemeyecek farklılıklar"ın varlığına inanmak bizi istemeden tehlikeli ve zararlı bir yola sokar, bu yol da evrensellik, hatta insanlık kavramlarının yok edilmesine neden olabilir. Bu inancı çürütmek için gençliğimde tanıdığım Arap dünyasının çağının normlarını nasıl paylaştığını bıkıp usanmadan hatırlatıyorum. Bu dünya da esas olarak aynı kaygılara, aynı tartışmalara sahipti, aynı şeylere gülüyordu. Ve pekâlâ, bugün gözlerimizin önüne serilenden bambaşka bir biçimde gelişebilirdi.

Benim gibi "La Toile" film sitesinde dolaşma alışkanlığı olanlar, altmışlı yılların ortalarında Mısır'da çekilmiş şaşırtıcı bir belgeselle karşılaşabilirler. Film Arapça ama internetçiler Fransızca, İngilizce ve diğer dillerde altyazı eklemeyi ihmal etmemişler. Filmde Nâsır bir amfiteatrda veya kongre salonunda görülüyor; kalabalık bir seyirci kitlesine Müslüman Kardeşler hakkındaki sıkıntılarını açıklıyor. Belgeselin ilginçliği, reisin sözleri kadar, dinleyicilerin tepkilerinden de kaynaklanıyor.

Cumhurbaşkanı, Mısır'da krallık devrildikten sonra İhvan'ın genç devrimi vesayet altına almaya çalıştığını ve kendisinin bir uzlaşma zemini bulmak için bizzat başkanlarıyla görüştüğünü anlatıyor. "Benden ne istedi biliyor musunuz? Mısır'da tesettürü zorunlu kılmamı ve sokağa çıkan her kadının başını örtmesini istedi!"

Salonda bir kahkaha patlıyor. Seyircilerin arasından yükselen bir ses, İhvan'ın liderinin tesettüre girmesini teklif ediyor. Yeniden kahkahalar yükseliyor. Nâsır devam ediyor. "Ona dedim ki: 'Bizi, insanlara sadece geceleri sokağa çıkıp bütün gün evlerine kapanmalarını emreden Halife el-Hakim zamanına mı geri götürmek istiyorsun?' Ama İhvan'ın başkanı ısrar etti: 'Sen cumhurbaşkanısın, tüm kadınlara örtünmelerini emretmelisin.' Cevap verdim: 'Tıp fakültesinde okuyan bir kızın var ve o örtülü değil. Sen bir tek kadını, kendi kızını tesettüre sokmayı başaramazken, benden sokağa çıkıp on milyon Mısırlı kadına örtünmelerini mi emretmemi istiyorsun?'"

Reis anlattıklarından o kadar eğleniyor ki söze devam etmekte güçlük çekiyor. Bir yudum su içiyor. Sonunda gülme krizini bastırmayı başarınca, İslamcı liderin –ona göre– dile getirdiği talepleri saymaya başlıyor: Kadınlar artık çalışmamalı, sinemalar ve tiyatrolar kapatılmalı, vb. "Başka bir deyimle, karanlık her yere egemen olsun istiyor!" Yeniden kahkahalar...

Bu görüntülere yarım yüzyıl sonra bakan Arapların ise içlerinden hiç gülmek gelmiyor. Daha çok ağlamak istiyorlar. Çünkü bugün herhangi bir yöneticinin böyle bir konuşma yapması düşünülemez. Bu kadar çok insan tarafından trajik bir sorun olarak görülen tesettür hakkında şaka yapmak mümkün mü? Zaten büyük ihtimalle, o salonda bulunan kadınlar –eğer hâlâ hayattalarsa–, ayrıca izleyici erkeklerin kızları ve torunları şu an akıllı uslu örtünmüş durumdadır. Bazıları kendi iradeleriyle, bazıları da toplumsal baskı başka bir seçenek bırakmadığı için...

Bu şekilde konuşan liderin herhangi bir siyasetçi, radikal laik bir fraksiyonun önderi değil, Arap dünyasının ve tüm Müslüman dünyanın –açık ara!– en popüler lideri olduğunu hatırlatmama bilmem gerek var mı? Kahire'de olduğu gibi Beyrut'ta, Cezayir'de, Nuakşot'ta, Aden'de, Bağdat'ta, hatta Karaçi veya Kuala Lumpur'da, her yerde fotoğrafları asılıydı. Ondan, vatandaşlarına ve dindaşlarına haysiyetlerini iade etmesi bekleniyordu. Öldükten sonra, hiç kimse gönüllerde onun yerini almayı başaramadı.

Bu satırları yazarken, bazı ayrıntıları kesinleştirmek için anneme danıştım, o da bana yine eski Mısır'dan, İskenderiye plajından, atla gezintilerden ve Heliopolis'teki evimizden bahsetti. Onun hatıralarında başrol tabii ki Nâsır'a ait değil. Ben ise, Nâsır dönemini doğrudan tanımadığım bir öncekiyle değil de ondan sonra gelen bizim dönemimizle karşılaştırdığım için onu belli bir nostaljiyle anımsıyorum. Bu noktada tezat çarpıcı bir hal alıyor. Reis bir askeri diktatör, yabancı düşmanı bir milliyetçi ve bizimkiler açısından bir gasıp olmakla birlikte, yine de onun zamanında Arap ulusu saygı görüyordu. Ulusun bir projesi vardı, henüz ıstırap ve kendinden nefret içine düşmemişti.

• • •

Tesettür örneğini verdim; işte İslam'ın iki ana kolunu, Sünnileri ve Şiileri kapsayan ikinci bir örnek...

Sünniler ile Şiiler arasındaki ilişkilerin günümüzdeki ayırt edici özelliği aşırı şiddettir. Çoğunlukla namaz vaktinde camileri veya hacı kafilelerini hedef alan, kanlı katliamlarla ifadesini bulan kör bir şiddet. Ve hiç görülmemiş bir sözel şiddet; iki tarafın birbirlerinden nasıl hakaret dolu ve müstehcen sözlerle bahsettiklerini görmek için internette kısa bir tur atmak yeter. Bu şiddet herkes tarafından "yüzlerce yıllık" diye tanımlanıyor. Halbuki Mısır'ın hemen hemen bütün Müslümanları gibi Sünni olan Nâsır, İskenderiye'ye yerleşmiş İranlı bir tüccarın kızıyla evlenmişti. Nâsır'ın eşi, genç kızlık adıyla Tahia Kazem, Şii'ydi, ama o dönemde ne reisin hayranları ne de hasımları için bu bir sorundu. İslam'ın iki ana kolu arasındaki kadim kavga artık geçmişte kalmış gibi görünüyordu.

Gençliğimin Lübnanı'nda da Şiiler ile Sünniler arası evliliklere çok sık rastlanıyordu. Hatta Müslümanlar ile Hıristiyanlar arasındaki evlilikler de çoğalıyordu. Kuşkusuz bu tür birliktelikler çeşitli çevrelerde çekinceyle karşılanmaya devam ediyordu ama giderek artan sayıda aile hareket halindeki dünyanın olağan bir gelişimi olarak bunları surat asmadan kabulleniyordu.

Bir gün beni görmeye gelen Müslüman yüksek burjuvazisinden bir hanımı hâlâ hatırlarım. Henüz yirmi beş yaşındaydım ama herhalde ona yaşlı bir bilge gibi görünmüştüm. Kızı arkadaşlarımdan biriyle, Hıristiyan bir öğretim görevlisiyle çıkıyordu ve evlenmeye karar vermişlerdi. Kadın, "Yaptığım pek alışılmış bir şey değil, biliyorum" demişti: "Sizden tek istediğim, tamamen aramızda kalmak üzere, bu genci ciddi bulup bulmadığınızı ve sizce kızımı mutlu edip edemeyeceğini bana söylemeniz. Tek kızımızı başka dinden birine vermek bizim için kolay değil, bu olay gerginliklere yol açacak ve bu gencin buna değeceğinden, bu adımı attığım için yarın pişmanlık duymayacağımdan emin olmak istiyorum."

Söyledikleri beni derinden etkilemişti. Bugün, onca sevdiğim o Doğu Akdeniz uygarlığını simgelediklerini düşünüyorum bu sözlerin.

Verdiğim örnekler, Arap dünyası moderniteye, laikliğe ve iç barışa doğru sakin sakin ilerlerken, "Tarih'in kazaları"nın onu yolundan saptırıp bambaşka bir yöne sevk ettiği anlamına mı geliyor? Durum o kadar basit değil. Atalarımın uygarlığı yüzyıllardır karşı karşıya kaldığı meydan okumaları aşmasını engelleyen yetersizlikler, tutarsızlıklar, kusurlar yaşadı, hatta daha yukarıda andığım metaforun çerçevesinde kalacak olursak, Dr. Jekyll'ın her zaman Mr. Hyde'a dönüşmek riskini barındırdığı söylenebilir.

Ama bu, bütün insanlar, bütün uluslar, bütün uygarlıklar için geçerli: Bazı koşullarda canavar yaratık ağır basar ve muhterem doktor silinir. Geçen yüzyılda Goethe, Beethoven ve Lessing'in ülkesinin bir gün gelip Goering, Himmler ve Goebbels ile nasıl özdeşleşebildiğini sormamış mıydık? Neyse ki Almanya o sayfayı çevirip kendi gerçek kahramanlarına, gerçek değerlerine dönmeyi bildi ve bugün gerek Avrupa'ya gerekse dünyanın geri kalanına rüştünü ispat etmiş bir demokrasi modeli sunuyor. Ben de, İbn Rüşd'ü, İbn Sina'yı, Hayyam'ı ve Abdülkadir el-Cezairî'yi çıkarmış halkların da bir gün uygarlıklarına yeniden gerçek büyüklük anları kazandırabileceklerini ümit edebilir miyim?

4

Arap dünyasını yıllardır endişe içinde, kendini nasıl bu kadar bozabildiğini anlamaya gayret ederek izliyorum. Bu konuda sayısız ve çelişkili görüşler dile getiriliyor. Bazıları suçu özellikle şiddet kullanan radikalizmde, kör cihatçılıkta ve daha genel anlamda İslam'da din ile siyaset arasındaki muğlak ilişkilerde buluyorlar; başkaları ise daha ziyade sömürgeciliği, Batı'nın açgözlülüğünü ve duyarsızlığını, ABD'nin hegemonyacılığını veya İsrail'in Filistin topraklarını işgal etmesini suçluyor. Bu etkenler mutlaka rol oynamıştır ama hiçbiri tek başına tanık olduğumuz bu sapmayı izah etmeye yetmiyor.

Yine de benim gözümde diğerlerinden ayrılan ve gerek dünyanın bu bölgesinin gerekse onun ötesinin tarihinde belirleyici bir dönemece işaret eden bir olay var; inanılmayacak kadar kısa sürse de etkileri kalıcı olacak bir askeri çatışma: Haziran 1967'deki Arap-İsrail savaşı.

Bu savaşın etkisini nasıl betimleyebilirim? Aklıma kendiliğinden gelen ilk karşılaştırma Pearl Harbor – ama askeri sonuçları açısından değil, Japon hava saldırısının şimşek gibi hızlı olması ve sürpriz etkisi bakımından. Çünkü ABD donanması 7 Aralık 1941 sabahı maddi ve insani bakımdan ciddi kayıplar yaşasa da ülke savunma ve saldırı kapasitesinin ana bölümünü korumuştu. Halbuki 5 Haziran 1967 sabahı, Mısır, Suriye ve Ürdün hava kuvvetleri filoları fiilen yok edildi; sonra kara orduları da geri çekilmek ve İsrail kuvvetlerine önemli toprak parçalarını bırakmak zorunda kaldı: Kudüs'ün eski kent bölümü, Batı Şeria, Golan tepeleri, Gazze şeridi ve Sina yarımadası.

Bu açıdan söz konusu Arap bozgununu Fransa'nın 1940'ta yaşadığı mağlubiyete benzetmek daha uygun olur. Yirmi iki yıl önce I. Dünya Savaşı'nı kazanmanın itibarını taşıyan ordusu Alman saldırısı karşısında çok çabuk çökmüştü. Yollar kaçanlarla dolmuş, önce Paris, sonra bütün ülke işgal edilmişti. Ulusun o zaman kapıldığı mağlubiyet, aşağılanma, kirletilme duygusu ancak dört yıl sonra gelen Kurtuluş ile silinmişti.

Zaten 1967 ile II. Dünya Savaşı'nın bu iki hadisesi arasındaki temel fark da budur. Amerikalıların ve Fransızların aksine Araplar bu bozguna takılıp kaldılar ve bir daha asla özgüvenlerine kavuşamadılar.

Bu satırları yazarken aradan yarım yüzyıl geçmesine rağmen hiçbir düzelme olmadı. Hatta sürekli bir kötüye gidişten söz edilebilir. Yaralar iyileşip kapanacaklarına cerahatlendi ve şimdi bunun acısını bütün dünya çekiyor.

Bu savaşın en büyük mağlubu Nâsır'dı. O zamana dek Arap dünyasında olduğu gibi bütün Müslüman âleminde de muazzam bir popülaritesi vardı; öyle ki rakipleri ve özellikle de İslamcı hareketler ona açıkça cephe almaya pek cesaret edemiyorlardı. Üstelik gençti. İktidarı otuz dört yaşında ele geçirmişti; otuz sekiz yaşına geldiğinde uluslararası nüfuzunun zirvesindeydi ve 1967'de henüz kırk dokuz yaşındaydı, iktidara sağlam bir şekilde yerleştiği ve dizginleri daha uzun süre elinden bırakmayacağı düşünülüyordu.

Savaş başladığında on sekiz yaşındaydım. Herkes haftalardır savaşın eli kulağında olduğunu biliyor ve muhtemel sonucu hakkında bol bol spekülasyon yapıyordu. Arap dünyasındaki en coşkulu tipler, Sovyetler tarafından güçlü bir şekilde teçhiz edilmiş Mısır silahlı kuvvetlerinin İsrail ordusunu bir lokmada yutacağına inanıyorlardı; bu tahminlerini desteklemek için, ölüm tehlikesiyle karşı karşıya olduğunu belirten İsrail devletinin endişeli açıklamalarını öne sürüyorlardı. En gerçekçiler ise uzun ve sıkıntılı bir çatışma bekliyor ama sonuçta Arapların hiç değilse sayısal üstünlükleri sayesinde kuşkusuz galip geleceklerini söylüyorlardı.

Her halükârda, İsrail genelkurmayındaki bir avuç subay dışında hiç kimse fiilen yaşanacak senaryoyu düşünmemişti: Birkaç saat içinde Mısır, Suriye ve Ürdün hava kuvvetlerini yerde imha ederek, Arap karşı saldırısını imkânsız hale getiren kitlesel ve yıldırım gibi bir hava saldırısı; ertesi gün de Mısır komuta heyetinin saçma bir kararla kara kuvvetlerine Sina'dan çekilmelerini emretmesiyle hezimetin hızlanması.

Çatışmalar bir haftadan kısa bir süre içinde sona erdi. İsrailliler ve Batılılar bu çatışmaya hemen bir isim koydular: "Altı Gün Savaşı" – Araplar bu isimlendirmeyi her zaman aşağılayıcı bulmuşlardır; onlar "Haziran Savaşı" veya "Altmış Yedi" ya da "Naksa" demeyi tercih ederler. Sonuncusu, bozgunun ertesi günü bizzat Nâsır tarafından kullanılmış ve yaşananların vahametini küçültmeyi amaçlayan bir terimdir; "talihsizlik" veya "geçici başarısızlık" anlamına gelen bu kelime genellikle sonunda hastanın atlatacağı tahmin edilen bir sağlık bozukluğu için kullanılır.

Ama adı geçen "hasta" bir daha kendini toparlayamadı. Araplar asla öçlerini alamadılar, bozgunun yarattığı travmayı hiçbir zaman aşamadılar; Nâsır da yitirdiği uluslararası önemine bir daha hiç kavuşamadı. Üç yıl sonra, elli iki yaşında ölecekti. Ondan sonra Mısır'ın başına geçen halefleri –Sedat, Mübarek ve diğerleri– onunla aynı tutkuya, aynı dünya görüşüne, aynı enerjiye sahip olmadıkları gibi, geniş kitleler tarafından da aynı şekilde sevilmiyorlardı. Saddam Hüseyin veya Muammer Kaddafi gibi, Arapların kahramanı rolünde onun yerini doldurma iddiası taşıyanların hepsi de madrabaz olarak algılandı.

Bundan daha da önemlisi, o zamana dek yerkürenin bu bölgesindeki hâkim ideoloji olan Arap milliyetçiliği bir günde bütün inandırıcılığını yitirdi. Başlangıçta bundan yararlanan marksizmleninizm oldu. Ama bu durum sadece belirli çevreler ve oldukça kısa bir süre için geçerliydi, çünkü çok geçmeden komünizm de bir hava boşluğuna girecek ve cazibesini yitirecekti.

Sonuçta, reisin uğradığı bozgundan asıl kazançlı çıkan siyasal İslam olacaktı. Hâkim ideoloji olarak milliyetçiliği o ikame edecekti. Vatansever özlemlerin bayraktarlığında Nâsırcılığın ve türevlerinin, ezilenlerin sözcülüğü konumunda da marksist esinli hareketlerin yerini alacaktı.

• • •

Bu kısa savaşı doğduğum bölgenin son dönemde rotasından sapmasının kaynağı olarak görmekle, insanın tanığı olduğu olaylara aşırı önem atfetmesi diye özetlenebilecek o çok yaygın, sıradan, insani hataya düşmüş olmuyor muyum? Arap dünyası hakkında bilgi sahibi olanların çoğuna göre, cehenneme iniş 1967 bozgunuyla değil, İsrail Devleti'nin doğuşunun hemen ardından gelen 1948 bozgunuyla başlamıştı. Hatta bazılarına bakılacak olursa, başlangıç noktası otuz yıl daha geride, I. Dünya Savaşı'nın sonunda galip İtilaf devletlerinin, İngilizler tarafından Albay Lawrence aracılığıyla Mekke Şerifi'ne vaat edilmiş Arap krallığını kurmaktan vazgeçmeleriydi.

Bu yaklaşımların her biri kendi gerçeklik payına sahiptir. Arapların yaşadığı hüsran duygusunun kökeninin eskilere, çok eskilere, kuşaklar, hatta yüzyıllar öncesine uzandığı doğrudur. Yine de günümüzdeki intihara ve cinayete meyilli umutsuzluğun nasıl doğduğu anlatılmak isteniyorsa, en önemli tarih 1967 yılıdır. O zamana dek Araplar öfkeliydi, ancak hâlâ umutları vardı. Özellikle de Nâsır'a umut bağlamışlardı. Ama o tarihten sonra umut etmeyi kestiler.

Hatta içimden açık açık şunu yazmak geçiyor: Arap umutsuzluğu 5 Haziran 1967'de doğdu.

O sırada genç bir üniversite öğrencisi olan benim için, o kader günü sosyoloji bölümüne kaydolduğum Beyrut Edebiyat Fakültesi'nde yıl sonu sınavlarının başladığı gündü. Sınav salonuna sabahın sekizinde, son haberleri dinlemeden girmiştim; radyoda silahlı bir çatışmadan kaçınmak için sürdürülen diplomatik çabaların iyi yolda olduğu söylenmişti. Sınav çıkışında, öğleden biraz önce, yakın bir arkadaşım bir günlük gazetenin birinci sayfasını elinde sallayarak bana doğru koştu; özel baskı çok büyük harflerle savaşın başladığını ve İsrail hava kuvvetlerinin imha edildiğini duyuruyordu.

Evet, İsrail hava kuvvetlerinin. Bütün gazeteler, Kahire ve Şam kaynaklı askeri bildirilere dayanarak aynı şeyi söylüyorlardı. O sırada Arap hava kuvvetlerinin filoları çoktan yerde imha edilmişti ama bu bilinmiyor ve tam tersi söyleniyordu. Yayınları hoparlörlerden bangır bangır verilen Arap radyoları, İsrail'in "tuzağa düştüğünü" duyuruyor ve düşürülmüş uçak sayılarını veriyorlardı. Sonradan öğrenciler öfke ve utançtan ağlayacaklardı; o sırada hepsi İsrail'in elinde kaç uçak kalmış olabileceğini hesaplamakla meşguldü. Birisi, dün üç yüz uçakları vardı, diye açıklıyordu; iki yüz elli yedisi imha edildiğine göre ellerinde kırk kadar uçak kaldı, çok geçmeden onlar da aynı sonu yaşar.

Eve döndüğümde aynı "haberleri" babama tekrarladım. Hiçbir görüş, hiçbir duygu ifade etmeksizin başını sallamakla yetindi. Biraz hayal kırıklığına uğramıştım. Gazeteci olarak haberleri saat saat, tutkuyla takip eder, hem köşe yazılarında, hem aile sofrasında hem de benle yaptığı baş başa sohbetlerde yorumlardı. Bu kadar önemli bir olay karşısında neden böyle sakin durduğunu anlamıyordum.

Ancak akşama doğru tekrar yanıma gelip uçaklardan söz etti. Yanıma oturdu, yerli sigara paketini cebinden çıkardı; beyaz karton paketin arkasına not alma alışkanlığı vardı. Paketi uzatıp sadece şunu söyledi: "İşte gerçek rakamlar!" Ve beni incitmemeye çok özen göstererek çatışmaların gidişatının Arap radyolarında anlatılanın tam aksi olduğunu açıkladı. Önümüzdeki günlerde çok temkinli davranmak gerektiğini de ekledi. "İnsanlar gerçekte neler olup bittiğini nihayet öğrendiklerinde, öfkeden çılgına dönecekler ve her şeyi kırıp dökmek isteyecekler."

Nitekim ertesi günden başlayarak Beyrut, Trablusşam ve bölgenin daha birçok kentinde ayaklanmalar başladı. Nâsır'ın ve Arap ulusunun düşmanı olarak algılanan her şey –İngiliz şirketleri, Amerikan misyonları ve Yahudi cemaatleri, hatta daha önce hiç hedef alınmamış Tunus'taki Yahudi cemaati bile– saldırıya uğradı.

Reis Cuma günü radyoda yaptığı ciddi ve dokunaklı konuşmada yenilgiyi kabullenip istifa ettiğini açıkladı. Mısır, Lübnan ve başka yerlerde derhal milyonlarca insan sokaklara çıkıp iktidarda kalmasını istediler. Ertesi gün, Cumartesi kararını geri aldı.

Tarihçilerin çoğu bu istifanın kitleler nezdinde güven tazelemek ve yeniden meşruiyet kazanmak için yapılmış ustaca bir manevra olduğunu düşünüyor. Muhtemelen doğrudur. Söz konusu kitlelerin onu çok tuttuğuna ve ülkenin başında kalmasının içlerini az da olsa rahatlattığına kuşku yok.

Büyük adamı sevmemek için bin bir nedeni olan ben bile, istifasını duyduğumda hayatta çok ender başıma gelen o yıkılma duygusunu yaşamıştım. Benim için asla bir baba figürü olmamıştı ama o anda kendimi yetim gibi hissetmiştim. Bir selin ortasında kalmışım da tutunacak tek dal oymuş izlenimi içindeydim. Sanırım halklar kargaşa ve şaşkınlık saatlerini böyle yaşıyorlar.

Belleğimde kalan bir olay var. O yıl, üniversitedeki ilk yılımda iki farklı okula kaydolmuştum. Sosyoloji için Edebiyat Fakültesi'ne –ama 5 Haziran sabahı doldurduğum sınav kâğıdı hiçbir zaman geçerli olmayacak ve sınavlar ertelenecekti–, ekonomi eğitimi için de Saint-Joseph Üniversitesi'ne; oradaki sınavlar savaştan birkaç hafta önce yapılmıştı, sonuçlar da 9 Haziran Cuma günü asılacaktı.

Tarihlerdeki rastlantıya bakın ki o Cuma Nâsır'ın istifa ettiği gündü. Kahire'den "Arapların Sesi" radyosundan yayımlanan konuşmayı dinlemiş ve –söyledikleri, istifası, yenilgi, olup biten her şey yüzünden– öyle allak bullak olmuştum ki sınavlarım aklıma bile gelmiyordu. Annem sonuçları alıp almadığımı sorunca gidip bir bakmaya karar verdim.

Üniversiteye gittim. Listeler içeride, panolara asılıydı. Her öğrencinin adı, sonra da aldığı sonuç yazılıydı. Yaklaştım. Baktım. Sonra oradan ayrıldım.

Dışarı çıkıp eve doğru yollanmıştım ki çok tuhaf bir hisse kapıldım: Geçtim mi geçmedim mi hatırlayamıyordum. Geri dönüp listeye yeniden bakmak zorunda kaldım.

O güne kadar hiç böyle bir zihinsel karmaşa yaşamamıştım. İkinci sınıfa kabul edilip edilmediğimi beş dakika geçmeden unutmuş olmak ne demekti? Benim için bu kadar önemli ve akılda tutması bu kadar kolay bir olayı nasıl unutmuştum? O şaşkınlık ve dalgınlık ânı belleğimde, Haziran 1967 felaketinin benim gibi bütün Araplar için de zamanda oluşturduğu yırtılmanın simgesi olarak duruyor.

Hiç kuşkusuz, doğduğum kentin üzüntüsünü farkında olmadan bu şekilde dışa vurmuştum.

5

Kısacası, savaşı Araplar kaybetmiş, İsrail ise kazanmıştı. Yine de geri dönüp bakıldığında, bu çok kısa çatışmanın aslında savaşan tarafların hepsi açısından bir felaket olup olmadığı sorgulanabilir. Tabii ki aynı tarzda, aynı anda, aynı şiddette bir felaket söz konusu değildi; ama tarafların hepsinde asal ve bugün artık tamir edilemez gibi gözüken bir şey yıpranmıştı.

Mağluplar açısından bakıldığında, böyle bir bozgunu hemen aşmaları haliyle beklenemezdi. Bozgunun bilincine varmaları, didik didik incelemeleri, sonra da hazmetmeleri için zaman lazımdı. Nitekim Altmış Yedi'den sonraki birkaç yıl boyunca Beyrut merkezli, tüm Arap dünyasından insanların gelip katıldığı daha önce benzeri görülmemiş bir entelektüel ve kültürel zenginlik yaşandı. Kendi payıma bu gelişmeyi gazetelerde, tartışma çevrelerinde, üniversitede ve aynı zamanda tiyatroda dikkat ve beklentiyle izliyordum. Özellikle Suriyeli oyun yazarı Sadullah Vanus'un yakın zamanda yaşanan bozgunu alaycı bir dille ele alan ve adı "Beş Haziran'ın Etrafında Şenlikli Bir Sohbet" diye çevrilebilecek piyesinin kopardığı gürültüyü hatırlıyorum. Yine Suriyeli şair Ömer Ebu Rişe, bir strateji geliştirmek üzere Fas'ta toplanan ama uzlaşmayı başaramayan Arap devlet reislerine karşı iğneleyici dizelerini okuduğunda ben de salondaydım.

Utanç silinip yok olsun kaygısıyla bir zirve
Topladılar Rabat'ta, iyice pekiştirdiler utancı.

O sırada tüm Arap dünyasında, özellikle de benim doğduğum kentte toplumlarımızın neyin sıkıntısını çektiklerini anlamaya ve buna derman bulmaya yönelik hakiki bir arayış vardı. Bir anlamda, kolektif bir içe bakış çabası söz konusuydu. Ama bu uğraş çok ileri gitmedi. Her halükârda, gerçek bir silkinme sağlayacak kadar ileri gitmedi. O dönemde çözümün dinde olduğu önermesi pek duyulmuyor, başka hayallerin peşinden koşuluyordu: Çözüm "namlunun ucunda"ydı, çözüm mutlaka marksizm-leninizmdeydi veya Nâsırcılığın marksistleştirilmiş versiyonundaydı... Mao'dan, Che'den veya öğrenci ayaklanmalarından esinlenmiş bu sözde reçeteler peş peşe hayal kırıklıklarına, trajedilere, yanılgılara, çıkmazlara yol açacaklardı.

Öyle ki Altmış Yedi'den yarım yüzyıl sonra, Arap halkları hâlâ "sersemlemiş" durumdalar, sendeliyorlar, bozgunun yarattığı travmayı aşamıyorlar. Bu bozgun bir mezar taşı gibi göğüslerine bastırmaya ve zihinlerini bulandırmaya devam ediyor. Pan-arabizmden vazgeçtiler vazgeçmesine ama mevcut sınırları hâlâ küçümsüyor, yöneticilerinden nefret ediyorlar. İsrail'le yapılacak bir sonraki savaşı beklemekten vazgeçtiler, ancak barış da istemiyorlar.

Belki daha da kötüsü: Dünyanın geri kalanının onlara karşı birlik olduğuna, onları anlamadığına, saygı duymadığına, aşağılandıklarını görmekten hoşlandığına ve bu tavrı değiştirmek için uğraşmaya bile değmeyeceğine inanıyorlar. Kuşkusuz en kaygı verici araz da bu olsa gerek. Çünkü bir mağlup için en kötüsü, bozgunun kendisi değil, ondan hareketle ebedi mağlup sendromunu üretmektir. Sonunda tüm insanlıktan nefret etme ve kendi kendini yok etme noktasına gelinir.

Günümüzde atalarımın ulusunun başına gelen tam olarak budur.

Araplar yaşadıkları bozgunu aşmayı neden başaramıyorlar? Pek çoğunun bunu endişe içinde, sıklıkla da acılarını azaltmak için kendileriyle alay ederek sürekli sorduklarına bizzat tanığım.

Tarihle ilgilenen biri için, bu sorgulama bir başkasının kapısını aralıyor: En kötü bozgun zamanlarında başka halklar ne yapmıştı? Yüzyıllar boyunca kuşkusuz her türlü örnek görülmüştür. Daha yukarıda 1940 felaketinden sonra Fransa ve Pearl Harbor'dan sonra ABD örneklerine değindim; her ikisi de ağır darbeler yemişti ama öçlerini çok geçmeden, savaş sona ermeden alabileceklerdi. Alman tümenleri tarafından işgal edildikten sonra toparlanmayı, yeniden saldırıya geçmeyi ve ordularını düşmanın kalbine kadar sokmayı başaran Sovyetler Birliği de hatırlatılabilir.

Bu, yenilgi yaşayanlar için bir rüya senaryodur ve Araplar Ekim 1973'te, Moskova'nın yardımıyla, bunu tekrarlamayı denediler;

sürpriz bir saldırıyla Süveyş Kanalı'nı geçip Bar-Lev hattını yardılar ama başarıları kısa sürdü. Silah ve cephane ikmalini sağlayan bir hava köprüsü sayesinde, İsrail üstünlüğü yeniden ele geçirdi. Nâsır'ın halefi olan Sedat bu olaydan ders çıkardı. Savaştan vazgeçip bir barış antlaşması imzalamayı kabul etti. O günden beri hiçbir Arap lideri İbrani devletine karşı geniş çaplı bir askeri harekâta girişemedi.

Neyse ki halkların bozgunlarını aşıp haysiyetlerini geri kazanmak için sahip oldukları tek çare, silahlarla öç almak değildir.

Örneğin II. Dünya Savaşı'nın mağluplarına, özellikle de Almanya ile Japonya'ya bakacak olursak, 1945'ten sonra o müthiş askeri güçlerini yeniden oluşturmaktan vazgeçtiklerini, hatta ulusal gururlarıyla her türlü savaş şanı arasına mesafe koymaya gayret ettiklerini, ağırlığı endüstriyel kalkınma ve refah arayışına vermeyi tercih ettiklerini görürüz. Gerçekten de ekonomik alanda elde ettikleri mucizevi başarılar onları yirmi yıl içinde dünya uluslarının en ön sırasına fırlatmış, bazen onları yenenleri bile kıskandırmıştır.

Büyük bir tarihsel sınavla yüzleşme biçimleri konusunda bir diğer anlamlı örnek Güney Kore'dir. Bu ülke XX. yüzyılın ortasından beri çok travmatik bir durum yaşamaktadır; yarımadanın kuzeyi en yıkıcı silahları geliştirmiş ve yoluna çıkacaklara, özellikle de Güney Kore'ye karşı bunları kullanma tehditleri savurup duran tuhaf bir komünist hanedanın hâkimiyetindedir.

Eğer Güney Kore son otuz kırk yıl boyunca sürekli bir paranoya içinde yaşayıp, kalıcı bir sıkıyönetim altında baskıcı askeri bir rejimi iktidarda tutup tüm kaynaklarını ufukta görülen büyük savaşa ayırsaydı, kimse onu suçlayamazdı. Ama bunu yapmadı. Bir antikomünist diktatörlük döneminden sonra, seksenli yıllardan itibaren kararlı bir şekilde çoğulcu ve liberal demokrasi yoluna girdi; mutlak önceliği eğitim kalitesine verdi, bu sayede bugün gezegenin en iyi eğitilmiş nüfuslarından birine sahip oldu; ayrıca ekonomisini geliştirmeye ve yıldan yıla yurttaşlarının yaşam seviyesini yükseltmeye uğraştı.

Bugünün Koresi'ne baktığımda, gençliğimin atlaslarında Üçüncü Dünya'nın parçası olduğuna, hatta o zamanki sıralamalarda, daha sonra yarış içinde zarifçe "sollamayı" bildiği Meksika, Arjantin, İspanya, Türkiye, İran, Irak ve Lübnan, Suriye ya da Mısır gibi onlarca ülkenin gerisinde –çoğunun epey gerisinde– yer aldığına inanmakta güçlük çekiyorum. Hele Mısır ile kıyaslama oldukça öğretici. 1966'da, o dönemin dolarıyla, kişi başına gelir Kore'de 130 dolar iken Mısır'da 164 dolardı. Elli yıl sonra rakamlar kabaca Güney Kore için 30.000 dolar, Mısır için 2.500 dolar. İki ülke artık "boksta" aynı sıklette değillerdi.

Bir yarımadanın yarısını kaplayan ve nüfusu Birmanya'dan, yüzölçümü ise Küba'dan küçük bu ufak ülke şu anda gezegenin önde gelen sanayi güçlerinden biri. İleri teknolojilerde sık sık Amerikalılara, Avrupalılara ve Japonlara nal toplattırıyor; büyük markaları –tablet, telefon, televizyon ve robot olsun– gezegenin tüm evlerine girmiş durumda; tersaneleri dünyada Çin'in ardından ikinci sırada yer alıyor; otomobil üretiminde sadece Çin, ABD, Japonya, Almanya ve Hindistan'ın gerisinde, o da az farkla. Sadece çok daha büyük veya kalabalık ülkeler onu geçmiş durumda.

Kuşkusuz yarımadanın kuzeyi hâlâ güneyden ayrı, hâlâ silahlanmayı ve tehditkâr nutuklar atmayı sürdüren aynı hanedan tarafından yönetiliyor. Güney Koreliler onu dikkatle, ancak çalışmaya, öğrenmeye, inşa etmeye, ilerlemeye ara vermeden izliyorlar. Bazen Washington ile Pyongyang arasındaki, Washington ile Pekin arasındaki veya Tokyo ile Pyongyang arasındaki gergin ipte yürümeye zorlanıyorlar; bazen yenilir yutulur olmayan şeyleri hiç sitemsiz sineye çekmek zorunda kalıyorlar. Ama er ya da geç kuzeydeki yurttaşlarının yeniden yanlarına geleceklerini, o zaman onları karşılamayı ve Batı Almanların Doğu Almanlara yaptıkları gibi onlarla yeniden bütünleşmeyi bileceklerini söylüyorlar.

Sınav daha sürecek, acılı ve kimi zaman çok tehlikeli olacak ama Güney Kore bu sınavdan galip çıkma araçlarını edinmiş durumda.

• • •

Demek ki bozgun ve toprak kaybıyla baş etmenin farklı biçimleri olabiliyor. Tarihte pek çok kez sonuç almış askeri seçenek yeğlenebilir ama sınavdan başarıyla çıkmak için başka yollar da benimsenebilir. Önemli olan serinkanlılıkla düşünmek, artıyı eksiyi iyice tartıp biçmek, sonra da en avantajlı doğrultuyu belirleyip kararlılıkla yürümektir. Bütün bu süreç boyunca mizacının veya ortama hâkim olan gürültü patırtının değil, aklının sesine kulak vermektir. En önemlisi ise doğru soruları sormaktır. Doğru soru, "Silaha başvurma *hakkına* sahip miyiz?" değildir, çünkü bu sorunun cevabı mutlaka "Evet" olacaktır. Doğru sorular şunlardır: "Çatışmayı askeri düzlemde sürdürmek bizim *çıkarımıza* mı?", "Bugün silaha başvurmanın sonuçları bizim mi yoksa düşmanlarımızın mı yararına olur?" Bu sorular, eldeki imkânların, kuvvet dengesinin serinkanlı bir şekilde değerlendirilmesini gerektirir.

Siyasetle ilgilenen herkesin, hele bir halkın kaderine yön verenlerin hiç düşünmeden bu yaklaşımı benimsemeleri gerekirdi. Ama ne yazık ki Arap dünyasında kararlar, en can alıcı anlarda bile, üstelik en büyük, en adanmış, en şahsiyetli liderler tarafından bile böyle alınmaz.

Altmış Yedi Savaşı'yla ilgili çok şey okudum. Tarihçilerin çalışmaları da tanıkların anlatıları da savaşın pek çok yönü hakkında farklı bakışlar sergiliyor; ama ister Arap, ister İsrailli, ister Batılı veya Rus olsun, hepsi bir noktada mutabık görünüyor: Nâsır bu savaşa girmek istememişti. Kuşkusuz kendi ordusu ile Yahudi devletinin ordusu arasında er ya da geç büyük bir çatışma yaşanacağını öngörüyordu. Ama o sırada, o bağlamda, o şekilde değil. Savaştan önceki haftalarda Nâsır'ın yakınında bulunmuş kişilerin pek çoğu, onun duraksadığını, kuşku duyduğunu, savaşa girmemeyi tercih edeceğini gösteren sözlerini naklediyor.

Peki o zaman, yine de savaşa girmiş olmasını nasıl izah etmeli? Okuduklarımdan kafa karıştırıcı ve dönemin bazı tartışmalarında söylenenlerle buluşan bir sonuca varıyorum: Nâsır, muazzam popülaritesine rağmen, belki de bundan ötürü, insan olarak vaat verme hususunda zayıftı. Tüm hatipler gibi onu alkışlayan kalabalıkların isteklerini hissediyordu ve bunların aksine davranması zordu.

Roma tarihinde, Plutarkhos'un *Paralel Yaşamlar*'da naklettiği, öğretici bir öykü vardır. Bir muharebe esnasında meşhur konsül Caius Marius küçük bir müstahkem mevkie çekilmişti; karşısındaki kuvvetin komutanı haykırdı: "Eğer büyük bir generalsen, in aşağı, çık dövüş!" Marius cevap verdi: "Eğer sen büyük bir generalsen, beni istemediğim halde dövüşmeye zorla!"

Nâsır, antik dünyadan gelen bu örnekten esinlenip savaşın gününü ve yerini kendi adına başkalarının belirlemesine izin vermese iyi ederdi. Bu işi ne düşman generallere ne de Arap cephesinde kimi zaman milliyetçi coşkuları nedeniyle kimi zaman da onu tökezletme amacıyla ortamı körükleyip duranlara bırakmalıydı.

Reis gerçekten de tökezledi ve düşerken bütün Arapları da uzun süreliğine peşinden sürükledi. Ölümünden birkaç ay önce yaptığı son konuşmalarından birinde, İsrail'den bahsederken şöyle diyordu: "Nasıl ki düşmanın tek bir muharebeyi bile kaybetmeye tahammülü yoksa, biz de artık kaybetmeyi göze alamayız. Düşman sırtını denize vererek savaşıyor, biz ise sırtımızı hiçliğe vererek savaşıyoruz."

6

Bozgun bazen bir fırsattır, Araplar fırsatı yakalamayı bilemedi. Zafer bazen bir tuzaktır, İsrailliler tuzaktan kaçınmayı bilemedi.

Denecek ki, bu söylenen Araplar açısından malûm. Peki İsrail tuzağa mı düştü yani? Altmış Yedi'den beri bölgesinin birinci askeri gücü haline gelen, komşularının hiçbirinin aklından artık onu işgal etmek geçmezken keyfine göre onların sınırlarını aşıveren, tek küresel süper güçle iki devletten hangisinin diğerine kur yaptığının anlaşılamayacağı kadar yakın bir ittifak dokuyan, aynı zamanda eskiden Arapların büyük müttefikleri olan Rusya, Hindistan veya Çin gibi büyük devletlerle sağlam ilişkiler inşa edebilen İsrail mi tuzağa düştü?

Nâsır karşısında kazandığı şaşırtıcı zaferden beri İsrail bambaşka bir bölgesel ve uluslararası önem kazandığı için, bu listeyi daha çok uzatabilirim. Bu önem Yahudi dünyasında sonuçlara yol açtı; Yahudiler binlerce yıllık aşağılanmanın ve neredeyse sonlarını getirecek bir felaketin ardından, bugün daha önce benzeri görülmemiş bir gelişme gösteriyor, bu da büyük ölçüde Siyonist projenin –hiç kimsenin, hatta en iyimser kurucuların bile öngörmedikleri– başarısından kaynaklanıyor.

1919'da toplanan Versailles konferansında, kulislerde koşuşturan çok sayıda ziyaretçi arasında iki simgesel şahsiyet vardı; biri Arap ulusal hareketini, diğeri de Yahudi ulusal hareketini temsil ediyordu. İlki, Hâşîmî Mekke emirinin oğlu, geleceğin kısa süreli Suriye kralı ve müstakbel Irak kralı Prens Faysal'dı, yanında da ünlü danışmanı Arabistanlı Lawrence vardı; ikincisi ise Rus Çarlığı'nda doğup İngiltere'ye göç etmiş ve otuz yıl sonra İsrail devletinin ilk cumhurbaşkanı olacak Siyonist lider Haim Weizmann'dı.

Bu iki adam arasında, Faysal'ın geleneksel kıyafeti, yanındaki Weizmann'ın da kardeşlik işareti olarak başında kefiye ile boy gösterdikleri şaşırtıcı bir fotoğrafın tanıklık ettiği bir buluşma yaşandı. Ayrıca iki ulus arasındaki tarihsel bağları öven yazılı bir anlaşma da yaptılar; bu anlaşmada Emir tarafından bir koşula bağlı olarak beyan edilmiş taahhüt de yer alıyordu: Eğer Araplar, Cihan Harbi'nde kendilerine vaat edilmiş geniş krallığı elde ederlerse, Yahudilerin Filistin'e yerleşmelerini destekleyeceklerdi.

Tabii ki bunların hiçbiri gerçekleşmedi ve akim kalan bu buluşmayı sadece yola gelmez hayalciler hâlâ özlemle yad ediyorlar. Ben, bu iki ulusal hareketin uluslararası sahneye eşzamanlı olarak çıktığını ve ilk reflekslerinin bir uzlaşma zemini bulmak olduğunu hatırlatmak için burada bu konudan söz ettim.

Sonra yolları ayrıldı ve kaderleri dramatik bir şekilde farklılaştı. Arap ulusal hareketi dikkat çekici birkaç başarının ardından uğradığı askeri bozgunla yere serildi ve anlaşıldığı kadarıyla, o zamandan beri bir türlü toparlanamadı; mirasçıları durumun tamamen farkındalar ve bu da onların acılarını, içine düştükleri karışıklığı, kendilerine ve kâinatın geri kalanına duydukları öfkeyi izah ediyor.

Buradan hareketle, özlemini duyduğu devleti kurmayı başaran Yahudi ulusal hareketinin tam tersine harika durumda ve mirasçılarının mesut, güvenli oldukları sonucuna varılabilir mi? İsrail ve diasporadaki siyasal ve entelektüel yaşamı yakından takip edenler hiç de böyle olmadığını bilirler. Zihinlere yerleşmiş bir varoluşsal kuşku var ve bu derin kuşkunun kolay kolay gitmeyeceği anlaşılıyor. Arap dünyasının çektiği sıkıntıyla aynı türde olmasa da, o da kendi tarzında aşırı endişe verici bir hal almakta.

Konunun bizzat muhataplarının bu endişe için buldukları sayısız sebebi gözden geçirmek yerine, ben doğrudan o şüpheyi billurlaştıran ikileme, yani işgal altındaki topraklar sorununa yöneleceğim. İsrailliler, Haziran 1967'de ele geçirdiklerinden beri, Batı Şeria'yı ne yapmak lazım, diye sorup duruyorlar. Normalde, bu sorunun cevabı bir barış antlaşması karşılığında bir gün oradan çekilmek gerektiğiydi. Elbette haklarında asla mutabakata varılamayan "ikincil sorular" hep vardı: Barış kiminle ve hangi koşullarla yapılmalı? Hangi topraklardan çekilmeli, hangilerinde kalmalı? Filistin topraklarının statüsü ne olacak? Asayişin sağlanması için bir polis gücüne sahip "özerk bir yapı" mı yoksa tamamen bağımsız, dört başı mamur bir ordusu olan gerçek bir devlet mi?

Bu sorular her türlü barış olasılığını çok uzaklara erteleyecek ölçüde çetrefildi. Nitekim, 1993'teki Oslo antlaşması gibi diğerlerinden biraz daha umut verici birkaç girişime karşın, son otuz kırk yıl içinde çok olumlu, daha da önemlisi sonuç alıcı hiçbir şey yaşanmadı. İsraillilerin bütün önerileri Filistinlilere işgalci tarafından dikte edilen koşullar gibi gözüktü – pek de haksız sayılmazlardı; gerçekten işgalci de kuvvetli konumda olduğu ve öyle kalabileceğine güvendiği için, ödün vermekte aceleci davranmıyordu. Gerekirse yüz yıl bile sabredebilirdi!

Altı Gün Savaşı'nın kazanana da uğursuzluk getirdiğini söylememin nedeni, İsrail nüfusunun çeşitli kesimlerinde şu zihniyetin ortaya çıkıp yayılmasına yol açmasıydı: Acele etmenin ne faydası var? Niye ödün verelim? İsrail ile barış antlaşması imzalayacakların buna uyacaklarını veya onların ardıllarının antlaşmadan vazgeçmeyeceklerini kim garanti edebilir? Zaten Araplar ne yapabilir ki? O kadar çekindiğimiz askeri güçleri bir haftadan daha kısa bir süre içinde imha edilmedi mi?

Bir "Yiğitler Barışı"* ancak birbirlerine saygı duyan hasımlar arasında yapılabilir. 1967 savaşının çok kısa sürmesi bu saygıya sekte vurdu ve adil, özgürce rıza gösterilen ve kalıcı bir uzlaşmaya erişme imkânlarını uzun süreliğine ortadan kaldırdı.

* "Yiğitler Barışı", savaşanların sergilediği yiğitliği dikkate alarak iki taraf için de şerefli koşullar içeren bir barış antlaşması veya teklifidir. Bu eski bir kavramdır, MÖ 241'de Paralı Askerler Savaşı sırasında Hamilcar Barca tarafından isyancılara önerilmiştir (ç. n.).

Son dönemde İsrail toplumunu ele alan tarihçiler ve sosyologlar, Arap ve Arap kültürü imajlarının ne ölçüde yıprandığını gözlemlediler. Bu tepeden bakan tavrı, baştan savma yapılmış şişirme işlere "Arap işi" denmesinden daha iyi özetleyecek bir şey bulunamaz. Durumu yansıtan bir diğer gösterge: Aileleri gündelik dil olarak Arapça konuşan Yahudilerin arasında bile, Arap dilini öğrenmeyi yararlı bulanların sayısı giderek azalıyor; İbranice öğrenip akıcı bir şekilde konuşan genç Filistinlilerin sayısı ise tam aksine giderek artıyor.

Altmış Yedi'den önce Yahudi toplumu içinde olumlu bir Arap imajı bulunduğunu iddia edecek değilim. Hiçbir zaman öyle olmadı. XIX. yüzyıl sonundan itibaren Filistin'e yerleşenlerin pek çoğu yerel nüfusu görmüyordu bile; ne yaptıklarıyla, ne düşündükleriyle, neler hissettikleriyle hiç ilgilenmiyordu. Ama zaman içinde işler iyice bozulacağına düzelebilirdi aslında. Irak, Suriye, Lübnan, Fas veya Yemen'den giden Yahudiler, geldikleri ülkenin müzik veya mutfak geleneklerini korudukları gibi, pekâlâ dil geleneğini de sürdürebilirlerdi. Ama bunu yapmaya teşvik edilmediler. Ne bugünkü İsrailli hemşerileri ne de dünkü Arap hemşerileri tarafından... Bütünü içinde, son otuz kırk yıllık dönemde Arap ve Yahudi toplumları arasında pek geçişme olmadı.

Dillere destan Doğu Akdeniz simyasının artık işe yaramadığı aşikâr. Bir zamanların en güzel ortaklıkları bile yavaş yavaş aşınıp gidiyor. Bazen İbn Meymûn'un *Delâletü'l-ḥâ'irîn*'i Arapça yazdığını anımsayan bir ben mi kaldım diye merak ediyorum.

• • •

Kültürel köprülerin yıkılmasının barış imkânlarının azalmasında önemli bir rol oynadığından emin olmak zor. Buna karşılık, Batı Şeria'ya yerleştirilen Yahudi kolonilerinin belirleyici bir dönemeç oluşturduğuna kuşku yok.

İşgalin ilk dönemlerinde, birbirini izleyen İşçi Partisi ağırlıklı İsrail hükümetleri "korsan" diye nitelenen bu yerleşimleri istemiyorlardı. Eğer bir gün barış antlaşması yapılır ve bu topraklardan çekilmemiz gerekirse, buralarda çok sayıda Yahudi sakin bulunması işleri karıştırabilir, çünkü onları büyük ihtimalle kendileri istemeden boşaltmak zorunda kalırız deniyordu.

Yürütülen mantık doğru, kurulan baraj zayıftı ve çok geçmeden çatlamaya başlayacaktı. Bu olaya mutlaka bir tarih koymak gerekirse, 20 Nisan 1975 denebilir. Mesihçi bir hareketin üyeleri, Ofra adını verdikleri bir Yahudi "yerleşimi" kurmak için, üç Arap köyünün sınırındaki bir araziyi ele geçirmişlerdi. Orduya bu tarz girişimleri gerekirse zor kullanarak engellemesi talimatı verilmişti. Ama o gün her nasılsa bir dalgalanma oldu ve militanlar bundan yararlandılar.

İktidar hâlâ İşçi Partisi'nin elindeydi ama iki rakip isim, Başbakan İzak Rabin ile Savunma Bakanı Şimon Perez arasında küçük çaplı bir savaş sürüyordu. Rabin yerleşimcileri püskürtmek istemiş, Perez ise orduya müdahale edilmemesini söylemişti. Dolayısıyla Ofra ayakta kalabildi, sonra bir koloni daha kuruldu; onları önce onlarca, sonra yüzlerce yerleşim izledi. Bir gedik açılmış ve bir daha hiç kimse tıkanamamıştı.

Sol, bu olaydan iki yıl sonra, İsrail devleti kurulduğundan beri hiç kesintisiz elinde tuttuğu iktidarı kaybetti. Milliyetçi sağın tarihsel lideri Menahem Begin başbakan oldu ve onun zaten yerleşimlere karşı çıkmak gibi bir isteği yoktu. Kolonizasyon o günden beri devam etti ve hızı koşullara göre azalıp artarak ama sürekli yukarı tırmanan bir eğri halinde durmadan yayıldı. Öyle ki bu satırları yazdığım sırada, yarım milyondan fazla İsrailli, Haziran 1967'ye kadar Araplara ait olan topraklarda yaşıyor.

İsraillilerin çoğunun meşru bulduğu ama dünyanın geri kalanının çok geniş bir kesimi tarafından onaylanmayan bu gelişme hakkındaki yargı ne olursa olsun, artık geleceğe yönelik olasılıkları kökten değiştiren yeni bir gerçeklikle karşı karşıya olunduğuna kuşku yok. Zaten çok dar ve engebeli olan barışa giden yol şu anda tıkanmış durumda. İsrail işgal edilmiş topraklar sorununu çözmek için kâğıt üzerinde çeşitli yollar deneyebilir. Ama yakından bakıldığında, bu yollardan hiçbirinin çıkmazdan kurtulmayı sağlamadığı görülüyor.

Birinci seçenek, Batı Şeria'yı Filistinlilere bırakmak ve yerleşimcileri İsrail'e geri getirmek... Yerleşimciler henüz bu kadar kalabalık değilken bu seçenek düşünülebilirdi. Ama bugün aynı durum söz konusu değil. Yüz binlerce Yahudi vatandaşının o topraklardan çıkarılmasını emredecek bir İsrail hükümetinin, iç savaş tehlikesini göze alması gerekir.

Yine kâğıt üzerindeki ikinci seçenek, o toprakları ilhak etmek ve orada yaşayan Araplara da vatandaşlık vermek... Ama bu da İsrail'in Yahudi olma niteliğinden vazgeçmesi demektir ki düşünülemez; ayrıca Filistinlilerle onların kazanacağı kesin olan bir sahada, nüfus alanında rekabete girmek anlamına da gelir.

Üçüncü seçenek Araplara vatandaşlık hakkı vermeden, hatta 1948'de İsrail devleti kurulurken yaşandığı üzere, onları sınır dışına çıkmaya zorlayarak işgal edilmiş toprakları ilhak etmektir. Ancak yetkililer böyle bir yol seçerlerse, bizzat Yahudi dünyası içinde dahi sert ve öfkeli bir eleştiriyle karşı karşıya kalacakları gibi, onları bir tür *apartheid* uygulamakla suçlayanların ekmeğine de yağ sürmüş olurlar.

Geriye hiçbir özel inisiyatif veya farklı görüşler arasında hakemlik gerektirmediği için benimsenmesi en kolay seçenek kalıyor: Statüko. Toprakları statülerini değiştirmeden elde tutmak; işgali, nihai olduğunu davul zurnayla ilan etmeden, ucu açık bir şekilde sürdürmek; ne zaman yeni bir Amerikan başkanı arabuluculuk önerse isteksizce başını sallamak, sonra onun cesaretinin kırılıp güzel barış planının da bu işe ayrılmış çöp sepetine atılmasını sabırla beklemek.

Bu rutin kendini ispatlamış bir yöntemdir. Gerçi işgal tüm dünyada çok eleştiriliyor ama İsrail'de hiç kimse farklı bir seçenek öneremiyor. Çok araştırılsa da, bir hükümetin –siyasi rengi ne olursa olsun– denklemi ne şekilde çözüp çıkmazdan çıkabileceği artık bilinemiyor. Müzakerelere dayalı bir çözümden yana olan ve uzunca bir süre hakiki bir halk desteğini arkalarında bulan yöneticilerin günümüzde marjinalleşmesi de kuşkusuz bu durumla izah edilebilir. İktidara gelseler ne yapacaklarını bilemeyecekler ve seçmenler de bunu hissediyor. Bu nedenle, bir zamanlar etkileyici kalabalıkları harekete geçirebilen "barış cephesi" yıkanırken çekmiş bir giysi gibi iyice ufaldı.

Eylül 1982'de, Beyrut yakınındaki Sabra ve Şatilla mahallelerinde yapılan katliamlar sonrasında yaşananlar belleğimden hiç silinmeyecek. Bir Hıristiyan fraksiyonundan Lübnanlı milisler, İsrail ordusunun fiili işbirliğiyle, Filistinli sivillere acımasızca saldırmışlardı. Bazı tahminlere göre iki binden fazla ölü vardı.

Tüm dünya, Araplar kadar Batılılar da öfkelenmiş ama en kitlesel ve anlamlı protesto Tel Aviv sokaklarında gerçekleşmişti. Yürüyüşe dört yüz bin gösterici, yani her sekiz İsrailliden en az biri katılmıştı.

İsrail makamlarının ve askerlerinin davranışı karşısında çileden çıkanlar bile Yahudi halkının bu tavrını hayranlıkla izlemişlerdi. Kendisine ve yakınlarına karşı işlenen suçu protesto etmek meşru ve gereklidir ama mutlaka büyük bir manevi yüceliğe işaret etmez; buna karşılık, kendi tarafındakilerin işledikleri suçu şiddetle protesto etmek ise büyük bir soyluluktur. Böyle bir tepki gösterebilecek fazla halk tanımıyorum.

Ne yazık ki bugün İsrail'de böyle bir dava uğruna kitlesel bir seferberlik sağlamak düşünülemez. Bu da etik düzlemde inkâr edilemez bir irtifa kaybını göstermektedir.

Belki de günümüzde Arap dünyasını vuran tarzda kitlesel ve çarpıcı bir iflas söz konusu değildir. Ama her iki örnekte de çok üzücü, biraz umutsuzluk veren bir ahlaki ve siyasi çöküntüye tanıklık ediliyor. En büyük uygarlıkların mirasçıları ve en evrensel düşlerin taşıyıcıları öfkeli ve intikamcı kabilelere dönüşüyorsa, insanlık serüveninin devamında beterin beterini beklememek mümkün mü?

7

20 Nisan 1975'te Batı Şeria'da neler olup bittiğini çok yıllar sonra ve sadece kitaplardan öğrenebildim. O sırada bu olaydan bahsedildiğini duymamıştım. Gerçi o dönemde daha acil, daha travmatik bambaşka kaygılarım vardı. Doğduğum ülkeyi sonu gelmez bir savaşın içine sürükleyecek ve hem benim hem yakınlarımın hayatını bir gün içinde altüst edecek bir trajedi yaşanmıştı: Gözlerimin önünde, kelimenin tam anlamıyla gözlerimin önünde iğrenç bir katliam cereyan etmiş, ben ve eşim de bu katliamın görgü tanıkları olmak gibi iç acıtıcı bir ayrıcalığa sahip olmuştuk.

13 Nisan Pazar günüydü. Asya'ya yaptığım uzun bir yolculuktan sabahın erken saatlerinde dönmüştüm. Öğleye doğru sokağımızda bir gürültü koptu. İnsanlar her yöne koşuyor ve sanki birileri kavga ediyormuş gibi haykırışlar yükseliyordu; sesler hemen yakınımızdan, bizim binanın arkasından geliyordu. Neler olup bittiğini daha iyi görmek için, "Aynalı Kavşak"a bakan büyük bir penceresi olan odamıza gittik. Kavşağa o adın verilmesinin nedeni, bazen kör noktalardan son sürat çıkan araçları görmeyi sağlayan dışbükey bir pano yerleştirilmiş olmasıydı. Durakta kırmızı beyaz bir otobüs vardı; çevresinde otobüsün yolunu kestikleri anlaşılan birkaç silahlı adam duruyordu. Açık kapıda duran bir yolcuyla tartışıyorlardı. Otuz metre kadar uzakta olduğumuz için neler söylendiğini işitemiyorduk ama konuşmanın tonunu ve giderek artan gerilimi algılayabiliyorduk.

Birden yoğun bir yaylım ateş duyuldu. Odamızın duvarının ardına sığınmak için bir adım geriye gittik. Onlarca saniye sonra ateş sesleri kesildiğinde yeniden pencereye yaklaştık. Kavşak cansız bedenlerle kaplanmıştı. Kurbanların hepsini göremiyordum, çünkü çoğu araçtan çıkamadan vurulmuştu. Lübnan savaşının tarihini anlatanlar genellikle hemen hepsi Filistinli yirmi yedi ölüden söz ederler. Ve hepsi, bir süredir ön işaretleri görülmekle birlikte, çatışmanın "otobüs hadisesi"yle başladığı konusunda hemfikirdir.

O dönemin olaylarını yakından yaşayıp gözlemlemiş biri olarak bu görüşü ben de doğruluyorum: Bu katliam benim açımdan bir şok ve bazı yönlerden bir muammaydı ama tam bir sürpriz değildi. Çatışmanın tüm aktörleri çoktan yerlerini almış, elleri tetikte pusuda beklemekteydi; eğer bu kıvılcım olmasa, başka biri olacaktı.

Doğduğum ülke, katılmamış olsa da, Altmış Yedi savaşından beri uzun bir çalkantı dönemine girmişti ve bundan bir daha çıkamayacaktı. Cemaatlere bölünmüş olmasından ve kurumlarının zayıflığından ötürü Yakındoğu'nun zayıf halkasıydı ve bunu pahalı ödedi.

Arap bozgununun ertesinde, yeni doğan ve mücadelesini sürdürmek için bir geri üs arayan silahlı Filistin hareketi, İsrail'e komşu iki bölgeye yerleşmeye çalışmıştı: Lübnan ve Ürdün. Birçok ölçüt bakımından, Ürdün ideal çözümdü. Nüfusu yarı yarıya Filistinliydi; İsrail devletiyle uzun bir sınırı vardı ve Batı Şeria'nın hemen yanındaydı, bu da hem içerideki militanlarla temasları hem de baskınları kolaylaştırıyordu.

Ama "küçük kral" Hüseyin laf dinlemez bir inatçı çıktı. Filistin hareketlerine belli bir serbestlik tanımayı kabul ediyordu ama devlet içinde devlet gibi davranmalarına tahammülü yoktu. Kâh kararlı kâh uzlaşmacı giderek, kâh sert davranıp kâh ateşkes yaparak güç dengesini yavaş yavaş kendi lehine çevirmeyi başardı.

Ve bazılarının o tarihten sonra matem işareti olarak "Kara Eylül" adını verdikleri Eylül 1970'te, bölgenin kontrolünü yeniden ele geçirmek için geniş çaplı bir askeri harekât başlattı. Kralına sadık ve iyi teçhiz edilmiş düzenli orduyla başa çıkamayan fedailer geri çekilmek zorunda kaldılar. Artık uluslararası sahneye çıkmış ve popülaritesi gün geçtikçe artan liderleri Yaser Arafat, bu kötü durumdan çıkmak için Başkan Nâsır'dan olaya bizzat müdahale etmesini istedi. Kahire'de olağanüstü Arap devlet başkanları zirvesi toplandı. Sonu gelmez gizli gece pazarlıkları, vaatler, tehditler, kapıyı vurup çıkmalar, bunu izleyen samimiyetsiz tokalaşmalar...

Mısır cumhurbaşkanı bu tüketici konferansın son gününde, konuklarına eşlik etmek için konutuyla havaalanı arasında bıkıp usanmadan gidip gelirken geçirdiği kalp krizine yenik düştü.

Birkaç saat önce çatışmalara son veren ve Filistinlilerin İsrail'e karşı mücadelelerini her türlü aracı kullanarak sürdürme hakkını muğlak terimlerle de olsa tanıyan bir anlaşmayı mevkidaşlarına kabul ettirmişti. Ama bu madde Filistinlilerin ancak zevahiri kurtarmasını sağlamıştı. Kral sahada tartışmasız bir zafer kazanmıştı. Ülkesi bir daha asla silahlı direnişin geri üssü olarak kullanılmayacaktı.

• • •

Fedailerin Lübnan'a yönelişlerinin ise bambaşka bir yazgısı olacaktı.

Başlangıçta bu ülkenin kendileri için sadece bir ek üs olacağını, doğrudan eylemlerde değil, eylemlerin medyatik yankıları için kullanılabileceğini düşünüyorlardı. Lübnan Batı Şeria'ya komşu değildi ve Filistinli mülteciler nüfusun ancak küçük bir bölümünü oluşturuyordu.

Üstelik Lübnan'ın karmaşıklığı dillere destandı. Bu kadar çok sayıda din, fraksiyon, aşiret ve kalıtsal şeflikler arasından kendilerine nasıl yol açacaklardı? Ama Arafat ve arkadaşları, bu karmaşıklığın amaçları önünde engel olmak bir yana, akıllı manevralar yapmayı bilirlerse, sınırsız fırsatlar sunacağını çok geçmeden anladılar.

Lübnan siyasal yaşamının akıl ermez inceliklerinden söz edilirken, her cumhurbaşkanının mecburen mensup olması gereken Hıristiyan Maruni cemaatinin aynı zamanda bağımsızlıktan beri başka bir kilit mevkii, ordu başkomutanlığını da elinde tuttuğu her zaman vurgulanmaz. Daha önce bahsi geçen General Şehab şiddetli bir krizden çıkılırken başkanlığı üstlenmişti; son dönemde iki görev o kadar iç içe geçmişti ki cumhurbaşkanlığına sadece generalleri seçmek teamül haline gelmişti.

Bu tuhaf uygulama muhtemelen geçiciydi. Ama askeriyenin uzun süre boyunca, haklı veya haksız, Marunilerin kalesi olarak algılandığı doğrudur ve bu algı Filistin hareketlerinin Lübnan'a yerleşmeye çalıştıkları can alıcı dönemde belirleyici bir rol oynadı. O sırada birçok Müslüman ulusal orduya büyük bir kuşkuyla bakıyor, diğer Arap ordularının yanında savaşa katılmadığı için suçluyorlardı. Dönemin siyasetçilerinden biri "Bizim topraklarımızın da istila ve işgal edilmesini mi tercih ederlerdi?" diye acı acı alay etmişti. Ama bozgunun hemen ertesinde ortalığı kasıp kavuran acı ve öfke ortamında, Lübnan'ın İsrail'e karşı savaşa katılmaması bazı çevrelerde savaştan kaçma veya ihanet olarak değilse bile, en azından Arap davasına karşı umursamazlık olarak değerlendiriliyordu.

Bu nedenle Beyrut sokaklarında ve ülkenin birkaç başka bölgesinde daha silahlı fedailer boy gösterip düşmanla gırtlak gırtlağa kapışma niyetlerini ilan ettiklerinde, nüfusun bir bölümü onlarla özdeşleşti ve onlara yardım etti. Lübnan yetkili makamları bunu sineye çekti. Bu savaşçıların gelişini onayladıkları veya onların gelişinin ülkeyi içine attığı tehlikeyi küçümsediklerinden değil, bunu engellemekten âciz olduklarını hissettikleri için böyle davrandılar.

Cemaatler üzerine kurulu bir sistemde, mutabakat sağlanmazsa siyasal iktidar felç olur. Fedailer sorununda, ordu bünyesinde bile mutabakat yoktu. Genelkurmayda Maruniler diğerlerinden kuşkusuz biraz daha iyi temsil ediliyorlardı ama askeriye ana hatlarıyla toplumun aynası gibiydi; aynı kimlik fayları ve aynı ideolojik kırılmalar orduda da vardı ve ihtilaflı bir mücadeleye girerse paramparça olabilirdi.

Lübnan hükümeti, bu felç edici zaaftan ötürü, fedailerle çıkan ilk küçük çatışmaların ardından, Ürdün kralının sonuna kadar reddettiği şeyi, yani Filistin silahlı hareketlerinin kendi topraklarında operasyon yapmasına izin veren resmi anlaşmayı derhal kabul etti. Kasım 1969'da Kahire'de imzalanan ve Parlamento tarafından, gizli maddelerinin milletvekillerine açıklanması reddedildiği için, gözü kapalı onaylanan bu anlaşma, bir devletin hükümranlığını ve iç barışını korumak istiyorsa imzalamaktan kaçınması gereken anlaşma örneği olarak arşivlerde yerini koruyacaktır. Anlaşmada, Lübnan topraklarının tamamındaki Filistin mülteci kamplarının bundan böyle Filistin Kurtuluş Örgütü'nün (FKÖ) otoritesi altına gireceği ve FKÖ'nün İsrail'e karşı silahlı eylemlerini artık serbestçe Lübnan topraklarından yürütebileceği belirtiliyordu.

Koşullar hesaba katılmadan bakıldığında, bir hükümetin haklı gördüğü bir mücadeleye katılması ve onu yürütenlere yardım etmesi tamamen meşrudur. Ama ne Prusya'ya ne de Sparta'ya benzer bir yanı olan, zayıf, kırılgan ve küçük bir ülke girmek isteyip istemediğine kendi başına karar veremediği bir savaşa, sırf başka ülkeler veya başka siyasal yapılar darbeleri onun yemesini tercih ettikleri için giriyorsa, burada artık hiçbir meşru veya kabul edilebilir yan kalmaz.

Doğduğum ülkenin başına gelen işte buydu: Bir yanardağın kraterine doğru şiddetle itildi. Masum bir kurban olarak algılanma tesellisini bile bulamadı, çünkü çilesinin her evresinde büyük yırtıcılara omuz veren hem soldan hem sağdan, hem Müslüman hem Hıristiyan yerel fraksiyonlar çıktı.

Hemşerilerim ve ben, bir ulus inşa etmeyi beceremediğimiz için bu bedeli ödemek zorunda kaldık.

Filistin örgütleri Ürdün'den atıldıklarında Kahire Anlaşması yürürlüğe girmişti. Bu sayede söz konusu örgütler hiç vakit yitirmeden Beyrut'a üşüşebildiler; şehir ânında ve on iki yıl boyunca hem onların hem de Lübnan devletinin başkenti oldu. En başta Arafat olmak üzere, Filistin örgütlerinin sorumluları Beyrut'ta ikamet ediyorlardı. Onlarla temas kuran yabancı heyetler Beyrut'a geliyorlardı. Örgütlerin yönetim organları Beyrut'ta toplanıyordu. Askeri bildirileri ve siyasi demeçleri Beyrut'tan yayımlanıyordu.

Kent hem uluslararası basın hem de tüm dünyanın istihbarat servisleri için zorunlu bir uğrak noktası haline gelmişti. Çift taraflı ajanlar, sahte diplomatlar, eylemciler ve maceracılarla dolup taşıyordu; bunlar Filistin örgütlerine sızıyor, casusluk yapıyor, onların sırtından geçiniyor veya çevrelerinde dört dönüyorlardı. Kim bilir o zamandan beri kaç kez, Batı veya Doğu'nun şu veya bu militan fraksiyonunun ilk adımlarını o yılların Lübnan'ında attığını, ilk çatışmalarını orada yaşadığını duymuşumdur! Henüz İslamcı esinli intihar saldırıları devri gelmemişti ama sansasyonel uçak kaçırma eylemlerinin, Japon Kızıl Ordusu, Baader çetesi veya kendisine "Kara Eylül" diyen hayalet örgüt gibi aşırı sol silahlı grupların dönemi başlamıştı.

Doğduğum ülke kendini bu şekilde bütün rüzgârlara, fırtınalara açarak bazı sıkıntılara davetiye çıkardı demek "hüsnütabir" olur. İsraillilerden yana uzun bir dizi oluşturan ve en sonunda toprakların Beyrut'a kadar istilasıyla doruk noktasına çıkan şiddetli misillemeler; Araplardan yana, sınırların sürekli ihlal edilmesi ve bunun sonucunda ülkenin parçalanması, yıpranması, en sonunda da otuz yıl boyunca Şam'ın vesayetine girmesi. Tabii bu arada sonu gelmeyen iç savaşları da unutmamak gerek; çok sayıda aktörün katıldığı bu savaşlar her aşamada son derece yıkıcı ve ölümcül oldular. Kurbanların sayısı yüz binleri bulurken, ekonomi fiilen yok edildi ve toplumun modernleşmesi uzun bir süre için engellendi.

O yılların Lübnan'ıyla ilgili bir tür kıyamet tablosu çizdim ve bunun nüanslarını vurgulamak boynumun borcu. Çünkü o yılların Lübnan'ında sadece milislerin geçit alayları, eğitim kampları ve casus şebekeleri yoktu. Fedailerin peşinden araştırmacılar, yazarlar, yayıncılar, sinemacılar, oyun yazarları, şarkıcılar da gelmişti. Çoğu Filistinliydi, ama Suriyeliler, Iraklılar, Sudanlılar veya Kuzey Afrikalılar da vardı ve 1967 felaketinden sonra görülen fikir zenginliğine onlar da katkı yapıyorlardı.

Onların varlığı ve bu varlığın yarattığı zihinsel ve duygusal gerilimler sayesinde, Beyrut'un Arap dünyasının entelektüel ve sanatsal başkenti olarak rolü şaşırtıcı bir gelişim içine girecekti.

8

Kaderin cilvesine bakın ki gazeteciliğe 1971 yılının ilk aylarında, FKÖ'nün doğduğum kente yerleşip onu yıllar boyunca kalacağı yere, haber dünyasının projektörleri altına ittiği sırada başladım. Yirmi iki yaşındaydım, ülkenin bellibaşlı günlük gazetelerinden biri olan *en-Nehar*'da çalışıyor ve bu sayede benzersiz bir gözlem imkânı sunan bir mevkide bulunuyordum.

Gazetenin koridorlarında başka yerlerde veya başka bir çağda yaşasam asla karşılaşma fırsatı bulamayacağım kişiler sürekli resmi geçit yapıyordu. Asansöre bindiğimde, Almanya, Cezayir veya Sovyetler Birliği büyükelçisiyle karşılaşıyor, sonra bir Rum Ortodoks piskoposu karşıma çıkıyor, onu Eritre bağımsızlık hareketinin yöneticilerinden biri veya Lübnan ordusunun, darbe girişiminden dolayı idama mahkûm edildikten sonra affedilmiş ve salıverilmiş eski bir albayı izliyordu. Üç başka muhabirle paylaştığım küçük salona girdiğimde ise sık sık meslektaşlarımla istişare halindeki *Guardian* veya *Le Monde* muhabirini, *Spiegel* veya *Newsweek*'in özel temsilcisini görüyordum; ya habere geliyorlar ya da kulaklarına ulaşan söylentileri teyit etmeye çalışıyorlardı.

Haber müdürlüğünün düzenli ziyaretçileri arasında FKÖ'nün resmi sözcüsü Kemal Nâsır da vardı. Batı Şeria'da, Protestan mezhebinden Hıristiyan bir ailenin çocuğu olarak doğan, kendisi de gazeteci ve şair, ayrıca Ürdün parlamentosunun eski milletvekili olan Nâsır, Arafat tarafından örgütün uluslararası basındaki imajını güçlendirmekle görevlendirilmişti ve görevini sonuç alıcı bir biçimde yerine getiriyordu. Kısa sürede Filistin hareketine kabul edilebilir, insani ve hoş bir çehre, düz ve katı propagandacılarınkine hiç benzemeyen berrak bir ses kazandırmayı başarmıştı. Resmi dilden uzaklaşıp Beyrut Amerikan Üniversitesi'ndeki öğrencilik yıllarından söz etmeyi veya Paris barları hakkında ezbere şiir okumayı biliyordu. Hatta o sırada Filistinlilerin yeminli düşmanı olan Kral Hüseyin'in şövalye ruhunu coşkuyla övdüğünü bile duydum. Âcizlik ifade eden bir el hareketiyle, "Bizi öldürdü ama ondan nefret etmeyi beceremiyorum!" diyordu. İngilizceyi çok akıcı konuştuğu için yabancı muhabirler tarafından takdir ediliyordu. Zaten meslek yaşamının başında Kudüs'teki bir misyoner okulunda İngilizce öğretmenliği yapmıştı.

Resmi sözcü rolüne katı bir şekilde bağlı kaldığında bile, onu hep ilgi ve gerçek bir keyifle dinliyordum. Ama not almıyor, sözlerini kayda geçirmeye uğraşmıyordum. Gazetede ne Filistin, ne Lübnan meseleleriyle ne de Arap dünyasına ilişkin herhangi bir konuyla ilgileniyordum. Bütün bu dosyalar için *en-Nehar*'ın kalabalık ve yetkin bir kadrosu vardı. Her önemli ülke için özel uzmanlar olur, bunlar o ülkenin haberlerini yakından izler, orayı düzenli aralıklarla ziyaret eder, yöneticileri, muhalifleri ve tüm güvenilir kaynakları tanırlardı.

Benim uğraştığım alan ise hem uçsuz bucaksız hem de marjinaldi. Uçsuz bucaksızdı, çünkü Arap dünyası dışında tüm gezegeni kapsıyordu; ama okuyucular öncelikle yerel –kendi yaşamlarını ve yakınlarının yaşamlarını etkileyebilecek– haberlerle ilgili oldukları ölçüde de marjinaldi. İtibarına önem veren bir günlük gazetenin haliyle Vietnam Savaşı'ndan, Güney Afrika'da *apartheid*e karşı mücadeleden, Portekiz'deki Karanfil Devrimi'nden, Şili'deki darbeden veya Etiyopya imparatoruna karşı askeri ayaklanmadan da söz etmesi gerekiyordu. Bu nedenle gazete uzak diyarlara yönelik tutkumu destekliyor ve bazen bu ülkeleri daha yakından tanımam için oralara gitmemi teşvik ediyordu. Ama uçsuz bucaksız dünya genellikle sayfa sayısı olarak mütevazı bir alan işgal ediyordu.

Dolayısıyla etrafımda cereyan eden olayları haberleştirmem beklenmiyor, zaten ben de bu sessiz gözlemcilik rolüyle yetinmekten rahatsızlık duymuyordum. Yine de, nadiren de olsa bazen gündem haber bölümünün üzerine öyle bir çöküyordu ki, ben dahil herkesin yardımına ihtiyaç duyuluyordu.

1973'te 9 Nisan'ı 10 Nisan'a bağlayan gece de bu türden acil bir durum ortaya çıktı. Arkadaşlarımda geçirdiğim bir akşamdan sonra eve dönerken, radyodan çok ciddi olaylar yaşandığını öğrendim. Haberler bulanık ve bölük pörçüktü. Kentin bazı mahallelerine İsrail saldırıları düzenlendiği söyleniyor ama hedeflerin ne olduğu henüz bilinmiyordu. Gecikmeden gazeteye gittim; büyük kriz anlarına özgü o telaş hüküm sürüyordu. Herhalde saat sabahın üçüydü ve biraz daha kesinleşmiş haberler gelmeye başlamıştı. Kalabalık bir İsrail komando müfrezesi denizden gelmiş, sonra birçok gruba bölünmüş, kentin en az üç mahallesinde çeşitli hedeflere saldırmış, sonra da yine deniz yoluyla geri çekilmişti.

Birkaç dakika sonra devlet radyosunun haber bülteninden, saldırılardan birinin başkentin batı kesiminde, Verdun sokağı yakınında, bazı Filistinli yöneticilerin ikamet ettikleri bir bina grubuna karşı gerçekleştirildiğini öğrendik. Yöneticilerden ikisi öldürülmüş, üçüncüsü –Kemal Nâsır– ise kaçırılmıştı.

En-Nehar'ın, bellibaşlı iki Amerikan ajansı, Associated Press ve United Press için de çalışan yıldız fotoğrafçısı Sam Mazmanian derhal olay yerine gitmeye karar verdi. Benden de ona eşlik etmemi istediler.

Saldırıya uğrayan binaların önünde bir kalabalık toplanmıştı – silahlı fedailer, pijamalı komşular, işsiz güçsüz takımı. Bir adam dikkatli olmamı, çünkü anlaşıldığı kadarıyla yerde henüz patlamamış fünyeler bulunduğunu söyledi. Bir başkası el feneri verdi, çünkü elektrik kesik ve merdiven boşluğu karanlıktı. Bir diğeri de FKÖ sözcüsünün yaşadığı katı –üçüncü kat– gösterdi.

Dairenin kapısı ardına kadar açıktı, etrafı kırık tahta parçalarıyla doluydu. Temkinli bir şekilde içeri girdim, merdiveni çıkarken durup yukarıdan aşağıya doğru olay yerinin fotoğraflarını çeken Sam de biraz sonra yanıma geldi. Daire boş gibi duruyordu. Ama birden, büyük bir masanın altında, bir beden gördük. Bizden önce gelenlerin onu fark etmedikleri anlaşılıyordu. El fenerini tuttum. Oydu. Kemal Nâsır. Sırtüstü uzanmış, kolları iki yana açılmıştı. Altdudağının altında bir kurşun deliği vardı. Başka kurşun yiyip yemediğini anlayamadım, çünkü çok karanlıktı.

Heyecan ve düşüncelere dalıp gitmiştim ki arkadaşım elini omzuma koydu. Fotoğraf çekebilmek için kenara çekilmemi istiyordu.

Gazeteye döndüğümüzde, o ana dek dolaşan haberleri hemen düzeltmeye giriştim. "Kaçırılmadı, öldürüldü. Cesedini karanlıkta, masanın altında buldum. Sam fotoğrafları çekti, banyo ediyor."

Birkaç yıl sonra, Nisan 1973'teki operasyonun ileride İsrail başbakanı olacak Ehud Barak tarafından yönetildiği öğrenilecekti. Kadın kılığına giren Barak, siyah peruk takmıştı. Bu hilenin amacı arabanın içinde bir sevişme sahnesi canlandırarak sokaktaki korumaların cama yaklaşmasını sağlamaktı; böylece sessizce öldürülecekler, tim de merdivenlere dalacaktı.

İki ay önce otuz yedi yaşındaki bir Amerikalı romancı aynı binada bir daire kiralamıştı. Lady Hester Stanhope'un hayatından esinlenen bir eser üzerinde çalışıyordu; Stanhope maceracı bir İngiliz kadındı, XIX. yüzyılın ilk yarısında yıllarca yaşadığı Doğu Akdeniz'de tanınan bir isimdi. Genç romancı çok miktarda belge toplamış ve bunları penceresinin yanına yerleştirdiği yazı masasının üzerine yığmıştı; Kemal Nâsır'ın yazı yazmak üzere yerleştiği masa ise tam karşıda, onun masasının birkaç metre ilerisindeydi. Kadın gerçek öyküsünü ancak kırk yıl sonra, *Beyrut'ta Bir Mossad Kadın Savaşçısı: Yaël* adlı kitapta ifşa etti – ama gerçek adını yine vermedi. Bu kitapta anlattığına göre, kamuflajını daha inandırıcı kılmak için üstleri onu gerçek bir tarihçinin, Moşe Dayan biyografisini kaleme alan ve David Ben Gurion hakkında birçok kitap yazan Shabtai Teveth'in yanında birkaç gün staj yapmaya göndermişti; amaç tarihçinin ona yazarlığı öğretmesi değildi, kadın bunu yapamayacağını bildiğini söylüyordu, amaç yazarlık yaparmış gibi görünmeyi öğrenmesiydi: Kâğıtları masasının üzerine nasıl dağıtacak, dolmakalemleri nasıl yerleştirecek, çöp sepetine neler atacak ve üçüncü şahıslara edebi faaliyetinden nasıl bahsedecekti... Çok basit bir görev için; katliam için gelen İsrail komandolarının Filistinli yöneticileri evde bulacaklarından emin olmak amacıyla onları pencereden gözetlemek için bunca titiz hazırlıklar yapılmıştı.

O akşam, 9 Nisan'da, turist kılığında Beyrut'tan geçen bir Mossad subayı, "Yaël"i akşam yedide büyük bir otelin barında beraber bir şeyler içmeye davet etmişti.

"Komşuların orada mı?" diye sordu.

"Evet, üçü de."

Başka bir cevap verseydi, adam gerekli yerleri arayıp saldırının ertelenmesini sağlayacaktı.

• • •

Filistinli kurbanların tanınmışlığı ve İsrail operasyonunun akıl almaz yanı nedeniyle, Lübnan o güne kadar pek karşılaşmadığı güçlü bir sarsıntı geçirdi. Derhal ciddi bir hükümet krizi patlak verdi. Başbakan Saeb Salam ordu başkomutanının azledilmesini istedi, ancak bu talebi Cumhurbaşkanı Süleyman Franjiye tarafından geri çevrilince istifa etti.

Bu noktada tam Lübnan'a özgü bir siyasi cemaat oyunu yaşandığı inkâr edilemez, çünkü Salam Sünni bir Müslüman, Franjiye ise, tıpkı görevden alınması istenen general gibi, Maruni bir Hıristiyan'dı. Ama bu bölünmeleri aşan ve ülkelerinin kaderiyle ilgilenen herkesi endişelendiren gerçek bir ikilem de söz konusuydu.

Bir düşman komando müfrezesi gece vakti denizden karaya çıkıp, üç veya dört farklı mahallede belli hedeflere saldırıp sonra da yakalanmadan geri çekilebiliyorsa, vatan topraklarını korumakla görevli ulusal ordunun itibar kaybına uğrayacağı açıktır. Bütün ülke kendini aşağılanmış hissediyor ve askerlerine öfkeleniyordu. En azından şereflerini kurtarmak için birkaç el de onlar ateş edemez miydi?

Kuşkusuz. Yine de sorunun görmezden gelinemeyecek bir başka cephesi daha vardı: Kahire Anlaşması, Filistinlilere ordunun korumakla görevli olduğu Lübnan topraklarından askeri operasyonlar düzenleme izni vererek, Lübnan ordusunun yetkilerinin bir bölümünü elinden almıştı. Misillemelere yol açan saldırıları engellemesi yasaklanan orduya, o misillemelerin sorumluluğu yüklenebilir mi? Bunlar birbirinden ayrılmaz, tamamlayıcı iki görevdir ve dünyanın bütün orduları bu sorumluluğu taşır; bu görevlerden birini ordunun elinden alırsanız, diğerini yerine getirmelerini istemek zorlaşır.

Ordunun, görevleri ve yetkileri konusundaki bu tartışmanın ötesinde, Lübnan devletinin içine girdiği ve onu İsrailliler ile Filistinliler arasındaki kanlı çatışmaların hem savaş alanı hem de iki taraflı kurbanı haline getiren çıkmazdan kurtulma imkânı bulamadığı artık aşikârdı.

Ülkedeki birçok cemaat bünyesinde milisler oluşmaya başlıyor, cephanelikler kuruluyor ve o güne dek duyulmamış bir söylemi dile getiren yeni yöneticiler ortaya çıkıyordu: Mademki ordu görevini yerine getirmekten âcizdi, o zaman bu görevi bizzat "yurttaşlar" üstlenecekti. Ama söz konusu "yurttaşlar" olayları aynı şekilde görmüyorlardı. Kimilerine göre, ordunun yerine getirmesi gereken görev her ne pahasına olursa olsun İsraillilere karşı çıkmaktı. Kimilerine göreyse Filistinlilere karşı çıkmaktı.

Birinciler daha çok Müslüman cemaatler ve sol partilerdendi; bu nedenle bir süre "İslami ilericiler" gibi tuhaf bir adla anıldılar; Filistin direnişini, onu boğmak veya engellemek isteyen herkese karşı koruma isteklerini ilan ediyorlardı; FKÖ de onlara silah, para ve askeri eğitim temin ediyordu.

İkincilerin mızrak ucu ise Hıristiyan cemaatler içinde kök salmış partilerdi; Filistin ordusunun varlığını ülke için bir tehdit olarak görüyor ve buna bir son vermek istiyorlardı. Militanları yoğun talimlerle silah kullanmayı öğreniyor ama güçlerinin yeterli olmayıp kuvvetli bir müttefike ihtiyaç duyacaklarını da biliyorlardı.

Müttefik olarak kimi düşünebilirlerdi? Bazılarının aklında İsrail vardı. Ama o sırada bu görüşün taraftarı hayli azdı. Daha sonra Beşir Cemayel önderliğinde kısa bir süre hayata geçirilecek ve çifte trajediyle sonuçlanacaktı: Seçilmiş genç cumhurbaşkanının öldürülmesi, sonrasında da Sabra ve Şatilla katliamı.

Kısa vadede bir başka seçenek öne çıkacak, o da kendi trajedisini beraberinde getirecekti. Cumhurbaşkanı Franjiye tarafından savunulan bu seçenek diğer Maruni yöneticiler tarafından yürekten benimsenmese de, o sırada çoğu bunu ehveni şer olarak görüyordu: İsrail ile işbirliği yapıp Arap dünyasından dışlanmak yerine, fedailerin "kardeş bir ülke", yani Suriye tarafından "yola getirilmesine" izin vermek daha iyi değil miydi?

Arafat ile Başkan Hafız Esad'ın birbirlerine karşılıklı derin bir nefret beslediklerini herkes biliyordu. Bu sadece kişilik çatışmasından değil, temel bir stratejik anlaşmazlıktan kaynaklanıyordu.

FKÖ liderinin tüm mücadelesi boyunca hiç değişmeyen kaygısı, Filistinlilerin kendi kararlarını kendilerinin vermesi ve hiçbir Arap liderin onların adına konuşamaması olmuştu. Esad ise tam aksine Filistin davasının, "Atlas Okyanusu'ndan Basra Körfezi'ne" tüm Arap dünyasının davası olduğunu savunuyordu. Bu ilkesel açıklama Suriye başkanı açısından asal bir stratejik hedefin, yani büyük devletlerle pazarlık ederken Filistin "kartı"nı, bu çatışmadaki büyük bir kozu elinde tutabilmenin dayanağıydı.

Şam bu kozu ele geçirebilmek için, FKÖ bünyesinde, hatta Arafat tarafından kurulmuş el-Fetih içinde Esad'ın tezlerini yayan bir Suriye yanlısı örgütler ağı inşa etmişti. Eğer Esad Lübnan'ı vesayeti altına alabilirse, eğer bu ülkede hem Filistinlileri hem Lübnanlıları kollayan ve onları birbirlerine karşı koruyan bir hakem olabilirse, Yakındoğu hakkındaki her türlü müzakerede güçlü bir konuma gelecekti.

Bazı Lübnanlı yöneticiler Şam'a gidip, her gün biraz daha gömüldükleri bataklıktan kurtulmak için yardım istediklerinde, bu sözler Esad'ın kulağına güzel bir musiki gibi geldi. Fırsat muhteşemdi, tereddüt edip kaçıramazdı. Suriye birlikleri zor kullanarak Lübnan'a girdiler, Arafat ile "İslami ilerici" müttefikleri onlara kafa tutmayı deneseler de ağır bir yenilgiye uğradılar.

O sırada yaşadığım Hıristiyan bölgesinde, birçok kişi onları nihayet Filistinli milislerden "kurtaran" Suriye ordusunu alkışlıyordu. Bazıları ise kendilerini bir gün bu Suriye ordusundan kimin "kurtaracağını" sormaya başlamıştı bile.

• • •

1976'nın Haziran ayında, savaş halindeki Lübnan'dan eski bir gemiyle ayrıldığım gün, doğduğum Doğu Akdeniz'in tüm düşleri çoktan ölmüştü veya can çekişiyordu. Annemin cenneti kül olup gitmiş, babamınki ise kendi gölgesinden ibaret kalmıştı. Araplar yaşadıkları bozgunun, İsrailliler ise zaferlerinin tuzağına düşmüşlerdi, iki taraf da kendini kurtarmaktan âcizdi.

Doğduğum bölgenin trajedilerinin nasıl bulaşıcı olduklarını, bölgemdeki ahlaki ve siyasi gerilemenin tüm gezegene nasıl bir şiddetle yayılacağını o sırada tabii ki tahmin edemezdim. Ama yine de olup biten beni çok şaşırtmadı. Fay kırığının tam kenarında doğduğumdan, dev adımlarla dipsiz uçuruma yaklaşıldığını hissetmek için ileri görüşlülük meziyetine ihtiyacım yoktu.

Gözlerimi açık tutmam ve çatırtılara kulak vermem yeterliydi.

III
Büyük Değişim Yılı

Nasıl ki gelecek olgunlaşır geçmişte,
Geçmiş de çürür geleceğin içinde –
Dökülür yapraklar, hazan şenliği.

ANNA AHMATOVA (1889-1966),
Kahramansız Şiir

1

Demek ki Arapların bugün kısaca "Altmış Yedi" diye adlandırdıkları facia sıkıntı ve batma tehlikesi yolunda belirleyici bir dönemeç olmuştu. Ama bu olay her şeyi izah etmeye yetmez. Birkaç yıl sonra işler yoluna girebilir, bir başka viraj alınıp tekrar yokuş yukarı tırmanılabilirdi. Rotadan sapma devam ettiyse, hatta daha da belirginleşmişse bunun nedeni daha geniş çaplı, zaman içine çok daha yayılmış ve işin aslı, münferit bir olay diye değerlendirilemeyecek başka bir tarihsel hadisedir.

Aklıma ilk gelen tanım "sendrom" – sözcüğün ilk ve en eski manasında; birçok yolun buluşup aynı tarafa yöneldiği yer anlamında. Ben de ilerleyen sayfalarda birçok kıtada ve çeşitli alanlarda vuku bulmuş, ortak bir yönelime sahip ve insanları "koşum hayvanları" misali bugünkü yola doğru sürüklemiş bir sürü olaydan söz edeceğim.

Verili bir durumun niçin şu veya bu biçimde evrildiğini anlamaya çalışırken, genellikle geçmişte çok gerilere uzanmaya meyledilir. Vaziyetin her unsurunun kimi zaman yüzyıllara yayılabilen kendi tarihi olduğu için, bu yaklaşım bazen usandırıcı olabilir. Tarihler, kişiler, tutkular ve efsaneler ormanında kaybolmak istemiyorsak, bazen budama bıçağıyla vura vura bir yol açmak gerekebilir.

Ben de son onyılların tarihine daldığımda bu yöntemi benimsedim. "Yeniden daldığımda" desem daha doğru olurdu, çünkü çocukluğumdan beri gündemi çok yakından takip etmekten hiç vazgeçmedim; bu merak kuşkusuz gazeteci bir babanın gölgesinde büyümemle izah edilebilir.

Bu tutkum hiç dinmedi. Şimdi bile günün birçok saatini dünyanın dört bir yanından gelen haberleri dinlemeye ve okumaya ayırıyorum. Gelişmeler beni endişelendirdikleri veya üzdükleri zaman bile seyretmekten bıkmıyor, gözlerimi kaçırmıyorum. Soluk kesici bir sürü bölümden oluşan ve en iyi senaristlerin elinden çıkma, tansiyonu yüksek, şaşırtıcı bir diziyi izliyormuş gibi hissediyorum kendimi.

Şimdi söz edeceğim olayların çoğunu, anlık haber aldığımı hatırlıyorum; hatta bazen olay mahallerine, Saygon, Tahran, Yeni Delhi, Aden, Prag, New York veya Adisababa'ya gidip görgü tanıklığı da yaptım. Ama araya zaman girip de yaşananların sonuçları bilinince, bakış açısı değişiyor.

Dünün gündemini yeniden tararken, 1979 yılı civarında o sırada önemini kavrayamadığım belirleyici olaylar yaşandığı berrak bir biçimde gözüme çarptı. Bu olaylar dünyanın her yerinde zihniyetlerde ve tavırlarda kalıcı bir "değişime" yol açmıştı. Zaman içinde yakınlıkları planlı bir faaliyetin sonucu değildi kuşkusuz; ama bir rastlantı da değildi. Bir "bağlam" söz konusuydu. Sanki yeni bir "mevsim" giderek olgunlaşmıştı ve o mevsimin çiçekleri aynı anda bin bir yerde birden açıyordu. Veya "zamanın ruhu" bize bir devrin bitip bir diğerinin başladığını işaret ediyordu.

Alman felsefesinin *Zeitgeist* adıyla biçimlendirdiği bu kavram, göründüğü kadar sanal değildir; hatta Tarih'in yürüyüşünü anlamak açısından temel öneme sahiptir. Aynı çağda yaşayanların hepsi birbirlerini çeşitli şekillerde ve genellikle farkına varmadan etkiler. İnsanlar birbirinden kopya çeker, birbirine öykünür, hatta birbirini maymun gibi taklit eder; revaçta olan tavırlara, bazen muhalif gibi durulsa da, uyum sağlanır. Ve bu durum her alanda –resim, edebiyat, felsefe, siyaset, tıp, moda, dış görünüm veya saç modeli– geçerlidir.

Söz konusu "ruh"un hangi yollarla yayıldığını ve kendini kabul ettirdiğini saptamak güçtür, ancak her çağda kusursuz bir etkinlikle iş başında olduğu da yadsınamaz. İçinde bulunduğumuz bu kitlesel ve anlık iletişim çağında, etkiler geçmişe göre çok daha hızlı yayılıyor.

Genelde, zamanın ruhu farkına varılmadan etkisini gösterir. Ama bazen de bu etki öyle barizdir ki devreye girişi neredeyse ânında görülebilir. En azından bazı dersler çıkarabilmek amacıyla yakın tarihe yeniden eğildiğimde, bende bu izlenim uyandı.

Olaylar arasındaki böylesine güçlü bir bağlantıyı nasıl görememiştim? Bugün hemen gözüme çarpan sonuca, dünya görüşümüzün dönüşeceği, hatta açıkça altüst olacağı son derece paradoksal bir çağa girdiğimiz sonucuna aslında çok uzun süre önce varmış olmalıydım. Bundan böyle *muhafazakârlık kendini devrimci ilan ederken, "ilericilik" ve solculuk taraftarlarının kazanımları muhafaza etmekten başka bir amaçları kalmayacaktı.*

Kişisel notlarımda "altüstlük yılı"ndan veya bazen de "büyük değişim yılı"ndan söz etmeye ve bu tarz adlandırmaları doğrular gibi görünen çarpıcı olayların dökümünü çıkarmaya başladım. Çok sayıdalar ve yeri geldikçe birkaçına değineceğim. Ama özellikle ikisi bana son derece simgesel geliyor: İran'da Ayetullah Humeyni tarafından Şubat 1979'da ilan edilen İslam devrimi ve İngiltere'de Başbakan Margaret Thatcher tarafından Mayıs 1979'dan itibaren gerçekleştirilen muhafazakâr devrim.

Hem iki olay, hem iki muhafazakârlık türü hem de iki anahtar kişilik arasında dünya kadar fark var. İran'da Humeyni ile birlikte yaşananların İngiltere tarihinde dengini bulmak için, kral katili devrimcilerin aynı zamanda püriten ve mesihçi oldukları Cromwell devrine kadar uzanmak gerekir. Yine de iki başkaldırı arasında sadece tarihlerin yakınlığına indirgenemeyecek bir benzerlik de var. Her iki örnekte de o güne dek modern devrimlerin kurbanı veya en azından hedefi olmuş toplumsal güçler ve öğretiler adına devrim bayrağı açıldı: Örneklerden birinde bu güçler ahlaki ve dini düzenin, diğerinde ise ekonomik ve sosyal düzenin savunucularıydı.

Her iki devrim de yerküre çapında büyük yankılara yol açacaktı. Bayan Thatcher'ın fikirleri Ronald Reagan'ın iktidara gelmesiyle birlikte çok geçmeden ABD'ye ulaşacaktı; Humeyni'nin hem ayaklanmacı, hem gelenekçi ve Batı'ya katıksız düşman İslam görüşü de çok çeşitli biçimlere bürünüp daha uzlaşmacı anlayışları eleyerek tüm dünyaya yayılacaktı.

Farklılıklar ve benzerlikler meselesine ileride tekrar döneceğim. Ama önce bu benzeştirmenin uyandırabileceği her türlü basitleştirici bakışın önünü almak için kısa bir parantez açmak istiyorum.

Gerçekten de son dönemde tüm dünyada siyasal ve zihinsel atmosferin nasıl "altüst" olduğu anlaşılmaya çalışılıyorsa, Batı'daki muhafazakâr devrimi sadece devrim kavramının "gaspı" olarak yargılamaktan kaçınmak gerekir, çünkü bazı yönleri ve sonuçlarıyla hakiki bir devrim söz konusudur ve bu devrim özellikle de insanlık tarihinde hatırı sayılır bir değişimi temsil eden ve hâlâ süren teknolojik ilerlemelerde belirleyici olmuştur. Ayrıca Çin, Hindistan ve daha birçok ülkenin ekonomik sıçramasında da belirleyici olmuş, bu da birincil derecede öneme sahip küresel bir ilerlemeye imkân sağlamıştır.

Humeynici devrimde ise, ilk önce örneğin giyim kuşam konusundaki kararlı gelenekçi yönün göze batması normaldir; ama bu yön, İran örneğinden hareketle Müslüman dünyaya yayılan ve tüm mevcut iktidarları sarsan aşındırıcı yanını gözden kaçırmamıza yol açmamalıdır.

Siyaset alanının gök cisimlerinin hareketinden alıp kullandığı devrim* kavramı, XVI. yüzyıldan beri çok sayıda ve çeşitli olayları ifade etmiştir. Bu nedenle 1979'da Tahran veya Londra'da olup bitenler hakkında kullanılmasının meşru olup olmadığını sorgulamaktan ziyade, dünyanın 1979 yılı civarında yaşadığı ve bu sözcüğün hem anlamının hem de içeriğinin değişmesine yol açan sarsıntının nedenlerini anlamaya çalışmak yerinde olacaktır.

Bu açıklamaları yaptıktan sonra parantezi kapatıp, öne çıkardığım iki muhafazakâr devrime dönüyorum.

Bayan Thatcher'ın iktidara gelmesi, kısa sürede İngiltere sınırlarını aşacak derin ve geniş çaplı bir hareketin parçası olmasaydı, aynı önemi taşımazdı. Bu hareket Reagan'ın Kasım 1980'de başkan seçilmesiyle önce ABD'ye yöneldi, sonra dünyanın geri kalanına yayıldı. İngiliz-Amerikan muhafazakâr devriminin reçeteleri, gerek sağdan gerek soldan çok sayıda yönetici tarafından bazen coşku, bazen de tevekkülle benimsenecekti. Hükümetin ekonomik hayata müdahalesini azaltmak, sosyal harcamaları kısıtlamak, girişimcilere daha fazla serbestlik tanımak ve sendikaların etkisini kısmak artık kamusal işlerde iyi yönetimin kuralları olarak görülecekti.

Bu devrimin simge kitaplarından biri *Atlas Shrugged* [*Atlas Silkindi*] adlı romandır. ABD'ye yerleşmiş Rus bir mülteci kadın olan

---

* Latince *revolutio*'dan ("kendi etrafında dönmek") gelen Fransızca *révolution* (13. yüzyıldan itibaren) veya İngilizce *revolution* (14. yüzyıldan itibaren) sözcükleri astronomide gök cisimlerinin kendi etraflarında dönüp aynı noktaya gelmelerini ifade etmek için kullanılmıştır (ç. n.).

Ayn Rand'ın bu eseri, işçilerin aksine aşırı düzenlemelerden bıkan işverenler ve "yaratıcı beyinler" tarafından düzenlenen bir grevi anlatmaktadır. Adı, tüm dünyayı sırtında taşımaktan usanan ve sonunda sert bir şekilde omuzlarını silken mitolojik Atlas figürünü çağrıştırmaktadır – *to shrug* fiili bu bıkkınlık ve isyan hareketini ifade etmektedir.

1957'de yayımlanan ve kararlı devlet karşıtı bir "liberalcilik" taraftarı pek çok muhafazakâr Amerikalının kutsal kitabı haline gelen bu tezli roman sonunda gerçeklikle buluştu. Servetlerin yeniden paylaşımını sağlayan devlete karşı mülk sahiplerinin başkaldırısı, romancının betimlediği şekilde gerçekleşmedi belki ama bal gibi yaşandı. Üstelik başarılı da oldu. Bunun sonucunda sosyal eşitsizlikler öylesine arttı ki her biri koca koca devletlerden daha zengin, küçük bir hipermilyarderler sınıfı ortaya çıktı.

İran "muhafazakâr devrimi"nin de gezegenin tamamında önemli sonuçları olacaktı.

Orada hiçbir şekilde zenginlerin yoksullara karşı bir başkaldırısı söz konusu değildi – tam tersine yoksullar, "esirler dünyası"* adına yapılmıştı ve bu anlamda XX. yüzyılın daha pek çok devrimiyle aynı çizgide yer alıyordu. Onu alışılmadık kılan, dine ve geleneksel değerlere karşı saydıkları reformlardan usanmış, toplumsal açıdan muhafazakâr mollaların başını çekmesiydi.

2

Üç ay aralıkla gerçekleşen ve çağımızın ayırt edici özelliği olan alışılmadık altüstlükleri çarpıcı bir şekilde özetleyen bu iki devrime, en az onlar kadar önemli ve taslağı tamamlayan iki olay daha ekleyeceğim.

Aralık 1978'de, Çin Komünist Partisi Merkez Komitesi'nin bir oturumunda, Pekin'deki iktidarın dizginlerini eline geçiren Deng Xiaoping, kendi "muhafazakâr devrim"ini başlatıyordu. Kendisi asla bu adı kullanmadı ve yaşanan kesinlikle Tahran ve Londra'da-

* Enternasyonal marşında geçen bu ifade, daha sonra Frantz Fanon'un aynı adı taşıyan kitabı dolayısıyla "Yeryüzünün Lanetlileri" olarak Türkçeye çevrilmiştir (ed. n.).

kinden farklıydı; ama o da aynı "zamanın ruhu"ndan kaynaklanıyordu. Çin halkı içinde ezelden beri kök salmış ve Mao Zedung devriminin kazımaya çalıştığı ticari geleneklere dayandığına göre, muhafazakâr esinliydi. Ama gezegenin en kalabalık halkının varoluş tarzını bir kuşakta kökten değiştireceğine göre, aynı zamanda devrimciydi; Tarih'te pek az devrim bu kadar çok sayıda kadın ve erkeğin yaşamını bu kadar kısa bir sürede derinlemesine değiştirmiştir.

Diğer dikkat çekici olay, Ekim 1978'de II. İoannes Paulus'un Katolik Kilisesi'nin başına geçmesiyle Roma'da yaşandı.

Polonya'da doğan Karol Wojtyla sosyal ve öğretisel muhafazakârlığı, bir devrimci önder savaşçılığıyla birleştiriyordu. Papalığının resmen ilan edildiği gün, San Pietro Meydanı'nı dolduran inananlara "Korkmayın!" diye seslendi. "Devletlerin, siyasal ve ekonomik sistemlerin sınırlarını açın, uçsuz bucaksız kültür, uygarlık ve kalkınma alanlarını açın." Etkisinin ne önemde olduğu kısa sürede ortaya çıkacaktı.

Sadece yedi ay içinde, Ekim 1978'den Mayıs 1979'a kadar peş peşe sıralanan ama birbirinden çok uzak kültürel ve sosyal ortamlarda gerçekleşen bu dört büyük sarsıntının, basit kronolojik "çakışma" dışında ortak bir yanları var mıydı? Roma Kardinaller Kurulu'nun ve Çin Komünist Partisi Merkez Komitesi'nin, İngiliz seçmenlerin ve İranlı göstericilerin aynı dürtüyle hareket ettikleri düşünülebilir mi?

Bugünden geriye dönüp baktığımda, o yılların atmosferi üzerinde ağırlığı hissedilen başlıca iki etken görüyorum; dünyanın tüm ülkelerini farklı derecelerde de olsa etkileyen bu iki etken, belki de saydığım dört olayın doğuşunda rol oynamışlardı: Biri Sovyet rejiminin can çekişme krizi, diğeri petrol kriziydi.

Bu ikinci etken üzerinde sonraki bölümlerde daha uzun duracağım; burada sadece şunu söylemek istiyorum: Petrol "şoku" veya krizi, yerkürenin tüm devletlerini ekonomi yönetimi, sosyal yasalar ve petrol ihracatçısı ülkelerle ilişkiler konusunda kendilerini sorgulamaya sevk etti; çoğunluğu Arap-Müslüman dünyasından olan petrol ihracatçısı ülkeler açısından ise, aslında mutluluk getirmesi beklenen söz konusu "şok"un ne kadar yıkıcı ve nihayetinde tam bir bela olduğu ortaya çıktı.

Birinci etken konusunda, o çağdaki birçok olayın, "hasta adam" haline gelmiş Sovyet rejiminin tavırlarına karşı bir ölçüde doğrudan, bir ölçüde bilinçli, bir ölçüde düşünülüp taşınılmış tepkiler olduğunu görüyorum bugün. Kendini hâlâ çok güçlü, rakiplerini de bir ayağı çukurda gören çok tuhaf bir "hasta" söz konusuydu.

• • •

İnsan yetmişli yıllara geri dönünce, rengi solmuş sosyalizm, ilericilik, militan ateizm ve eşitlikçilik bayraklarının dalgalandığı kendi evinin duvarları iflah olmaz şekilde çatlamış ve yıkılmak üzere iken, var gücüyle bütün kıtalarda fetih stratejisi içine dalmış bu süper gücün görüntüsünü dokunaklı bulmaktan kendini alamıyor.

Olayların sadece dış görünüşüne bakanlar için Sovyetler Birliği zaferden zafere koşuyordu. Komünist ile kapitalist dünyaların II. Dünya Savaşı sona erdiğinden beri amansız bir çatışma içine girdikleri Vietnam'da, savaş Nisan 1975'te sona ermişti. Ülkenin o ana dek ABD tarafından desteklenen ayrı bir cumhuriyet halindeki güney kısmı, kendilerine Ulusal Kurtuluş Cephesi diyen ama Amerikalılar tarafından Vietkong diye anılan yerel komünist hareketin desteğiyle kuzeyden gelen kuvvetler tarafından ele geçirilmişti.

Benim kuşağım açısından son derece simgesel bir değer taşıyan bu savaştan –daha pek çok kişi gibi– büyülenmiş genç bir gazeteci olarak, nihai muharebeye tanıklık etmek için Saygon'a gitmiştim. Sona yaklaşıldığını biliyordum, ancak işlerin o kadar da hızlı gelişeceğini tahmin etmemiştim. Oraya vardığım gün, 26 Mart'ta komünist birlikler eski imparatorluk başkenti Hue'yi almışlardı; bir hafta sonra ise yedi yüz kilometre güneydeki Saygon civarına gelmişlerdi. İlerlemelerinin sonuna dek süreceği aşikârdı.

Güney'in başkentinde hiçbir direniş isteği fark etmedim. Daha çok kabullenmişlik, hatta kaçan kurtulur havası egemendi. Gelmekte olan rejimin katılığından ürken herkes, umutsuzca ülkeden ayrılmanın çaresini arıyordu. Bir gün içinde yerel para olan *dong* tedavülden kalktı, hiçbir satıcı artık onu kabul etmiyordu. Devlet dairelerinde Güney Vietnam'ın son başkanı General Thieu'nün resmi fotoğrafları telaşla yerlerinden çıkarılıyordu; bizzat general de ülkeyi terk etmeye hazırlanıyordu. Ömrünü sakin ve herkes tarafından unutulmuş bir şekilde Massachusetts'te tamamlayacaktı.

Saygon 30 Nisan'da düştü. O devri yaşamış olanlar, Amerikan elçiliğine sığınan sivillerin ve askerlerin kaçmak için son helikopterlere asılmaya çalıştıkları dokunaklı sahneleri unutmamışlardır. Kaçanlardan ziyade kurtarıcıları küçük düşüren görüntülerdi bunlar. Birçok Amerikan başkanının savunmayı taahhüt ettiği "Vietnam Cumhuriyeti", Vietnam Sosyalist Cumhuriyeti tarafından ilhak edildi ve başkentine, Fransa'ya, ardından da ABD'ye başarıyla meydan okuyan liderinin adından hareketle Ho Şi Minh Kenti adı verildi.

İki hafta önce de Kamboçya'nın başkenti Pnom Penh komünist isyancıların eline geçmişti; sonra sıra Laos'a geldi. Düşen bir ülkenin bir diğerini, sonra bir başkasını peşinden sürükleyeceğini öngören meşhur domino teorisi iş başında gibiydi ve bundan en kârlı çıkan Sovyetler Birliği'ydi.

Zaten bu hadise Hindiçin'le de sınırlı değildi. Örneğin, Avrupa'nın eski sömürgeci devletlerinin geleneksel olarak ağırlıklı bir yer işgal ettikleri Afrika'da, güç dengeleri hızla değişmeye başlıyordu. Nisan 1974'teki "Karanfil Devrimi"nden sonra Portekiz sömürgelerine bağımsızlık verme kararını alınca, gün yüzüne çıkan beş yeni Afrika devletinin hepsi marksist eğilimli partiler tarafından yönetildi; hatta içlerinden en zengini olan Angola, bir ayaklanmayla başa çıkabilmek için Fidel Castro'yu yardımına çağırdı ve Moskova tarafından da desteklenen on binlerce Küba askeri Kasım 1975'ten itibaren Afrika kıyılarına çıktılar, ABD ise buna karşı koyamadı.

Böylece, Vietnam Savaşı'ndaki simgesel değeri yüksek zaferlerini izleyen aylarda, Sovyetler o güne kadar Batılıların arka bahçesi olarak görünen bir kıtada çok çarpıcı ilerlemeler kaydetmişlerdi. Marksizmi sahiplenen Sahra-altı Afrika ülkelerinin sayısı giderek artıyordu: Angola, Mozambik, Capo Verde, Gine-Bissau ve Sao-Tome-et-Principe dışında Madagaskar, Kongo Brazzaville, Gine Conakry... Hatta kısa bir süre, Afrika'nın doğusundaki bellibaşlı iki ülke, Etiyopya ve Somali marksizm-leninizmi sahiplenen askerler tarafından yönetilirken, Umman Denizi'nin karşı yakasında, başkenti Aden olan bağımsız devlet Güney Yemen, politbürolu komünist türde bir partinin yönetiminde, "Demokratik Halk Cumhuriyeti" olduğunu ilan etmişti.

Bu dizginlerinden boşanmış yayılma ve bariz gücüne güvenme atmosferinde, Sovyet yöneticileri rejimleri açısından yıkıcı olacak, hatta sonunu getirecek bir maceraya atıldı: Afganistan'ın işgali.

İran, Pakistan, Çin ve Orta Asya Sovyet cumhuriyetleri arasında kalan bu dağlık ülkede komünist eğilimli, etkin ve hırslı hareketler vardı ama toplumsal bakımdan muhafazakâr ve her türlü yabancı müdahalesine son derece düşman Müslüman nüfusun içinde çok azınlıktaydılar. Bu militanların tek başlarına bırakıldıkları takdirde iktidarın dizginlerini kalıcı biçimde elde tutma şansları hiç yoktu. Sadece güçlü Sovyet komşularının fiilen işe karışması güç dengesini lehlerine değiştirebilirdi. Ancak söz konusu komşuların da böyle bir müdahalenin gerekliliğine ikna olmaları lazımdı.

1978'in Nisan ayından itibaren bu gerçekleşti. Kabil ile Batı arasında başlayan yakınlaşmadan rahatsızlık duyan, sınırlarının güvenliğini ve Asya'daki cumhuriyetlerinin istikrarını koruma kaygısı taşıyan ve hiçbir yaptırıma uğramadan piyonlarını ileri sürebileceklerine inanan Sovyet yöneticileri, marksist fraksiyonlardan biri tarafından tertiplenen darbeye onay verdiler. Sonra yeni rejime karşı ayaklanmalar baş gösterince, bunları bastırmak için çok sayıda asker gönderdiler ve her gün biraz daha bataklığa gömüldüler. Tarih'te çok sık görüldüğü üzere –ama herkes kendisi için işlerin başka türlü seyredeceğini düşünür– Sovyet yöneticileri sürdürdükleri "etkisizleştirme" harekâtının kısa süreceğine ve kesin bir zaferle sonuçlanacağına kendilerini inandırmışlardı.

Bu ağır stratejik ihtiyatsızlık o sırada rakiplerine hâkim olan ruh hali hakkında yaptıkları analizden başka bir şeyle açıklanamaz. Nitekim, uzun ve yıkıcı Vietnam Savaşı'nın derin travmasını yaşayan ABD'nin yeni dış maceralara atılmaya hiç hevesli olmadığına ve şayet Sovyet birlikleri Afganistan'a saldırırsa Amerikalıların buna karşı çıkmaya çalışmayacaklarına inanıyorlardı. Angola'ya Küba askerleri gönderilmesine karşı tavırsız kalmaları, artık silahlı çatışmalara hiç istekleri kalmadığını ispatlamıyor muydu?

Moskova'daki yöneticiler çevrelerindeki dünyaya göz gezdirirken, korkacakları hiçbir şey olmadığını varsayabiliyorlardı. Ne ABD'den, ne hâlâ petrol krizinin sonuçlarını aşmaya çalışan Avrupa'dan ne de Mao Zedung'un Eylül 1976'daki ölümünün uzun bir veraset savaşına yol açacak gibi durduğu Çin'den korkacak bir şey vardı.

Bu nedenle Sovyetler kimsenin yollarına çıkmayacağını ve büyük bir riske girmeden Kabil'e doğru ilerleyebileceklerini varsaymakta hatalı sayılmazdı.

3

Ne var ki Moskova rakiplerinin toparlanma, hatta çeşitli alanlarda ve birçok operasyon sahasında karşı saldırıya geçme kapasitesini küçümsemişti.

Özellikle İngiltere'nin durumu buna örnekti. İleride "Demir Leydi" adı takılacak kadını iktidara taşıyacak Mayıs 1979 seçimlerinin arifesinde, ülke içler acısı bir vaziyetteydi. Grevler, ayaklanmalar, elektrik kesintileri, kısacası sağlıksız bir sosyal atmosfer vardı; hem İşçi Partililerde hem de ılımlı Muhafazakârların birçoğunda bunların petrol krizinin normal sonuçları olduğu ve daha iyi günler gelinceye kadar bu durumu "idare etmek"ten başka seçenek bulunmadığı duygusu egemendi. O dönemin simge görüntüsü, kömür madenlerindeki iş bırakma yüzünden karanlığa gömülen Piccadilly Circus'tı. İngiliz tarihçi Andy Beckett o karanlık yılları *When The Lights Went Out* (Işıklar Kesilince) başlıklı kitabında anlatmıştı.

Bayan Thatcher ulusal sahneye, başka bir ruh halinin ve farklı bir söylemin taşıyıcısı olarak çıktı. Vatandaşlarına, gerileme kaçınılmaz değil, yokuştan yukarı tekrar çıkabiliriz ve çıkmalıyız; bir yön tespit etmeli ve karşımıza dikilecekleri –en başta sendikalar olmak üzere– acımadan ezip geçmek pahasına, hiç sapmadan ve sendelemeden bu yolu takip etmeliyiz, diyordu. Thatcher'ın iktidara geldiği yıl, toplumsal ihtilaflar yüzünden yaklaşık otuz milyon iş günü kaybedilmişti.

Ülkenin önünde batıp gitmek veya sıçrayıp toparlanmak dışında başka bir seçenek yoktu. İngiltere, tarihinin başka anlarında da yaptığı üzere, acı fedakârlıklar pahasına da olsa başı dik ve çıkmazdan kurtarmayı kendisine vaat eden inatçı sesi dinlemeyi tercih etti.

Muhafazakâr devrim işte bu sıçramadan doğdu. Sonuçlarından biri de sağın o güne dek özellikle de sosyal sorunlar hakkındaki siyasal ve entelektüel tartışmalarda duyduğu utanca son vermek oldu. Somut biçimde saptanması zor olan bu boyutun, nicelik olarak ifade edilmesi ise imkânsızdır ama dünyanın her yerinde zihniyetlerde yaşanan sarsıntıyı anlayabilmek için temel öneme sahiptir.

Hâkim bir düşünce söz konusu olduğunda, onu paylaşmayanlar itirazlarını duyurabilmek için çoğunlukla kurnazlık etmek ve dolambaçlı yollara sapmak, hatta o düşüncenin bazı ilkelerini kabul ediyormuş gibi görünmek zorunda kalırlar. Avrupa'nın birçok ülkesinde, bu entelektüel ve ahlaki "kutup" uzun süredir solun fikirleri ve söylemleri tarafından işgal edilmişti. Aklıma kendiliğinden gelen örnek, ikinci vatanım olan Fransa'dan. Orada kırk yılı aşkın bir süredir yaşıyorum ve siyasetçilerini, entelektüellerini, üniversite öğretim üyelerini gözlemleme ve dinleme imkânı buldum.

Seksenli yıllara gelinceye dek, sağcı olduğunu açıkça söyleyen yönetici sayısı azdı; solcu olmayanlar kendilerini "merkez" diye adlandırmayı tercih ediyor ve komünistleri eleştirdiklerinde de kendilerini, katiyen anti-komünist olmadıklarını vurgulayan bir girizgâh yapmak zorunda hissediyorlardı; o dönemde yüz kızartıcı olarak kabul edilen anti-komünist sıfatının sorumluluğunu kimse üstlenmek istemiyordu. Bugün ise tam tersi geçerli: Sağcılar bunu iftiharla ilan ediyorlar; komünizmin şu veya bu yönü hakkında olumlu bir görüş ifade etmek isteyenlerse, kendilerini, katiyen bu öğretinin lehinde olmadıklarını vurgulayan bir girizgâh yapmak zorunda hissediyorlar. Ben de birkaç sayfa önce bu sözel tedbire başvurdum...

İngiltere'ye dönecek olursak, Thatcher devriminden önce sağ veya soldan hiçbir siyasal yönetici grev kırıcı gibi, sendika düşmanı gibi, madencilerin ve düşük gelirli diğer emekçilerin kaderine duyarsız bir insan gibi gözükmek istemiyordu; dahası 1981'de İrlandalı Bobby Sands'in başına geldiği gibi, açlık grevi yapan bir tutuklunun ölümünden sorumlu tutulmaya da niyetleri yoktu. Demir Leydi'nin ahlaki açıdan tartışmalı ama tarihsel açıdan yadsınamaz katkısı, olağan bilgeliğin siyasetçilere işlememelerini öğütlediği tüm "günahları" gözünü kırpmadan işlemesiydi, üstelik bu yüzden de dünya başına yıkılmadı.

Thatcher'ın sağın "utancına" karşı taarruzu, haliyle bir aşamadan ibaretti. Radikal muhafazakârlık ancak ABD'de zafer kazandıktan sonra çağımızın "hâkim düşüncesi" haline geldi. Bu zafer de Bayan Thatcher'ın iktidara gelmesini izleyen on sekiz ay içinde çok parlak bir şekilde gelecekti. Siyasal düzlemde Ronald Reagan, el altından ise muhafazakâr *think tank*'ler Cumhuriyetçi adayın üstünlüğünü kabul ettirmesini sağlayacak sözcükleri ve fikirleri büyük bir beceriyle üreteceklerdi.

Bu fikir savaşı Amerikan sağı tarafından önceden kazanılmamıştı. Halktan seçmenin özellikle en zenginlerin lehine olacak reformları desteklemeyi kabul etmesi olağan bir şey değildi. Reagan'ın üstüne basa basa dile getirdiği görüş, asıl toplumsal yarılmanın çok para kazananlar ile az para kazananlar arasında değil, geçinmek için çalışanlar ile sistemden yarar sağlayanlar arasında olduğuydu. Konuşmalarında sık sık yinelediği güçlü imge *welfare queen*'di; bu hayali kişilik, devletin para yardımları sayesinde hiç çalışmak zorunda kalmadan konfor ve neredeyse lüks içinde yaşayan bir kadını temsil ediyordu. Betimleme o kadar gerçekçiydi ki izleyiciler gerçek bir kişinin söz konusu olduğu duygusuna kapılıyorlardı. Nobel Ekonomi Ödülü'nü alan Paul Krugman'a göre, Reagan'ın sözleri çok sayıda beyaz seçmene, özellikle de güney eyaletlerinde yaşayanlara seslenen örtük ve sübliminal bir mesaj içeriyordu; Güneyli beyaz seçmenin gözünde *welfare queen* siyah bir kadındı.

Olayların bu ırksal yönü ister gerçek ister hayali olsun, o zamandan beri Amerikan kamuoyunda parayı çalışanlardan alıp çalışmayanlara verdiği için ahlaksızlığına hükmedilen bir sistemin temsilcileri olarak algılanan herkese karşı inatçı bir kuşkunun kök saldığına kuşku yoktur. Bunun sonucunda, altmışlı yılların sonundan itibaren eşitsizliklerde görülen ve başka bir zamanda zenginlere karşı militan düşmanlığa, sol fikirlere giderek genişleyen katılıma yol açacağı kesin olan artış, son kırk yılın ABD'sinde muhafazakâr görüşün güçlenmesi ve radikalleşmesi şeklinde yansıdı.

Bu tavırların gelecekte değişmesi ihtimal dışı değildir, ancak şu satırları yazdığım sırada, Ronald Reagan ve Margaret Thatcher hâlâ vatandaşlarının çoğu tarafından kurtarıcı bir sıçrayışın kahramanları olarak görülmektedir. Temsil ettikleri temel ilkeler de gezegenin dört bir yanında hâlâ geçerli kabul edilmektedir.

• • •

İngiliz-Amerikan muhafazakâr devriminden çıkan fikirlerin sol fikirlerin aleyhine yükselişi, sonraki dönemde Sovyet modelinin cazibesini giderek azaltacak ve yerküredeki yayılmasını frenleyecekti. Yine de ilk başta Moskova'daki yöneticilerin hızını kıran ve rejimlerinin zayıflamasına yardım eden başka başarısızlıklar oldu.

Dünyanın çeşitli kısımlarında ve birçok alanda –siyasal, askeri, medyatik, ideolojik, ekonomik, teknolojik vb– umduklarını bulamadıkları pek çok terslik oldu. Aşağıda bunların içinde diğerlerinden daha önemli olduklarını düşündüğüm birkaçına değineceğim.

Birincisine Hindiçin sahne oldu. Halbuki Moskova orada göz kamaştırıcı başarılar kazanmıştı. Ne var ki bu başarılar sert ve hiç beklenmeyen yerden gelen bir mukabeleye yol açtılar.

Amerikalılar tarafından dünyanın bu kesiminde desteklenen üç rejimin peşi sıra, domino taşları gibi nasıl yıkıldıklarını anlatırken, zafer kazanan komünistlerin hepsinin aynı kamptan olmadıklarını belirtmeyi ihmal ettim. Vietnam ve Laos'ta galipler Sovyetler Birliği'nin müttefikiyken, Kamboçya'da üstün gelen fraksiyon ise maoist olduğunu beyan ediyordu ve başında kendisine "Pol Pot" dedirten, hem Hanoi hem de Moskova'ya karşı kuşkusunu gizlemeyen tuhaf bir şahsiyet vardı. Onun rejimi çok geçmeden paranoyak fanatizmiyle sivrilecekti. Önce başkentinin nüfusunu boşalttı, kültür ve bilgi sahibi olan herkesin üzerine amansızca saldırdı ve sadece dört yıl içinde modern tarihin en delice soykırımlarından birine imza attı.

Dolayısıyla dünya Vietnam ordusunun Kızıl Khmer'lere karşı başlattığı kısa ve sonuç alıcı saldırıyı içi bir nebze rahatlayarak izledi. Vietnam ordusu 7 Ocak 1979'da Phnom Penh'i aldı. Pol Pot'un birlikleri başkenti bir gün önce, direniş göstermeden terk edip kırsal bölgelere çekilmişlerdi.

Onları iktidardan kovan Vietnamlılar böylece bir taşla iki kuş vurdular: Hem bölgesel hegemonyalarını kurdular hem de sabık rejimin vahşeti karşısında çok öfkelenen uluslararası kamuoyunun minnetini kazandılar.

Bununla birlikte, Çin olayları başka bir açıdan görüyordu. Yeni güçlü adam Deng Xiaoping kuşkusuz Pol Pot'un yoldan çıkmış maoizmine –ne de maoizmin diğer biçimlerine– hiçbir sempati duymuyordu. Ama Vietnamlıların ve onların hamisi olan Sovyetlerin tüm Hindiçin'e hükmetmesine ve Çin'in müttefiklerini, ne kadar iğrenç ve denetim dışı olurlarsa olsunlar, hiçbir yaptırıma maruz kalmadan devirmelerine seyirci kalamazdı. Bu nedenle gerçek anlamda bir "misilleme seferi" başlatmaya karar verdi.

17 Şubat 1979'da, Phnom Penh'in düşüşünden altı hafta sonra, Çin Halk Ordusu'nun iki yüz bin askeri Vietnam topraklarına girdi ve birçok yerleşimi işgal edip, çeşitli ekonomik ve askeri tesisleri yıkarak güneye doğru ilerledi. Çin 6 Mart'ta, Hanoi yolunun artık açık olduğunu ama askerlerinin ilerlemeye devam etmeyeceklerini ve Vietnamlılara verilen "dersin" yeterli olacağını umduklarını açıkladı. Vietnamlılar ise "işgalciyi püskürttüklerini" ilan ettiler.

Dış gözlemcilere bakılırsa, yıllarca sürmüş çatışmalarda iyice pişmiş Vietnamlılar, ellili yıllardaki Kore savaşından beri gerçek muharebelere katılmamış hasımlarından daha iyi savaşmışlardı. Ama Deng'in hedefi askeri değildi. İktidara gelmesinin hemen ertesinde, Vietnamlılara saldırıya uğradıklarında Sovyetler Birliği'nin askerlerini yardıma göndermeyeceğini, bu nedenle istedikleri gibi davranabileceklerini düşünmenin bir hata olduğunu göstermek istemişti. Aynı zamanda ABD'ye de bir mesaj iletmiş, bundan böyle Asya'da güvenilir bir muhatapları, hatta belki de potansiyel bir ortakları olduğunu ifade etmişti. Hanoi karşısında uğradıkları bozgunu hâlâ hazmedemeyen Amerikalılar ise Çin'in yeni liderinin emrettiği misilleme seferini olumlu karşılamışlardı.

Böylece uluslararası arenada Washington'ı sevindiren, Moskova'yı ise en üst düzeyde kaygılandırması gereken önemli bir şey cereyan etmişti.

4

Sovyetler açısından –o dönemde onlar tarafından böyle algılanmamış bile olsa– "başarısızlık" diye niteleyeceğim bir başka olay ise İtalyan Hıristiyan Demokrat Partisi'nin ünlü lideri, kendi siyasal familyası ile Komünist Parti arasında "tarihsel uzlaşma" için mücadele eden Aldo Moro'nun öldürülmesiydi. Roma'da 16 Mart 1978 tarihinde Kızıl Tugaylar tarafından kaçırılan Moro, 9 Mayıs'ta bir arabanın bagajında öldürülmüş olarak bulundu.

Aradan onca yıl geçmiş olmasına rağmen, bugün bile cinayet emrinin kimin tarafından verildiğini ve neyin hedeflendiğini kesin bir dille ifade etmek güç. Bu konuda burada çözümlemeye uğraşmayacağım birçok teori ileri sürüldü. Katiller İtalyan gizli servisinden mi, yabancı "servisler"den mi emir almışlar, yoksa sadece kendi ideolojik hezeyanları doğrultusunda mı harekete geçmişlerdi? Amaçları, Hıristiyan Demokratların komünistleri meşrulaştırarak onlara böylelikle iktidar yolunu açmasını engellemek miydi? Veya tam tersine komünistlerin yumuşayıp marksizm-leninizmin ideallerine ihanet etmelerini mi engellemek istiyorlardı? Bu tartışma asla kesin bir sonuca bağlanamadı.

Bugün bir şey bana kesin gözüküyor: Bir insanın öldürülmesinin ötesinde, gelecek vaat eden bir ütopya Tarih'in çöplüğüne atılmıştı.

Bu ütopya onlarca yıldır havada dalgalanıyordu. Bazılarında nükleer felaket korkusundan, bazılarında ise insanlığın nihayet uzlaştığını görme gibi iyi niyetli bir arzudan doğmuştu ve umut dolu bir soruya dayanıyordu: Komünizm ve kapitalizm, tüm yeryüzünde amansızca savaşmaya devam edeceklerine, birbirlerine adım adım yaklaşsalar ve –komünizm özgürlük ve demokrasi konularında daha özenli davranarak, kapitalizm de sosyal adalet dozajını artırarak– bir senteze ulaşmayı başarsalar nasıl olurdu? O zaman tüm insanlığı yok etme tehdidini barındıran bu bloklar arası tüketici çatışmanın sonu gelmez miydi?

Böyle bir perspektif çok da mantık dışı değildi. Parlak beyinler –yazarlar, filozoflar, tarihçiler ve birkaç siyasi lider– ona inanmıştı. Aldo Moro da bu siyasetçilerden biriydi. Hatta ülkesi bu konuda öncülük rolünü üstlenmeyi haklı olarak bekleyebilirdi. Papaların vatanı ve Katolik dünyasının merkezi olan İtalya, aynı zamanda Batı dünyasının en güçlü, en saygın ve en büyük entelektüel prestije sahip komünist partisinin de ülkesiydi. Lideri olan genel sekreter Enrico Berlinguer işçi sınıfının aksine Sardinya küçük soyluluğundan geliyordu. Doğu Bloku ülkelerine çokpartililiğin ve ifade özgürlüğünün getirilmesinden yana olduğunu açıkça beyan etmişti. Aldo Moro, gezegeni ele geçirmek konusunda kapışan iki sistem arasında bir "tarihsel uzlaşma" rüyasını gerçekleştirmek için ondan daha iyi bir ortak bulamazdı.

Ama bu rüyanın Sovyet yöneticilerine göre olmadığı kesindi. Hıristiyan Demokrat liderin öldürülmesinin onlar açısından bir başarısızlık olduğunu söylerken, sonraki dönemin olaylarını istediği gibi gözden geçirebilen, gelecekten konuşan; dolayısıyla Lenin'in mirasçılarının siyasal ve manevi bir çöküşün arifesinde olduklarını, bellerini bir daha doğrultamayacaklarını; ve Moro ile Berlinguer tarafından savunulan orta yolun tüm dünya komünistlerinin sakınması gereken bir tuzak değil, tam tersine üzerlerine kapanmaya başlayan ölümcül tuzaktan kurtulmak için tek şansları olduğunu bilen bir dış gözlemcinin açısından baktığımı unutmamak gerek.

Bununla birlikte, söz konusu şansın 1978'de hâlâ mevcut olduğundan emin değilim. Belki de sistem –1968'de Prag Baharı'nın boğulmasından, 1956'da Macar ayaklanmasının ezilmesinden sonra, belki daha bile önce– iflah olmaz noktayı çoktan geçmişti. Kesin olan, İtalyan usulü "tarihsel uzlaşma"nın ölümünden sonra, Soğuk Savaş'ın "berabere" bitmesine imkân verecek başka bir fırsat çıkmadığıdır. "Sosyalist blok"un yenilgisi artık kaçınılmaz bir hale gelmekteydi.

Bunu bugün herhangi bir çaba harcamamıza gerek kalmadan biliyoruz; Sovyetler 1978'de bilmiyorlardı.

Bununla birlikte, o yıl onların karşısına bir büyük hayal kırıklığı daha çıkaracaktı. Başka bir kentte değil de, mekân ve simgelerin cilvesine bakın ki yine Roma'da olacaktı bu.

1978'de, dört yüz elli yıldan uzun bir zamandır ilk kez İtalyan olmayan bir papanın seçildiğine değinmiş ama fazla üzerinde durmamıştım. Yeni papa Polonyalıydı ve rahiplik hayatının büyük bölümünü Sovyet hâkimiyetindeki bir rejimde geçirmişti. II. İoannes Paulus'un papalığa gelişinin komünizme en az onun kadar düşman bir başka Polonyalının, ABD Başkanı'nın Ulusal Güvenlik danışmanı olarak, ona stratejisini oluşturma ve hayata geçirme konusunda yardım etme göreviyle Beyaz Saray'da bulunduğu sırada gerçekleşmesi önemsiz sayılamaz.

"Zbig" diye bilinen Zbigniew Brzezinski, kökeninin siyasi görüşünde belirleyici bir unsur oluşturduğunu hiçbir zaman gizlememişti. Jimmy Carter 1977'de başkan olduğunda, yurtdışına ilk ziyaretinde Varşova'ya gitmesi gerektiğine danışmanı tarafından ikna edilmişti. Varşova'ya varır varmaz ve ABD büyükelçisinin karşı çıkmasına rağmen, komünist makamların en amansız hasmı olan, Polonya Kilisesi'nin başı Kardinal Wyszynski ile buluşmak için ısrar etti ve Kardinal'e destek sözü verdi.

Zbig, Sovyetler tarafından "Demir Perde" gerisinde oluşturulan imparatorluğu sarsmayı, zayıflatmayı ve ideal amaç olarak da parçalamayı düşlüyordu. Danışman, başkanının tek görev süresi boyunca, kendini tutkuyla ve ustalıkla aşırı iddialı gözüken bu hedefe adadı ve o yıllarda Washington ile Vatikan arasında kurulan "Polonya bağlantısı"nın Rus "ağabey"in Doğu Avrupa'daki peykleri üzerindeki egemenliğinin, özellikle de 1980'de Lech Wałęsa tarafından yönetilen Solidarność hareketi ortaya çıktıktan sonra gevşemesine yol açtığı pekâlâ söylenebilir.

• • •

Başkan Carter dönemi belleklerde bir zaaf ve kararsızlık dönemi olarak kaldı. Başkan adayı Reagan tarafından bu şekilde takdim edilmiş ve bazı olaylar, özellikle de Tahran'daki ABD büyükelçiliğinin işgali ve gözleri bağlanmış Amerikalı rehinelerin küçük düşürücü görüntüleri bu olumsuz izlenimi desteklemişti.

Bugünden bakıldığında, böyle bir gevşeklik iddiası pek doğrulanmıyor, hatta tam aksi söylenebilir. Her halükârda Soğuk Savaş cephesinde herhangi bir gevşeme yoktu. Carter idaresinin Moskova'ya mukabelesi ince, örtük, sessiz ama müthiş etkili olmuştu. Özellikle Afganistan'da, Sovyet rejiminin düştüğü ve bir daha içinden çıkmayı beceremediği ölümcül bir tuzak kurmuştu.

Temmuz 1979'da, Kabil iktidarı ele geçirmiş Afgan komünistlerin elindeyken ve gerek İslam gerek yerel gelenekler adına onlara karşı çıkmak için silahlı hareketler örgütlenmeye başlarken, Washington kod adı "Siklon" olan ve isyancıları etkin biçimde desteklemeyi amaçlayan gizli bir operasyonu yürürlüğe koymuştu. Bu karar alınmadan önce, bazı Amerikalı yetkililer böyle bir operasyonun Moskova'yı asker göndermeye sevk edip etmeyeceğini endişe içinde sorgulamışlardı. Ama bu perspektif Brzezinski'yi hiç endişelendirmiyordu. Tam tersine bunu tüm kalbiyle diliyordu. Zaten onun umduğu, yerel müttefikleri aracılığıyla durumu denetim altına alamayan Sovyetler'in bizzat sınırı geçmek zorunda kalmasıydı. Böylece kurduğu tuzağa, tersten "Vietnam" tuzağına düşecekler, nankör "jandarmalık" rolünü Ruslara devreden Amerikalılar da aradaki isyancılar üzerinden onları yıpratmaya girişeceklerdi.

Brzezinski bu stratejisinden az gurur duymuyordu, ne var ki ancak Soğuk Savaş sona erdikten sonra bu konuda konuştu. 1998'deki bir söyleşide, "Resmi tarihe göre, CIA'in mücahitlere yardımı 1980 yılında, yani Sovyet ordusu 24 Aralık 1979'da Afganistan'ı işgal ettikten sonra başladı. Ama gizli tutulan gerçek tamamen başkaydı: Başkan Carter Kabil'deki Sovyet yanlısı rejimin rakiplerine gizlice yardım edilmesi konusundaki ilk talimatını 3 Temmuz 1979'da imzalamıştı. O gün başkana yazdığım bir notta, kanımca bu yardımın Sovyetler'in askeri müdahalesine yol açacağını izah etmiştim" diyecekti.

Herhangi bir pişmanlık duyup duymadığını soran gazeteciye –*Nouvel Observateur*'den Vincent Jauvert– şu cevabı verdi: "Neyin pişmanlığı? Bu gizli operasyon mükemmel bir fikirdi. Rusları Afgan tuzağına çekmeye yaradı, neyin pişmanlığını duymamı bekliyorsunuz? Sovyetler sınırı resmen geçtikleri gün, Başkan Carter'a özetle şunu yazdım: 'Şimdi SSCB'ye kendi Vietnam Savaşı'nı sunma fırsatına sahibiz.' Nitekim Moskova yaklaşık on yıl boyunca Afganistan'da tüketici bir savaş sürdürmek zorunda kaldı; bu savaş moral bozukluğuna ve sonunda Sovyet imparatorluğunun parçalanmasına yol açtı."

Beyaz Saray, Afganistan'ın işgali haberini alır almaz, her düzlemde tepkiler tertiplemeye girişti. Carter ticari ve diplomatik yaptırımlar ilan etti, tüm devletleri 1980 yazında yapılacak Moskova Olimpiyat Oyunları'nı boykot etmeye çağırdı.

Bu kampanyanın kilit unsuru olan Brzezinski ise, Sovyet işgalinin endişelendirdiği herkesin desteğini almak için, Çin'den Mısır'a, İngiltere'den Pakistan'a dünyayı dolaşmaya zaten başlamıştı. "Siklon" operasyonu başlatılır başlatılmaz, birçok ülkeden, özellikle de Suudi Arabistan'dan mücahitlere somut para, silah ve adam yardımı koparmayı başarmıştı.

Birkaç ay önce başlamış olan yabancı savaşçıların Afganistan'a akışı, özellikle Arap dünyasından gelen akış, artık yoğunlaşacaktı. 1979 sonunda o sırada yirmi iki yaşında olan Suudi öğrenci Usame bin Ladin de Afganistan'a vardı. Ondan önce gelenler olduğu gibi, onun peşinden de pek çok kişi gelecekti. Birçok ülkede kaygıyla bu "Arap Afganlar"dan söz edilmeye başlandı; yeni türde bir "enternasyonal" oluşturan bu silahlı militanlar bir gün Cezayir varoşlarında, ertesi hafta Saraybosna'da görünüyorlardı. Ama o sırada geçici bir olayın, devam eden savaşın bir "yan etkisi"nin söz konusu olduğu, savaş biter bitmez bu durumun da ortadan kalkacağı sanılıyordu.

İslamcı militanlık, özellikle Batılı hedeflere az görülür bir vahşetle saldırarak gezegenin bütününe yayılmaya başladığında, pek çok kişi komünizme karşı mücadelesinden gözleri körleşen Amerika'nın işleri eline yüzüne bulaştırarak, kendisine karşı dönecek kuvvetlerin ortaya çıkışını kolaylaştırıp kolaylaştırmadığını sorguladı. Ama dünkü davranışları bugün bildiklerimize göre yargılamak mantıksız olur. Günümüzde artık Sovyetler Birliği yok; Afganistan'ı işgal ettiği dönemde ise tüm gezegeni yok edebilecek binlerce nükleer savaş başlığında somutlaşan ürkütücü bir güce sahipti. ABD hiçbir zaman böyle bir düşmanla karşılaşmamıştı ve tüm yöneticileri için birinci öncelik, hangi yolla olursa olsun onunla savaşmak, sıkıştırmak, zayıflatmaktı. Başka hiçbir tehdit onları bu öncelikli hedeften vazgeçiremezdi; hele yirmi yıl sonra şiddet kullanan radikalizm veya terörizm adı verilecek olan –o sırada çok uzak, çok bulanık, çok ihtimal dışı görülen– bir tehdit hiç vazgeçiremezdi.

Ne var ki Amerikalı yetkilileri rakip süper güce karşı mücadeleye aşırı öncelik vermekle suçlamak güç olsa da, işleri ellerine yüzlerine bulaştırarak daha önce hiç görülmemiş, karmaşık, ele avuca gelmez, kafa karıştırıcı ve bir daha hâkim olamayacakları bir hadisenin ortaya çıkmasını kolaylaştırdıkları da yadsınamaz.

5

Bir bilanço çıkarmayı denediğimde, XX. yüzyılın biri komünizm, diğeri anti-komünizm tarafından üretilmiş iki musibet "familyasına" sahne olduğunu görüyorum.

Proletarya, sosyalizm, devrim veya ilerleme adına yapılmış tüm zulümler birinci familyada yer alıyor; dünyanın her yerinde –Moskova duruşmaları ve Ukrayna'daki açlıktan Kamboçya soykırımına ve Kuzey Kore'deki aşırılıklara kadar– buna bağlı çok sayıda olay yaşandı. Bolşevizme karşı mücadele adına yapılmış tüm zulümler ise ikinci familyaya ait. Burada da çok sayıda olay var ve en yıkıcısı da kuşkusuz faşizm ve nazizm "kahverengi veba"sının neden olduğu gezegen çapındaki felaket.

Farklı suçların algılanmasında epey dalgalanmalar yaşandı. Savaşın hemen sonrasında tarihçilerin çoğu Hitler rejiminin ve Sovyet rejiminin suçlarını aynı kefeye koymayı aşırı, uygunsuz, hatta şüphe uyandırıcı buluyordu. Ve Stalin'in imajı sonunda kararsa da, selefinin, yani Lenin'in imajı uzun süre bozulmadan kalmıştı.

Mao Zedung'un itibarı da inişler ve çıkışlar yaşadı. "Büyük Proleter Kültür Devrimi" gibi olağanüstü yanılgıları, zamanında ünlü entelektüeller tarafından göklere çıkarılmıştı. Bu yanılgılar şimdi çok sert bir biçimde yargılanıyor ama "büyük serdümen", "halkların babası" kadar gözden düşmedi. Hiçbir kayda değer "maoizmden arınma" hamlesi görülmediği gibi, halefleri onun çizgisinden özenle uzaklaşsalar da Tienanmen Meydanı'ndaki mozolesini korudular; bunun en önemli nedeni, onu siyasal sürekliliğin ve istikrarın simgesi olarak görmeleriydi.

Ancak Soğuk Savaş kolektivist modelin iflası ve Sovyetler Birliği'nin parçalanmasıyla sona erdikten sonra, "küçük kırmızı kitap"la alay etmek, Stalin'i Hitler'e benzetmek ve Lenin'in imajını tartışmaya açmak kabul edilebilir hale geldi. Lenin'i, mirasçılarının bozduğu sosyalist iktidarın saygıdeğer kurucusu olarak görmekten vazgeçildi; artık Ekim devriminden beri yaşanmış her şeyde ona da büyük sorumluluk atfediliyor ve Ekim devrimi bazı tarihçiler tarafından cüretkâr ama halk ayaklanmasıyla hiç ilgisi olmayan sıradan bir darbe düzeyine indirgeniyor.

Bütün bunlarda üzülecek bir şey yok, haklı bir geri dönüş söz konusu. Komünizm diğer tüm doktrinlerden daha büyük bir şans yakaladı ve bunu harcadı. İdeallerini zirveye taşıyabilirdi, halbuki onları gözden düşürdü. Uzun süre büyük bir hoşgörüyle yargılandı ama artık sert bir şekilde yargılanıyor.

Peki, bu perspektif ayarından sonra XX. yüzyılın suçlarına ilişkin bakışımızın sağlıklı ve dengeli bir hale geldiği sonucuna varılabilir mi? Ne yazık ki tam olarak değil. Komünist rejimler tarafından yapılmış zulümler konusunda, karanlıkta kalmış son noktalar da aydınlatılıyor, son yanılsamalar siliniyor. Nazizm, faşizm ve otuzlu, kırklı yıllarda onların yörüngesinde dönenlerin yaptıkları zulümler için de aynı şey geçerli. Tarihçiler, disiplinlerinin kendilerinden beklediği üzere geçmişi kazmaya, düşünmeye, nakletmeye ve yorumlamaya devam edecekler; ama yüzyılın ilk bölümü hakkında sahip olduğumuz toplu resmin özü itibarıyla gerçekliğe uygun olduğu kabul edilebilir.

Buna karşılık, Soğuk Savaş sırasında, kırklı yılların ortasıyla doksanlı yılların başı arasında işlenmiş suçlar söz konusu olduğunda, bakışımız eksik ve bazen de çarpıtılmış durumunu koruyor. II. Dünya Savaşı'nın sonunda galiplerin birbirlerinin zulümlerine –tabii Stalin'inkiler vardı ama bunun yanında Batılıların Dresden veya Hiroşima'da gerçekleştirdikleri kitlesel katliamlar da söz konusuydu– göz yumması söz konusu değil miydi? Soğuk Savaş'ın sonu da benzer bir hadiseye yol açtı. Artık hiç kimse marksizmleninizmi sahiplenen rejimlerin –Macaristan, Etiyopya, Kamboçya veya Küba'da– canavarlıklarından şüphe duymasa da, komünizme karşı mücadele adına yapılanlar zorunlu bir "ameliyat" olarak değilse bile, en azından üzücü ama kaçınılmaz ve haklı bir davanın peşinden gidilirken meydana gelmiş "yan etkiler" olarak değerlendiriliyorlar.

Bu söylediğimin ayrıntılarında bazı düzeltmeler yapmakta yarar var. Bu suçlara karşı sistematik bir hoşgörü gösterilmiyor. Örneğin Şili'de Pinochet yönetimi veya Arjantin ile Brezilya'daki askeri yönetimler gibi sağcı diktatörlüklerin marksistlere karşı uyguladıkları vahşi baskı geniş ölçüde kınanmıştır. Ellili yıllarda senatör Joseph McCarthy tarafından yürütülmüş "cadı avı" hem Amerikan sinemasında hem de edebiyatında sık sık ele alınan bir temadır. Ama anti-komünizm adına Müslüman dünyanın seçkinlerine karşı işlenen suçlar söz konusu olduğunda, bilinçler uyuşuvermektedir.

• • •

Daha önce Endonezya Komünist Partisi'nden söz etmiş, benim çocukluğumda Çin ve Sovyetler Birliği'nin ardından dünyadaki en büyük komünist parti olduğunu vurgulamıştım. Bu parti 1965 ve 1966 yıllarında, en az beş yüz bin kişinin canına mal olacak kitlesel ve sistematik bir imha girişiminin kurbanı olacaktı. Memurlar, öğretmenler, üniversite öğrencileri, sanatçılar, sendikacılar çoğunlukla aileleriyle birlikte acımasızca katledilecekti. 2017'de açıklanan CIA belgeleri araştırmacıların zaten bildikleri, yani ABD'nin katliamlarda etkin rol oynadığı, hatta ölüm mangalarına yok edilmesi gereken kişilerin listelerini verdiği gerçeğini doğruladı.

Katliamların kendileri kadar ağır bir diğer sonuç da bu büyük Müslüman ülkede modernist ve laik yönelimli entelektüel elitin yok edilerek, çürümüş askerlerle giderek aşırılaşan dinci militanların karşı karşıya bırakılması oldu. "Soykırım" teriminin sadece bir insan topluluğunun –halk, etnisite, dini cemaat– sistematik biçimde yok edilmesi için kullanılması âdettendir. Aynı ideolojiyi savunan milyonlarca insanın katledilmesini ifade edecek benzer bir terim bulunmuyor. Ama isimlerin çok da önemi yok... Batı'nın Endonezya'da, komünizmle mücadele adına boğduğu, çoğunluğu Müslüman olan bu büyük ulusun modernite, ilerleme, çeşitlilik, çoğulculukla örülmüş bir geleceğe doğru yürüme olasılığıydı.

Bununla birlikte, çapı ve ağır sonuçlarına rağmen bu suç dünyada hiçbir zaman fazla infiale yol açmadı ve ister Endonezyalı ister Amerikalı olsunlar, suçluların başı hiç derde girmedi. Olay, kayıplar ve kazançlar cinsinden geçiştirildi.

Tek örnek bu değil. İran da ellili yıllarda benzer bir felakete maruz kaldı; modernist ve demokratik ideallerin taşıyıcısı olan ve petrol gelirleriyle ilgili talepleri en temel adalet kuralları çerçevesinde yer alan Doktor Musaddık'ın vatansever rejimi Amerikan ve İngiliz gizli servisleri tarafından düzenlenen bir darbeyle yıkıldı – burada da iddialar değil, belgelerle kanıtlanmış ve suçluların artık inkâr etmeye çalışmadıkları olgular söz konusu.

Darbenin tek temel dürtüsü, petrol zenginliğini utanmazca yağmalamayı –yerel halka sadece kırıntıları bırakarak– sürdürmek olmasına karşın, bu operasyonu komünizme karşı mücadelenin parçası olarak göstermek için Musaddık'ın çevresinde birkaç marksist bulunması bahane edildi. Sonuç, bugün herkesin bildiği gibi, Batı'ya kökten düşman bir İslam devriminin yükselişini hazırlamak oldu.

Bunlar, Soğuk Savaş döneminde Arap-Müslüman dünyasında uygulandığı şekliyle anti-komünizmin zararlı sonuçları hakkındaki pek çok örnekten sadece birkaçıdır. Anti-komünizm her yerde toplumsal ve siyasal modernleşme imkânlarının altını oymuş, her yerde hınçları körüklemiş, fanatizm ve gericiliğe zemin hazırlamıştır.

Ne zaman Müslüman toplumlar hakkında doğaları ve dinleri gereği hem laikliğe hem de modernliğe alerjik oldukları söylense, aklıma bu olgular gelir. Sonradan yapılmış bu tarz açıklamalar ne yerindedir ne de dürüsttür. Bana göre, insan topluluklarının kutsal metin yorumlarını onların gelişme düzeyleri belirler. Halkların inançlarını yaşama ve yorumlama biçimlerini belirleyen de Tarih'te yaşanan değişimlerdir.

Komünist rejimlerin, öne çıkaracakları varsayılan evrensel fikirleri uzun süre için gözden düşürdüklerini söylemiştim. Batılı devletlerin de kendi değerlerinin itibarını bol keseden harcadıklarını eklemeliyim. Bunun nedeni marksist veya üçüncü dünyacı rakiplerine karşı var güçleriyle savaşmaları değildi – öyle olsa bu açıdan suçlanmaları zor olurdu; asıl neden, en soylu evrensel ilkeleri kendi hırsları ve açgözlülükleri adına sinsice araçsallaştırmalarıydı; daha da kötüsü, özellikle Arap dünyasında sürekli olarak en gerici, en karanlık güçlerle, bir gün kendilerine karşı savaşların en tehlikelisini ilan edecek olanlarla ittifak kurmalarıydı.

Gezegenimizin bu yüzyılda sunduğu iç acıtıcı manzara tüm bu ahlaki iflasların ve tüm bu ihanetlerin ürünüdür.

6

Şu son yıllarda "gerileme" sözcüğü kim bilir kaç kez kendiliğinden dudaklarımdan dökülmüştür! Birinin bıçakla boğazlandığını, daha ilkokula giden bir grup kız çocuğunun kaçırılıp köleleştirildiğini, antik bir anıtın dinamitlendiğini veya sonsuza dek itibarsızlaştığını sandığımız kindar öğretilerin dirildiğini işitip de ahlaki bir gerilemenin akla gelmesi doğal değil mi?

Ama bu elverişsiz bir kavram. Bazen sabırsızlık, kızgınlık veya küskünlük sonucu kullanmaya devam etsem de, yetersiz ve biraz yanıltıcı olduğunu biliyorum. Gerçek anlamda "Taş Devri'ne", "Ortaçağ'a", "Engizisyon'un en kötü zamanlarına", "otuzlu yıllara", "Soğuk Savaş dönemine" geri döndüğümüz yok. Tarih öyle işlemez. Asla geriye dönülmez, asla daha önceki bir devrin maddi veya zihinsel ortamıyla yeniden buluşulmaz. Zamanın yürüyüşü bizi hep yeterince keşfedilmemiş, yeterince işaret şamandırası konmamış ve ancak dış görünüş olarak önceki kuşakların içinden geçtiklerini andıran yeni bölgelere sürükler.

Yüzü geçmişe en dönük tavırlar bile, ancak bugün bağlamında yorumlanabilirler; geçmişle bağları bir yanılsamadır. Altın çağlar hep sonradan çıkmış, belli siyasal veya ideolojik projelerin değirmenine su taşıyan aldatmacalardır. İnsanlık tarihinin tüm önemli anları için de, ister cennet ister cehennem olarak algılansınlar, aynı şey geçerlidir.

Bütün bunları aklımda tutarak, ilericilik yandaşları savunma pozisyonuna sıkıştırılmışken çeşitli muhafazakâr güçlerin devrim sancağını kaldırdıkları 1979 yılı civarında yaşanan "altüstlük" durumuna yeniden dönüyorum.

Bu hadiseye ilk kez değindiğimde, bu "devrimleri" ne kadar paradoksal olursa olsun, gayri meşru veya gasıp diyerek elimizin tersiyle bir kenara itemeyeceğimizi belirtmiştim. Ne de haklarında sorgusuz sualsiz kestirmeden gerileme hükmü verilebilir. Hem bende hem de pek çok çağdaşımda öfke ve endişe uyandırsalar da, çağımızın çok önemli bir hadisesini temsil etmektedirler ve bu nedenle dikkatle, seçerek ve katkılarıyla zararlı sonuçlarını –bunları birbirinden ayırmak her zaman kolay olmasa da– tasnif etme kaygısıyla incelenmeyi hak etmektedirler.

Bu "devrimlere", çağdaşlarımızın tavırlarında anlamlı dönüşümler eşlik etti. Bunların en kayda değerlerinden biri, artık kamu yönetimleri ve onların ekonomik hayattaki rolleriyle ilgili algıdaki değişikliktir.

Hâlâ mutlak devletçiliğin (*dirigisme*) erdemlerini öven veya piyasa yasalarının önceliğini eleştirenlere artık az rastlanıyor. Siyasal yetkililerin çoğu artık enerjileri, özellikle de firmaların ve işverenlerin enerjilerini onları köstekleyebilecek prangalardan kurtarmanın zorunluluğuna inanıyorlar.

Muhafazakâr devrimin öncüsü olan iki ülkede, İngiltere ve ABD'de öncelikle sosyal devletten, yani devlet yetkililerinin zenginler ile yoksullar arasındaki mesafeyi azaltmak için vergileri ve sosyal yardımları sürekli artırmak eğiliminden "kurtulmak" isteniyordu. Çin'de, bir süre "bilimsel sosyalizm" reçetelerini uygulamış diğer ülkelerde de olduğu gibi, her yerde verimsizliğe, rüşvete, genel moral bozukluğuna ve kronik kıtlıklara yol açmış, merkezi, dogmatik, bürokratik ekonomi yönetiminden kurtulma ihtiyacı duyuluyordu. Bu bakımdan Deng Xiaoping'in öncelikleri Margaret Thatcher veya Ronald Reagan'ınkilerle aynı değildi; ama aralarında bir yakınsama da vardı, çünkü her üçünün de nihai hedefi daha dinamik, daha rasyonel, daha verimli ve daha rekabetçi bir ekonomi inşa etmekti.

Piyasa ekonomisinin önceliği haliyle Washington ve Londra'dan hareketle tüm dünyaya kendini kabul ettirdi. Bu konuda Çin'in göz kamaştırıcı başarısının oynadığı simgesel rolü de azımsamamak gerekir.

"Üçüncü Dünya" adı verilen ülkelerin birçoğu on yıllar boyunca Batı'dan farklı yollarla geri kalmışlıktan çıkmalarını sağlayan devlet sosyalizminin cazibesine kapılmışlardı. Asya, Afrika ve Latin Amerika'daki çok sayıda yönetici, böylelikle eski sömürgeci devletlerin ve ABD'nin cenderesinden kurtulacaklarını umarak bu yola inanmışlardı. Belli bir müddet sonra hepsi sistemin ters çalıştığını, vaatlerini yerine getirmediğini ve onları mahva sürüklediğini keşfedeceklerdi.

O zaman kendilerini bir çıkmazda buldular; yanlış yoldan gittiklerine ikna olmuşlardı ama bunu kabullenmeyi göze alamıyor ve işin içinden nasıl çıkacaklarını bilemiyorlardı. Bilimsel sosyalizm yolunun modasının geçtiğinin kesin bir şekilde kabul edilmesi için, en büyük komünist devletin piyasa ekonomisine dönmesi ve bunun ardından insanlık tarihinin en şaşırtıcı mucizelerinden birini gerçekleştirmesi gerekti.

İki öğretinin yıllardır kanlı bir maçı sürdürdükleri ringde, Çinli hakem Deng Xiaoping kapitalist boksörün kolunu kaldırıp onu maçın galibi ilan etmişti.

• • •

Muhafazakâr devrimlerin tetiklediği bu ilk dönüşümün küresel sonuçları gözden geçirildiğinde, bu dönüşümü sıradan bir "gerileme"yle özdeşleştirmek kesinlikle imkânsızdır. Bazı yönlerden gerçekten devrimci bir değişim söz konusudur.

Daha önce kapitalizm kendi bilgisini ve dinamizmini farklı kültürlerden çıkmış önemli ortaklara aktarmayı ne becerebilmiş ne de bunu istemişti. Ama bu noktada, birkaç on yıl içinde, finansal ve ticari akımların "liberalleşmesinden" başka hiçbir şeyi savunmayan bir politikanın bayrağı altında, yüzlerce yıllık kadim bir haksızlık giderilmeye başlamıştı. Sanayileşmiş Batı'nın bilgisi her yöne doğru yayılmış, tüm gezegenin maddi ve insani manzarasını kökten değiştirmişti. Güney'in büyük devletleri, onları geri kalmışlıktan çıkarıp, bu geri kalmışlığın yüz kızartıcı belalarından –cehalet, ehliyetsizlik, kötü beslenme, sağlığa aykırı koşullar veya salgın hastalıklar– kurtarabilecek yola peş peşe, kararlı bir biçimde girdiler.

Yol tabii ki uzun ama şu anda örneklere dayanarak her şeyin mümkün olduğu ve ilerleme, uyum sağlama, inşa etme iradesi ve bilgeliği gibi meziyetlerden yoksun olanların yolun kenarında kalacakları biliniyor.

Dolayısıyla mutlak devletçi sistemin cenazesinin ardından gözyaşı dökmeye hiç gerek yok. Çünkü ne eski "Üçüncü Dünya"da ne de eski "sosyalist kamp"ta verilen sözler tutulmuştu; her yerde tutarsız gözükmüş, her yerde otoriter sapmaların, baskıcı ve asalak sahte elitlerin oluşmasını kolaylaştırmıştı. Bu nedenle, ağır bir şekilde cezalandırılmayı, hatta ebediyen Tarih'in dillere destan "çöp tenekesi"ne atılmayı hak ediyordu.

İşin tatsız yanı, çöküşün faturasının sadece bu yolundan çıkmış budalaca sosyalizme çıkmamasıydı. İnsan toplumlarında sürekli gözlemlenen bir yasa uyarınca, bir projenin, fikrin, kurumun veya kişinin iflası ona yakın olan veya yakın gözüken her şeye sirayet eder.

Muhafazakâr devrim yandaşlarının gözden düşürmeyi başardıkları, sadece komünizm değil aynı zamanda sosyal-demokrasi ve onunla birlikte, sosyalizmin idealleri karşısında –onlarla daha iyi savaşmak için bile olsa– uzlaşmacı bir tavır sergilemiş olan tüm öğretilerdi.

Eşitlikçiliğin aşırılıkları eleştirilmekle yetinilmedi, eşitlik ilkesinin kendisi de sorgulandı ve değersizleştirildi. Özellikle ABD'de en zenginler ile en yoksulların gelirleri arasındaki mesafe, otuzlu yıllardan itibaren sürekli azaldıktan sonra, yetmişli yılların sonunda yeniden yükselmeye başlayıp, içinde bulunduğumuz XXI. yüzyılda XIX. yüzyıldakine yakın düzeylere geldi. Bu durum bazılarında –en azından eşitlik bahsinde– bir gerileme çağına girildiği duygusunu haklı olarak uyandırdı.

Ayrıca sadece bürokratik istismarlar eleştirilmedi, kamu otoritelerine karşı sanki onların ekonomik yaşama müdahaleleri namuslu yurttaşların kendilerini korumaları gereken "mala el uzatma" hamlelerinden ibaretmiş gibi, bir kuşku ve yergi kültürü yerleştirildi. Reagan'ın göreve geliş konuşmasında kullandığı çarpıcı ifadeyle, "bu krizde devlet sorunumuzun çözümü değildir; *devlet sorunun kendisidir.*"

O zamandan beri bu cümle defalarca yorumlandı. Analiz edildi, masaya yatırıldı ve bazen de akıllıca bir yaklaşımla, kullanıldığı bağlama yerleştirildi. Ama bu ifadenin, eski ABD başkanının sancaktarı olduğu komplekslerinden kurtulmuş militan muhafazakârlığın kendisiyle özdeşleştireceği ve çağımızın normu haline gelecek kertede tüm dünyaya yayılacak bir düşünme tarzını yansıttığına kuşku yoktur.

7

Bütün bu nedenlerden ötürü, düşünce çabamın bu aşamasında muhafazakâr devrimlerin ekonominin yönetiminde veya yurttaşlar ile kamu iktidarları arasındaki ilişkilerde yarattıkları değişimler hakkında kesin bir tutum ifade etmem zor olur. Bu yaklaşım bazı yönlerden toplumsal kırılmaların yolunu açtı ve kimi zaman edepsiz haksızlıklara sebep oldu; ama aynı zamanda Güney ülkelerinin kalkınmalarını ve ileri teknolojilere erişmelerini sağladı ki bu da yadsınamaz bir ilerlemeyi temsil etmektedir.

Her halükârda sonuçlar, ekonomik alandaki "altüstlüğü" salt bir "gerileme" olarak değerlendirmekten kaçınmama yol açacak kadar çok yönlü ve karmaşık görünüyor. Buna karşılık, muhafazakâr devrimlere bağlı diğer dönüşüm konusunda "gerileme" nitelemesini duraksamadan yapacağım. Kimlik gerilimlerinin, çağdaşlarımızın damarlarına bir uyuşturucu gibi yayılan ve bugün tüm insan toplumlarını etkileyen sürekli ve genelleşmiş şiddetlenişinden söz etmek istiyorum.

Aslında, kimlik çılgınlığını muhafazakâr devrimlerin bir *sonucu* olarak değerlendirmek gerektiği kesin değildir. Bu iki hadise arasında bir *eşzamanlılık* bulunduğunu söylemek daha doğru olur.

Ama bu rastlantısal değildi. Çünkü muhafazakâr fikirleri geleneksel olarak yayanların söylemlerinde –genellikle dine, ulusa, toprağa, uygarlığa, ırka veya bütün bunların karışımı üzerine kurulu– bir kimlik vurgusu her zaman olmuştu. Amerika'daki Cumhuriyetçilerde, İsrail'deki Likud milliyetçilerinde, Hindistan'da BJP (Bharatiya Janata Party/Hindistan Halk Partisi) milliyetçilerinde, Afganistan'da Taliban'da, İran'da mollalarda ve daha genel anlamda yetmişli yıllardan itibaren kendi muhafazakâr devrimlerini gerçekleştiren bütün siyasal güçlerde bu özelliğe rastlanır.

Bu da beni bir kez daha, bu kitapta "büyük değişim yılı" adını verdiğim 1979'un üzerinde durmaya sevk ediyor. İflah olmaz rasyonel bir gözlemci olduğum için, bu sayıya hiçbir gizli değer yüklemiyorum; kalemimden sık sık dökülmesinin, Tarih'in akışında bir dönemece, bazen de bir kopuşa işaret eden önemli olayların o yıl veya onun civarında yaşanmasından başka bir nedeni yok. *Büyük zaman çizelgesinde bu şekilde ayraç haline gelip*, bir bölümün bitip bir diğerinin başladığını gösteren tarihler yok mudur? Bana öyle geliyor ki 1979 da bu tarihlerden biridir. O sırada otuz yaşındaydım ve ayaklarımın altında toprağın sallandığını hissediyor ama sarsıntının şiddetini ölçemiyordum.

O yıl, paradoksal bir İslamcılığın dünya sahnesine çıkışıyla birlikte, kimlik çalkantılarının uzun tarihinde bir eşik aşıldı. Toplumsal bakımdan gelenekçi olan bu İslamcılık, siyasal açıdan ise radikaldi ve o zamana dek başkaldırı potansiyeli pek anlaşılmamış bu akımın kalıcı sonuçları olacaktı. Şubat 1979'da fazla modernist ve Batılılaşmış olarak değerlendirilen bir monarşinin enkazı üzerinde İran İslam Cumhuriyeti kuruldu; Nisan 1979'da, Pakistan'ın eski başkanı Zülfikar Ali Butto, katı bir şeriat uygulanmasını isteyen darbeci askerler tarafından sosyalizm ve laikliği savunmakla suçlanarak asıldı; Temmuz 1979'da Amerikalılar İslamcı Afgan mücahitlerini gizlice silahlandırmaya karar verdiler; Kasım 1979'da İslamcı Suudi militanlardan oluşan kalabalık bir grup Mekke'de Mescid-i Haram'a saldırdı, eylem katliama dönüştü; Aralık 1979'da Sovyet birlikleri Afganistan'a girdi, modern cihatçılık onlara karşı kurucu savaşını verecekti...

Tabii ki bu olaylardan her birinin kendi varoluş nedeni mevcuttu. Yine de peş peşe sıralanma ritimleri, yeni bir gerçekliğin doğmakta olduğuna işaret eder gibiydi. Bugünden dönüp baktığımızda, bu söyleneni teyit edebiliyoruz. Berlin Duvarı'nın yıkılmasından Manhattan'daki İkiz Kuleler'e saldırıya kadar, çağımızı şekillendiren birçok simgesel ânın kaynağı “o yılın” olaylarında bulunmaktadır...

Tüm bu gelişmelerin *tek bir* ortak açıklaması bulunmadığını bir kez daha vurgulamamda yarar var. Karmakarışık bir biçimde şunlar sayılabilir: Hindiçin ve Kara Afrika'daki başarılarının ardından Sovyet yöneticilerinin kapıldığı sarhoşluk; Altmış Yedi bozgunundan ve Nâsır'ın ölümünden sonra Arapların yaşadığı derin sıkıntı; Amerikalıların Soğuk Savaş'taki rollerine ilişkin anlayışlarındaki değişimler; Müslüman toplumlar arasında açılan yeraltı fay kırıkları ve birkaç neden daha...

Yine de bambaşka nitelikte bir etken var ki diğerlerine göre daha fazla üzerinde durulmasını hak ediyor: Petrol krizi. Yetmişli yıllar boyunca birçok sarsıntı halinde meydana gelen kriz, tüm dünyada pek çok ekonomik, toplumsal ve siyasal parametreyi değiştirecekti;

hem zihniyetlerde hem de güç dengelerinde köklü bir değişime yol açacak ve Arap dünyasının –oradan hareketle de gezegenin geri kalanının– üstüne yoğun bir gericilik ve gerileme bulutunun çökmesine neden olacaktı.

• • •

Krizin ana "şoku", Ekim 1973'te Mısır ve Suriye ile yaptığı savaşta İsrail'e ABD tarafından verilen desteği protesto etmek için petrol üreticisi ülkeler ambargo koyduklarında yaşandı. Petrol kıtlığı uzun sürmedi ama o zamana dek çok düşük seyreden varil başına fiyattaki hatırı sayılır yükseliş, ithalatçı ülkeler tarafından yıllar boyunca sert bir şekilde hissedilecekti.

Çeşitli muhafazakâr devrimlere yol açan olaylarda bu etkenin belirleyici olduğuna hiç kuşku yoktur. Örneğin Bayan Thatcher'ın iktidara gelmesinden önce İngiltere'de hüküm süren atmosfere yeniden dönecek olursak, ülkenin maruz kaldığı krizin önemli ölçüde enerji sorunlarına bağlı olduğu açıktı. Krizin en travmatik anlarından biri de Piccadilly Circus'ta ışıkların söndürülmesi değil miydi? Muhafazakâr lider bu sıkıntılara son vermeyi vaat ediyordu.

Birkaç ay sonra Atlantik'in diğer yakasında Reagan da aynı şeyi yapacaktı. Başkan Carter ülkenin artık petrol ithalatına bağımlı olmaması ve ikmal kaynaklarını korumak için yabancı ülkelerde askeri maceralara atılmak zorunda kalmaması için vatandaşlarını enerji tüketimini kısmaya çağırırken; Cumhuriyetçi aday tam zıt çizgiyi benimsemiş, Amerikalı tüketicileri alışkanlıklarında hiçbir değişikliğe gitmemeye çağırırken, onların kemer sıkmalarını engellemek için gerekirse güç kullanarak yapılması gerekeni yapacağına söz vermişti.

Seçmenlerin duymak istedikleri tabii ki bu ikinci söylemdi, zaten seçim sonuçları da bunu doğrulayacaktı. Amerikalıların gururuna, ulusal kibrine ve tüketici alışkanlıklarını değiştirmeme isteklerine seslenmek haliyle boyun eğmeye benzeyen tedbir duygusuna seslenmekten daha avantajlıydı.

Yoksul veya zengin, tüm ithalatçı ülkeler, petrol fiyatlarındaki artıştan kaynaklanan yeni ekonomik gerçekliklere uyum sağlayıncaya kadar, bir çalkantı döneminden geçmek zorunda kaldılar. O uzun kuşku, dalgalanma ve sorgulama yılları çoğunlukla yıpratıcı, hatta travmatik oldu. Ama en kayda değer sarsıntılara petrol ihracatçısı ülkelerde rastlandı. Hem bazı yöneticilerin ölçüsüz hırslarından hem de petrodolarların ani akışının halk içinde uyandırdığı doymak bilmez beklentilerden kaynaklanan bu sarsıntılar hızla başladı ve bir daha da durmak bilmedi.

"Petrol krizi"nin başlıca mimarlarından olan İran şahı, Şubat 1979'da bir halk ayaklanması sonucunda iktidardan kovuldu. Kısa süre sonra, Suudi Arabistan büyük bir siyasal sarsıntı yaşadı; o sırada birçok gözlemci bunu tuhaf ve münferit bir olay diye gördü ama bu olayın dünya ölçeğinde sonuçları olacaktı – bu konuya tekrar döneceğim. Irak'a gelince, o krizden sonra tarihi işgal tehditleri, bilfiil işgaller, iç savaşlar ve katliamlardan ibaret hale geldi; bu durum ülkeyi harap, güçsüz ve neredeyse parçalanmış bir vaziyete sürükledi. Zaten "petrol piyangosu"nun "talihli" kazananları şöyle bir gözden geçirildiğinde, kara altının yol açtığı tüm trajediler de hatırlanmış olur. Yukarıda saydığım ülkeler dışında, listede Libya, Cezayir, Endonezya, Kuveyt, Nijerya veya Venezuela da yer almaktadır.

Çağımızın facialarından derlenmiş hüzünlü bir buket...

• • •

Petrol krizinin Arap dünyasındaki en doğrudan sonucu, değerli hammaddeyi ihraç eden ülkelerin muazzam likiditelere sahip olmalarıydı; bu da onlara aynı kaynaklara sahip olmayanlar karşısında kesin bir üstünlük sağladı. Mısır, Nâsır zamanında işgal ettiği ağırlıklı konumu kaybetti; Suudi Arabistan ânında en ön plandaki aktörlerden biri oldu; Irak ve Libya'nın yöneticilerine, Saddam Hüseyin ve Muammer Kaddafi'ye gelince, onlar Arap ulusunun yeni liderleri olma hayali kurmaya başladılar ve yeni edindikleri servetin büyük kısmını bu ihtirasın emrine koştular ancak amaçlarına ulaşamadılar.

Gücün bu el değiştirmesinin daha kalıcı bir sonucu, zihniyetler ve entelektüel atmosfer düzeyinde ortaya çıktı. O zamana dek gündemde olan, milliyetçilikten, sosyalizmden veya Batı toplumları modelinden esinlenen fikirler, uzun süre tüm dünyada esen büyük düşünce cereyanlarının uzağında yaşamış çöl ülkelerinden gelen başka fikirler tarafından yavaş yavaş geriye itildiler. Ve siyasal alanda, alışılmamış bir profile sahip yeni aktörler belirdi: Çok muhafazakâr çevrelerde yetişmiş ve bazen hatırı sayılır finansal imkânlara sahip, bunları imanlarını yaymak için kullanmaya hazır genç adamlar.

Bugün, çok yankı uyandıran saldırıları finanse etmiş veya bizzat gerçekleştirmiş Usame bin Ladin ve daha birkaç kişinin isimlerini biliyoruz. Ama Afganistan, Bosna veya başka yerlerdeki savaşları, oralara hiç ayak basmadan, sadece kaynak toplayanlara sadaka gönderip, hayır işlediklerinden emin olarak katkı yapan yüz binlerce, belki de milyonlarca isimsiz var. O sırada o kadar çok Arap kendini aşağılanmış, pusulasını yitirmiş, kahramanları tarafından öksüz bırakılmış ve hem yöneticileri hem de inandıkları "modern" ideolojiler tarafından ihanete uğramış hissediyordu ki! Din sancağı altında askere yazılmaya hazır hale gelmişlerdi.

Brzezinski müttefiklerinden, özellikle de Suudiler, Mısırlılar ve Pakistanlılardan, Afgan mücahitlerine para, silah ve dinsiz komünistlere karşı savaşmaya hazır gönüllüler göndermelerini istediğinde, sözleri karşılıksız kalmadı.

Onun savunduğu strateji, nüfusun bazı kesimlerinde heyecan yaratan cihatçı özlemlerle aynı frekanstaydı. Ayrıca, Amerikalılar gibi Sovyet tehdidinden ürken ama asıl, kapılarında yaşanan bir diğer olaydan çok daha fazla telaşa kapılan yerel yöneticilerin kaygılarıyla da uyumluydu: İran şahını deviren ve tüm komşu monarşilere sirayet etme endişesi yaratan hem milliyetçi hem İslamcı esinli halk ayaklanması...

8

Gazetecilik yaşamımın hal ve şartları nedeniyle, İran devrimi sırasında, çağımın yaşadığı sarsıntıları bir kez daha yakından izleyen bir seyirci konumundaydım.

Burada "seyirci" terimini en somut anlamında kullanıyorum: İslam Cumhuriyeti ilan edildiğinde, Tahran'da küçük bir sinema salonundaydım; hemen karşımda, sahnenin üzerinde, Ayetullah Humeyni sırtını perdeye yaslamış büyük bir koltukta oturuyordu. Tarih 5 Şubat 1979'du ve bu tuhaf tablo sonsuza dek belleğime kazındı.

O dönemde Paris'e yerleşmiş ve Beyrut'ta yaptığım gibi –birkaç yeni düzenlemeyle– gazetecilik yapmaya başlamıştım: Artık Arapçadan çok Fransızca yazıyordum ve ilgi alanım dünyanın geri kalanından çok Arap-Müslüman dünyasıydı.

1978 yazında İran'daki kitle gösterileri çoğalıp Şah'ın tahtını sarsarken, olayları adeta büyülenmişçesine izlemiştim. Siyah sarıklı, ak sakallı, yetmiş altı yaşındaki bir dini lider tarafından yönetilen bir devrim XX. yüzyılın son çeyreği için sıradan bir hadise değildi. Ben de birçok çağdaşım gibi olayların seyrini endişeden çok, şüpheyle izliyordum. Monarşi hakkındaki algı, baskıcı, aşırı zengin ve yoz olduğuydu; modernleştirmeci yönelimleriyle kimse fazla ilgilenmiyordu.

Karışıklıklar başladığında, Humeyni Irak'ın güneyinde, tüm dünya Şiilerinin kutsal saydığı bir yerde sürgündeydi. Ama İran şahı onun sınır dışı edilmesini dayattı, Saddam Hüseyin de Ayetullah'tan başka bir yere sığınmasını istedi – Humeyni bunu hiç affetmeyecekti. Fransa yaşlı muhalifi ağırlamayı önerdi ve Paris yakınlarındaki küçük bir kasaba, Neauphle-le-Château birkaç aylığına Humeyni'nin ikamet yeri ve İran ayaklanmasının beklenmedik başkenti oldu.

Oraya iki üç kez gittim ve Humeyni ile söyleşi yapma fırsatı buldum. Yanımızda, Humeyni'nin çevresinden Lübnanlı genç bir Şii din adamı da vardı ve çok nazik bir şekilde tercümanlığımı yapmayı kabul etmişti. Sorularımı klasik Arapçayla soruyordum; Humeyni'nin ne dediğimi anladığı belliydi ve bazen başını sallayarak bunu gösteriyordu ama Farsça cevap veriyor ve tercüman da tercümeyi kulağıma fısıldıyordu. Her üçümüz de yere, küçük İran kilimleriyle kaplanmış kalın minderlerin üzerine oturmuştuk.

Liderin etrafında dolaşan ve tüm fikirlerini paylaşmasalar bile ona büyük hürmet gösteren adamlarla da konuştum. İçlerinden en önemlisi biyokimya doktoru olan İbrahim Yezdi'ydi; İslam Cumhuriyeti'nin ilk hükümetinde dışişleri bakanlığına atanacak, sonra gözden düşecek ve mollalar rejimine muhalefetin simgesel simalarından biri olacaktı.

Bana 31 Ocak'ta bizzat telefon edip Humeyni'nin İran'a dönüşü için Air France'dan büyük bir uçak kiralanacağını haber verdi. Hem Ayetullah ve çevresi hem de olayı izlemek isteyen yabancı gazeteciler için yer vardı. Yezdi böyle bir yolculuğa çıkmak isteyip istemediğimi sordu. Uçağın yaklaşık olarak gece yarısı diye öngörülen kalkış saatinden iki saat önce onun yanında olacağıma söz verdim.

Ayetullah Tahran havaalanında soğuk bir törenle karşılandı ama sokaklarda onu o güne kadar kendi gözlerimle hiç görmediğim büyüklükte bir insan seli bekliyordu. Sanırsınız, bütün kent nüfusu onu karşılamak için evlerinden dışarı çıkmıştı.

Bu bir zaferdi ama ne var ki Humeyni'nin ülke içindeki statüsü henüz muğlaktı. İktidarda değildi ve yakınları ordunun bazı unsurlarının ona saldırabileceğinden çekiniyorlardı. Dahası, yönetimde başka kimse de yoktu. Rakip cephe tam bir kargaşa içindeydi.

Bu ara dönem boyunca, muhalif lider geçici genel karargâhını taraftarlarının onu koruyabilecekleri bir bölgede bulunan bir devlet ilkokulunda kurdu. Civar sokaklarda sürekli göstericiler vardı ve Humeyni de zaman zaman balkona çıkıp onları selamlıyordu.

Üç gün geçtikten sonra, satranç tahtasında taşlarını ileri sürmek için zamanın artık uygun olduğuna karar verdi. Küçük bir sinema salonunda yakınlarının, belli sayıda siyasi ve dini şahsiyetin, ayrıca da Fransa'dan beri kendisine eşlik eden yabancı gazetecilerin katıldıkları küçük bir tören düzenletti.

Humeyni yükseltide, bir koltukta oturuyordu. Solunda, açık renk takım elbiseli ve kravatlı, yaşı da onunkine yakın bir adam, Mehdi Bazergan ayakta duruyordu. Ayetullah onu oracıkta İran İslam Cumhuriyeti'nin ilk hükümet başkanı olarak atadı. Bu cumhuriyet gözlerimizin önünde doğmuştu. O sırada aynı kentte Şah tarafından atanmış ve başında Şahpur Bahtiyar'ın olduğu bir başka hükümet halen mevcuttu. Ama eski rejimin artık günlerinin, hatta saatlerinin sayılı olduğu belliydi.

Gözlerimizin önünde cereyan eden tarihsel olayın çapı ile dekor işlevi gören yerin sıradanlığı arasında çarpıcı bir zıtlık vardı. Bin yıllık bir imparatorluk huzurumuzda ortadan kaldırılmıştı, Müslüman dünya çok büyük bir altüstlükle karşı karşıyaydı ve bunun tüm yeryüzüne yayılan sonuçları olacaktı. Halbuki bu olayın yaşandığı salon bir belediye salonu, tören de müsamere gibiydi; sanki en başarılı öğrenciye takdirname verilen bir yıl sonu törenindeydik. Bazergan da bu izlenimi pekiştiriyordu. Duygulu ve duygulandırıcı bir vaziyette, beceriksizce iliklenmiş açık renk takım elbisesi içinde mahcubiyetini belli ederek, kabul konuşmasının yazılı olduğu buruşmuş sayfaları elinde tutuyordu. Yükseltiye çıkmayı beklemediği ve bir an önce oradan ayrılmak istediği izlenimini uyandırıyordu.

Bu adam şahsiyetli ve yetkin olmakla tanınıyordu ve hükümetin başına getirilmesi, Humeyni devriminin İran'ı demokrasi içinde modernleşmeye doğru götüreceğini umanlar için oldukça ferahlatıcıydı. Öğreniminin çoğunu Fransa'da, önce Nantes'da bir lisede, sonra Paris'te Ecole Centrale'de* görmüş, oradan mühendis olarak mezun olmuştu.

Musaddık 1951'de İran petrolünün denetimini geri almak istediğinde, ulusal petrol şirketini yönetmek üzere Bazergan'ı seçmişti. Bu macera iki yıl sonra CIA tarafından tertiplenen darbeyle birlikte hüzünlü bir şekilde sona ermişti ama anısı halk arasında hâlâ canlıydı ve yeni devrimin tanıdık bir simaya başvurması rahatlatıcıydı.

Yezdi'nin başbakan yardımcılığına getirilmesi de aynı ölçüde güven vericiydi. Yani hükümetin başında, şahsiyetleri, modern zihniyetleri ve demokratik kanaatleriyle tanınan iki bilim adamı vardı. Humeyni'nin ulusu için dikkatli ve kalender bir büyükbaba olacağına inananların olan bitene sevinmekten başka yapacak bir şeyleri yoktu. Devrim en güzel şekilde başlamış gibiydi.

• • •

Ayetullah'ın en başından itibaren başka planlar kurduğunu düşünmek mantıksız olmaz. Bunlar tabii ki daha iddialı ama monarşiden cumhuriyete dingin bir geçiş olacağını umanlar için de çok daha az güven vericiydi. Mirasçılarına, daha önce hiç görülmemiş türde, toplumsal gelenekçilikle siyasal radikalizmin karışımı bir rejim

---

* Fransa'nın 1829'da mühendis yetiştirmek üzere kurulmuş en eski ve prestijli üniversitelerinden biri (ç. n.).

bırakacaktı. İran, onun etkisiyle, özgün bir üslubu, dinlenen bir sesi, saygı duyulan girişimleri olan ama ne tamamen mağlup ne de gerçekten galip çıkılan, üstelik hiç bitmeyen devasa savaşlara gırtlağına kadar gömülmüş dinamik bir bölgesel güce dönüştü.

Uluslararası düzlemde dikkat çeken ilk değişimlerden biri, Yakındoğu'daki çatışmaya yönelik İran politikasının altüst olmasıydı. Şah İsrail ile dostça ilişkiler örmüş, petrol üreticisi Arap ülkelerinin vermeyi reddettiği petrolü İsrail'e temin etmişti. Humeyni bu uygulamaya derhal son verdi, İbrani devletiyle diplomatik ilişkileri kesti, tüm yabancı liderlerden önce Arafat'ı Tahran'da kabul etti, hatta FKÖ'yü o güne dek İsrail diplomatik servislerini barındırmış bazı binaları devralmaya davet etti. Böylece devrimin ilk aylarında Tahran'a yoğun bir Filistinli siyasi ve askeri danışman akını oldu.

Ama bu umut verici görünüşe rağmen, iki ortak arasındaki ilişkiler aslında iyi başlamamıştı. Gururlu ve aşırı milliyetçi İranlılar, bir Arap danışmanlar ordusunu getirtmekte yarar görmüyorlardı; Arafat da Esad'ın Suriyesi ile bilek güreşine girişmişken, İran ile yakınlaşmanın Saddam Hüseyin'in Irak'ını kendisinden uzaklaştıracağından çekiniyordu.

Dolayısıyla FKÖ ile bu cicim ayları kısa sürdü ama Tahran'ın İsrail-Arap çatışmasındaki tavrı kalıcı oldu. Hatta mollalar rejiminin elindeki stratejik kozlardan biri haline geldi.

Beklenmedik, öngörülmesi güç olan ve önemli sonuçlara yol açacak unsur, devrim sonrası İran'ın, Araplıkla hiç ilgisi olmamakla beraber, özellikle Filistin ve İsrail ile çatışma hakkında Arap milliyetçiliğine yakın bir söylemi benimseyecek olmasıydı.

Bu konumlanış meyvesini verecekti. İslam Cumhuriyeti Arap Doğusu'nun Irak veya Suriye gibi birçok ülkesinde belirleyici bir nüfuza sahip olacak; Lübnan'da Hizbullah, Gazze'de Hamas ve İslami Cihat veya Yemen'de Husiler gibi önemli silahlı hareketlere hamilik yapacak; gerek Afganistan'da gerekse eski Sovyetler Birliği'nin parçası olan birçok cumhuriyette varlığını hissettirecekti.

Ancak bir gücün tezahürü anlamındaki bu yükselişe, birçok Arap ülkesinde çoğunlukta olan Sünniler ile İran'da ezici çoğunlukta olan Şiiler arasındaki bir kin patlaması eşlik etti. Bu çatışma asırlardır için için sürüyordu ve sürmesi de muhtemeldi. Daha önce de belirttiğim gibi, gençliğimin Beyrut'unda bu çatışma pek gündemde değildi. Kuşkusuz Lübnanlı Şiiler genellikle yoksul bölgelerde yaşıyorlardı ama bu durum onları sadece cemaatleri adına haklarını talep etmeye değil, diğer emekçilerle birlikte sol partilere katılmaya sevk ediyordu. Şurası bir gerçek ki insanların kimlikleri hakkında bambaşka bir algıya sahip oldukları, farklı düşündükleri, farklı ölçütlere göre davrandıkları, artık mazide kalmış bir dönemden söz ediyorum.

O dönemden beri "zamanın ruhu" tüm tavırları değiştirdi – bu rotadan sapma nedeniyle aktörlerden sadece birini suçlayıp diğerlerini aklayamayız. Bununla birlikte, İran Sünnilerin çoğunlukta olduğu Arap dünyasında ağırlıklı bir rol talep edip bunu elde etmek için yerel Şii cemaatlerine dayanınca, tehdit ettiği rejimlerden, özellikle de Suudi Arabistan'dan düşmanca tepkiler gelmesi riskine de girmiş oluyordu. Daha genelde, Şiilerin artan nüfuzu karşısında kendilerini aldatılmış, marjinalleştirilmiş ve tehdit altında hisseden Sünni topluluklardan da tepkiler gelmesi riski vardı.

Petrol monarşilerine muhalif olan ve Şah'ın tahtını devirecek tarzda İslamcı bir devrimle onların da devrilip gittiğini görmekten mutlu olacak radikal Sünni unsurlar arasında bile, cemaatler arasındaki engellerin aşılması çok zor görünüyordu. Kuşkusuz bu militanlar, kendileri başlarındaki hanedanlara karşı âciz kalırken, Pehlevi hanedanını yıkmayı başaranlara hayranlık duyuyorlardı; ama bu kahramanlığın "Şia'cılar" tarafından gerçekleştirildiğini unutmuyorlardı ve gönüllerinden "Peygamber'in sünneti"nden yana olanların daha iyisini başarabileceklerini ispatlama arzusu geçiyordu.

9

Olayların bu yönü, Arap dünyasının son onyıllarda yaşadığı ve şu anda acısını bütün gezegenin çektiği rotadan sapmada kesin rol oynadı. Nitekim, kendilerini "İslam'ın düşmanlarına karşı cihat"ın sancaktarları olarak sunanlar, yani hem Sünniler ve Şiiler hem de çeşitli militan Sünni fraksiyonlar arasında bir tür özenme ve yarış yerleşti.

En ürkütücü örneklerden biri, cihatçı akım içinde liderliği El Kaide'den kapmak isteyen "İslam Devleti" (IŞİD) adlı örgüt tarafından uygulanan kanlı iddia yarışı oldu; unvan için meydan okuyan konumundaki IŞİD görülmemiş şiddette eylemlere, özellikle de alenen gerçekleştirilen boğaz kesme eylemlerine başvurdu; böylece dehşette daha ileriye, diğerlerinden çok daha ileriye gitmeye hazır olduğunu göstererek bu tavırla özdeşleşecek en fanatik, en aşırı militanları saflarına katmayı amaçladı.

Ne kadar çılgınca olsa da bu davranış tarzı kendine has bir makyavelist mantığa sahiptir. İddia yarıştırmanın mekanizması böyle işlemez mi zaten? "Yarışmacılar"dan biri cüretkârlıkta veya gaddarlıkta çok ileri gidince, rakipleri artık ona yetişemez ve sahayı ona bırakmak zorunda kalırlar.

Yukarıda en uç, en isyan ettirici bir örneğe değindim, ama bu aslında çok uzun ve çok zararlı bir yarışın etaplarından biri sadece.

Bu yarışın daha eski bir örneği 1979 yılının –yine 1979!– son haftalarında yaşanmıştı. 4 Kasım Pazar günü yüzlerce İranlı üniversite öğrencisi Tahran'daki Amerikan büyükelçiliğini işgal edip elli iki kişiyi rehin aldı ve büyükelçiliğin "devrimci işgali"ni başlattı. On altı gün sonra, 20 Kasım Salı günü yüzlerce cihatçı Sünni Suudi Mekke'deki Mescid-i Haram'ı işgal etti.

Bu saldırılardan ilkinin daha önce benzeri görülmemişti, ancak ikincisi bu anlamda daha da emsalsizdi. İslam'ın en kutsal mekânına dalan silahlı bir saldırı timi! Üstelik tüm dünyanın gözünde en katı şeriata bağlı ülke örneği olan Vahhabi krallığında, şeriatın uygulanmasını talep ediyordu! Ayrıca karşımızda güvenlik görevlilerinin dikkatsizliğinden istifade eden bir manga değil, araçları ve ağır teçhizatlarıyla tam bir küçük ordu vardı!

Suudi yetkililerinin tavrı daha da şaşırtıcıydı. Normalde, asayişi sağlamak için derhal harekete geçmeleri beklenirdi. Ama şaşırıp kalmış, dumura uğramış, âciz bir görüntü çiziyorlardı. Müttefiklerine, özellikle de Pakistan ve Fransa'ya başvurmak zorunda kaldılar; onlar da yerel kuvvetlere danışmanlık yapmak ve desteklemek üzere olay yerine kendi elit birliklerini gönderdiler. Cami ancak iki hafta sonra ve tam anlamıyla düzenli bir muharebeyle geri alınabildi. Ölü sayısı yaklaşık üç yüz olarak tahmin ediliyordu. Altmış sekiz isyancı yakalanıp idam edildi.

Bu kutsal mekâna yapılan inanılmaz saldırı, onlarca yıl boyunca kendinden söz ettirecek bir radikal Sünni militanlığın doğum belgesi oldu. O sırada, bu gözü kara komando eylemine hayran kalan ve uğradığı bozgunla yıkılan bazıları, kavgalarını Arap Yarımadası'nın uzağında, örneğin Afganistan'da sürdürmeye devam etti. Onlardan kurtulmak isteyen Suudi makamları da bu başka yere yönelişi destekledi. Özellikle Usame bin Ladin'in durumu böyleydi; o tarihten sonra, bir gün El Kaide adını alacak ve bir dizi ses getirici saldırıyla tanınacak güçlü küresel cihatçı şebekeyi inşa etmekle uğraştı; bu saldırıların doruk noktası da 11 Eylül 2001'de New York'taki İkiz Kuleler'e yapılan saldırıydı.

Mekke olaylarının bir diğer önemli sonucu, Suudi Arabistan'ı sarsmak ve yöneticilerini dinsel konudaki tavırlarını kökten değiştirmeye sevk etmek oldu. Suudi krallığının tarihiyle yakından ilgilenen bazı gözlemciler, "1979 travması"ndan söz ediyorlar; imanın savunulmasında fazla gevşek gözükmekten çekinen rejimin, bu tarihten sonra tüm dünyada Vahhabiliği ve Selefiliği yaymak için gayretini iki katına çıkardığını, bu amaçla Dakar'dan Cakarta'ya, hatta Batı ülkelerine kadar cami inşaatlarına ve dini derneklerin finansmanına yöneldiğini belirtiyorlar. Kralın unvanı bile değişti; "haşmet" Tanrı'ya mahsus olduğu için, artık krallara "Majesteleri" değil, tüm hükümet belgelerinde ve resmi, gayri resmi tüm medyada "Hadimü'l-haremeynü'ş-şerifeyn" (iki kutsal mekânın, Mekke ve Medine'nin hizmetkârı) deniyor.

Krallık böylece kendisini iddia yarışlarından koruyacak bir tür dindarlık "beratı" edinmeyi ummuştu kuşkusuz. Ama olaylar öyle cereyan etmedi. Radikal görünerek radikalleri susturacağını düşünmek bir yanılgıdır. Genellikle tam aksi gerçekleşir. Dünyanın geri kalanının katı gelenekçi bulduğu Arabistan'daki gibi bir sistem, bağrında kalın çizgilerle çekilmiş Sünni itikadına dayanıp sonra da onu yeterince İslami bulmayan akımların doğuşuna yol açar. Bu sistemde verilen eğitim belli bir dünya görüşünü meşrulaştırmaktan başka işe yaramaz ve başkaları hiç vakit yitirmeden bu dünya görüşünü sisteme karşı kullanırlar.

Onlarca yıl boyunca Suudi monarşisi, yayılmasına katkıda bulunduğu ve krallığın üzerine kurulduğu temelleri sarsmadan sıyrılamayacağı söylemin esiri oldu. 1979'daki kanlı olayların yol açtığı travmanın kalıcı olduğu ortaya çıkacaktı.

• • •

Tahran'daki Amerikan büyükelçiliğini işgal eden "devrimci üniversite öğrencileri"nin kaderi, Mekke'de Mescid-i Haram'a saldıranlardan çok farklı oldu. Ayetullah Humeyni eylemi resmen onaylamaktan kaçınsa da, onları mahkûm etmekten de özenle sakındı, hatta işgal ettikleri binayı "casus yuvası" diye niteleyerek sempatisini de gösterdi. Öğrenciler bırakın cezalandırılmayı kahraman oldular ve içlerinden çoğu sonraki yıllarda önemli roller üstlendiler. Devrimin Rehberi'nin bu olayda aldığı tavır Yezdi ve Bazergan'ı derin bir hayal kırıklığına uğratmıştı; hemen hükümetten ayrıldılar. Bu ayrılış, İslam Cumhuriyeti'nin liberal ve demokratik bir evrim göstereceğine inanmış herkes açısından hayallerin sonu anlamına geldi.

İşgal yaklaşık on beş ay sürdü ve o sırada ABD'de devam eden başkanlık seçimleri kampanyasını önemli ölçüde etkiledi. Kelepçelenmiş ve gözleri bağlanmış diplomatlarının görüntüleriyle kendilerini küçük düşmüş hisseden Amerikalılar, gerekli cevabı vermeyi bilemediği için Başkan Carter'ı suçladılar, hele rehineleri kurtarmak için düzenlenen operasyon içler acısı bir biçimde boşa çıkınca suçlamalar iyice arttı. Reagan da bundan gayet güzel istifade ederek, Demokratları zaafı ve beceriksizliği nedeniyle eleştirdi.

Büyükelçilik felaketinin, ikinci görev süresi için seçime giren başkanın uğradığı ezici yenilgide tartışılmaz bir katkısı vardı. Öyle ki, Reagan'ın temsilcilerinin Paris'te İranlı temsilcilerle görüşüp, krizin çözümünü seçimden sonraya ertelemelerini istedikleri yönünde ısrarlı iddialar bile ortaya atıldı. Tarihçiler, gerçekte neler olup bittiğini ortaya çıkarmak için daha uzun süre tartışacaklardır. Bununla birlikte, İranlı yetkililer sanki bu iddialara inandırıcılık kazandırmak istermişçesine, Reagan görevine başladığı gün, tam 20 Ocak 1981'de, Washington'da göreve başlama töreni yapılırken rehinelerin serbest bırakıldıklarını açıkladılar.

Yeni yönetim de İslam Cumhuriyeti'ne karşı büsbütün düşmanca bir tutum takınmadı. Hatta Reagan'ın ikinci başkanlığı sırasında patlak veren muazzam skandalda, Beyaz Saray'ın Nikaragua'daki Sandinista karşıtı silahlı grup olan Kontralar'ı İran Devrim Muhafızları'na –yasadışı olarak– satılan silahların parasıyla –yasadışı olarak– finanse ettiği Kongre tarafından ortaya çıkarılmıştı.

"İran Kontra Dosyası" veya "Irangate" adı takılan bu operasyon ne kadar edepsizce, ahlaksızca ve karışık olursa olsun, buradan yola çıkarak Washington ile Tahran "muhafazakâr devrimleri" arasında fiili bir suç ortaklığı bulunduğu sonucuna varmak ihtiyatsızlık olur. Bence o ânın zorunluluklarından doğmuş, anlık bir kesişme olarak değerlendirilmesi gerekir. Başka bir uluslararası ortamın, başka güç dengelerinin, başka önceliklerin bulunduğu farklı bir çağ söz konusuydu. Reagan'ın gözünde baş düşman her zaman komünizmdi, diğer tüm çatışmalar ikincil ve geçici görünüyordu.

Ne var ki yukarıda yaptığım dingin açıklama herkes tarafından paylaşılmıyor. Arap dünyasından, özellikle de Sünniler arasından birçok araştırmacı, İslam Cumhuriyeti ile ABD arasında gizli bir pazarlık olduğuna yüzde yüz inanıyor. Tahran'da her gün "Amerika'ya ölüm!" sloganları duyulsa ve Washington İran rejimini tüm terörizmlerin "hamisi" olmakla suçlasa da, bazıları Şiiler ile ABD arasında itiraf edilmemiş gizli bağlantılar bulunduğuna inanmaya devam ediyorlar.

Bu kuşku 2003'te, İkinci Irak Savaşı'yla başladı. Irak Sünnileri hasımlarını, Amerikalı işgalcilerin işbirliğiyle kendilerini iktidardan kovmakla suçladılar. Ve hiç vakit yitirmeden, ilk silahlı deneyimlerini Afganistan'da edinmiş "ez-Zerkavi" lakaplı Ürdünlü bir cihatçının önderliğinde Şii hedeflere karşı kitlesel bir saldırı kampanyası başlattılar. Özellikle camileri, hacı alaylarını ve Şiilerin toplandıkları yerleri hedef aldılar.

Bu şiddet döngüsü birçok Müslüman ülkede tam bir mezhepler arası savaş görünümüne bürünecek, IŞİD adlı iç karartıcı siyasal yapının ortaya çıkışıyla doruk noktasına tırmanacak ve Arap dünyasının geçmişindeki en karanlık çağlara doğru gerilediği duygusunu pekiştirecekti.

IV
Dağılan Dünya

We were made to understand it would be
Terrible. Every small want, every niggling urge,
Every hate swollen to a kind of epic wind.

Livid the land, and ravaged, like a rageful
Dream. The worst in us having taken over
And broken the rest utterly down.

Anlamamızı sağladılar
Korkunç olacağını. Her küçük istek, her önemsiz arzu,
Her nefret destansı görünümler aldı.

Toprak kurşuni ve harap, tıpkı
Öfke dolu bir rüya gibi. İçimizdeki en kötü yanlar üste çıkıp
Yok ettiler tamamen geri kalan her şeyi.

TRACY K. SMITH (doğum tarihi 1972)
Wade in the Water

1

XX. yüzyıl sona ererken dünyaya artık "medeniyetler", özellikle de dinler "çatışması"nın damga vuracağı söylendi. Ne kadar üzücü gelirse gelsin, bu öngörü olgular tarafından yalanlanmadı. Ağır bir yanılgıya düşülen nokta, farklı kültürel bölgeler arasındaki bu "çatışma"nın o bölgelerin her biri içindeki birliği güçlendireceğinin varsayılmasıydı. Halbuki tam tersi oldu. Günümüz insanlığının ayırt edici özelliği, çok geniş kümeler içinde bir araya gelme eğiliminin aksine, çoğunlukla şiddet ve hırçınlık içinde parçalanmaya, hizipleşmeye yöneliştir.

Bu olay, çağımızın tüm tersliklerini saçmalık noktasına varıncaya kadar büyütme görevini üstlenmiş görünen Arap-Müslüman dünyasında açıkça doğrulanıyor. Bu dünya ile gezegenin geri kalanı arasındaki nefret durmadan artarken, en beter parçalanmalar da yine Arap-Müslüman dünyanın bağrında yaşanıyor. Son onyılların Afganistan'dan Mali'ye kadar uzanıp Lübnan, Suriye, Irak, Libya, Yemen, Sudan, Nijerya veya Somali'yi de kapsayan sayısız kanlı çatışması bunu gösteriyor.

Bu kesinlikle uç bir örnek. Diğer "uygarlık bölgeleri"nde aynı çözülme ve dağılma düzeylerine rastlanmıyor. Ama parçalanma ve kabileleşme eğilimi her yerde doğrulanıyor. Amerikan toplumunda da görülen bu eğilim yüzünden, bazı muzipler "Birleşmemiş Devletler" demeye başladılar. Hem İngiltere'nin çekilmesiyle hem de göçlere bağlı krizler ve gerilimlerle sarsılan Avrupa Birliği'nde de bu eğilim gözlemleniyor. Kıtanın yüzyıllardır birleşik, bir zamanlar uçsuz bucaksız imparatorluklara sahip olmuş, bugün ise –Katalonya, İskoçya ve başka yerlerdeki– güçlü ve kararlı bağımsızlıkçı hareketlerle başa çıkmaya uğraşan bazı büyük ve eski ülkelerinde özellikle keskin bir görünüme bürünüyor. Berlin Duvarı yıkıldığında sayıları dokuz olan, bugün ise sayıları yirmi dokuzu bulan eski Sovyetler Birliği'ni ve Doğu Avrupa'nın eskiden komünist olan ülkelerini de unutmamak gerek...

Bu çeşitli parçalanmaların tek ve basit bir izahı olmadığı aşikâr. Yine de yerel özgünlüklerin ötesinde, "zamanın ruhu"yla bağlantıları belli olan, benzer dürtüleri keşfetmek mümkün. Özellikle, bana öyle geliyor ki toplumlarımızın her birinde olduğu gibi genel insanlık düzeyinde de parçalayıcı etkenlerin sayısı giderek artarken, birleştirici etkenlerin sayısı giderek azalıyor. Günümüz dünyasının dini aidiyet gibi insanları birleştirme iddiası taşırken aslında tam zıt rolü oynayan "sahte çimentolar" ile dolu olması bu eğilimi daha da tehlikeli kılıyor.

İnsanlar arası dayanışmaların başına ne geldiği hakkındaki düşüncelerime girizgâh olarak, XVIII. yüzyıl İngilteresi'nden çıkmakla birlikte çağdaşlarımızın zihniyetleri üzerinde de belirleyici bir etkisi olan şu fikir üzerinde durmalıyım: Her insan kendi çıkarına göre davranmalıdır, bu egoizmlerin toplamı, sanki "görünmez bir el" edimlerimizin bütününü mucizevi bir uyum içine sokuyormuş gibi, mutlaka tüm toplumun yararına olacaktır – kamu iktidarlarının gerçekleştirmeyi başaramayacakları kadar ince, karmaşık ve esrarengiz bir işlem söz konusudur; dolayısıyla söz konusu iktidarlar buna hiç karışmasalar daha iyi ederler, çünkü müdahaleleri işleri kolaylaştıracağına bozacaktır.

Adam Smith tarafından 1776'da yayımlanan eserde dile getirilen bu fikir, yetmişli yılların sonundan bu yana yeniden çok güncel bir hale geldi ve çağdaşlarımızın tavırlarını hatırı sayılır ölçüde etkiledi. Bu fikrin siyasal çıkarımlarını ve devletin ekonominin düzenleyicisi, servetlerin yeniden dağıtıcısı rolünden kuşku duyan herkes için cazibesini tahmin etmek zor değil. Bu nedenle Thatcher veya Reagan tipi muhafazakâr devrimlerin yandaşlarının söz konusu fikri sahiplenmelerinde, hatta dünya görüşlerinin dayandığı zemin olarak görmelerinde şaşırtıcı bir yan yok.

Böylesi bir yaklaşım rasyonel düşünenlere muğlak gelebilir. Mantıklı düşünüldüğünde, "görünmez el" teorisinin, belki iktisat bilimi tarihiyle veya tarihöncesiyle ilgilenenler dışında, çoktandır unutulmuş olması gerekirdi. Ama öyle olmadı. Adam Smith'in görselleştirilmiş sezgisi hem zamana hem de kendisini eleştirenlerin alaylarına karşı dayandı ve bugün iki yüz elli yıl önce olduğundan daha büyük bir etki gücüne sahip.

Bu uzun ömür öncelikle sosyalizminin "bilimsel" niteliğiyle çok övünen Sovyet modelinin yüz kızartıcı başarısızlığıyla izah edilebilir. Bu model güya sadece kamu iktidarlarının üretim ve paylaşım süreçlerini rasyonalize edebileceğini kanıtlayacaktı. Ama tam tersini, yani bir ekonominin merkezileştikçe işleyişinin saçmalaştığını; kaynakları yönettiğini iddia ettikçe kıtlıklara yol açtığını kanıtladı.

Bu nedenle Tarih'in güneş görmeyen zindanlarında unutulup giden "bilimsel sosyalizm" oldu. Halbuki "görünmez el" hiçbir zaman olmadığı kadar inandırıcı olarak hakkıyla baş köşeye kuruluyor, dahası muhafazakâr militanlar tarafından inançlarının kurucu ilkesi olarak sahipleniliyordu. Bu kavramın esrarengiz ve biraz da akıldışı niteliği bile cazip geliyordu; birçok kişi bunu manevi bir boyut, "ateist" devletçilik karşısında kapitalizmin işleyişinin ilahi teyidi diye algıladı.

• • •

Adam Smith'in ilkeleri bugün dünyamızı geçmişte olduğundan daha çok biçimlendiriyor. Bunu sadece devletin ekonomik hayattaki rolüyle ilgili olarak yapmıyor; "görünmez bir el"e inanmanın daha birçok alanda sonuçları oluyor.

Örneğin kendi hükümetlerine kuşkuyla yaklaşanların, uluslararası mercilerden daha da fazla kuşku duymaları kolayca anlaşılabiliyor. Burada da aynı zihin yapısı devreye giriyor. Kamu erkinin ulusun ekonomik yaşamına müdahale etmesi istenmiyorsa, uluslarüstü bir otoritenin de talimatlar vermesi hiç istenmeyecektir. İnsan kendi ülkesinde "gereğinden fazla hükümet" olduğu kanaatindeyse, Birleşmiş Milletler gibi bir "küresel hükümet"i veya Avrupa söz konusu olduğunda merkezi Brüksel'de bulunan türden bir "kıtasal hükümet"i andıran her şeyden kuşku duyması da normaldir.

Aynı şekilde, küresel felaketler öngören ve bunlarla başa çıkabilmek için ulusal çerçeveleri aşan etkin dayanışmalar talep eden Cassandra'lara karşı da kendiliğinden kuşku duyulacaktır. Burada iklim tartışmaları üzerinde çok durmak istemesem de, bu alandaki şüpheciliğin de benzer bir zihniyetten kaynaklandığını vurgulamakta yarar var. Her türlü küresel yönetişime düşman olanlar, iklimsel bozunmanın gerçekliğini ve bu felaketlerde insan faaliyetlerinin sorumluluğunu şüpheyle karşılayan görüşleri öne çıkarma eğilimi gösterecektir. Buna karşılık, uluslararası mercilere güvenenler tehlike konusunda en uyarıcı rakamlara inanma eğiliminde olacaktır.

Adam Smith'ten esinlenen öğretinin esnekliğini ve şaşırtıcı uzun ömürlülüğünü vurguladıktan sonra, marksizmle düellosundan galip çıkma kapasitesinin günümüz dünyasının karşımıza çıkardığı sorunlara sağlıklı bir yanıt oluşturduğu anlamına gelmediğini de eklemeliyim.

Sosyalist devletçiliğin yanlış bir iyi fikir olması, "görünmez el"in mevcut ve gelecek tüm hastalıklara mucize çözümü temsil ettiğini göstermez. Örneğin çevre konusunda, herkesin kendi çıkarına uygun geleni yapmasının bütün ülke ve bütün gezegen açısından olumlu sonuç elde edilmesine yeteceğini ciddi ciddi söylemek mümkün mü? Cevap tabii ki hayır olacaktır; bununla birlikte bazıları, özellikle de ABD'de yaşayanlar buna inanıyor gibi gözüküyorlar.

Ulusların arasındaki ilişkiler açısından bakıldığında, her birinin kendi çıkarlarına, kendi amaçlarına göre davranması tüm insanlığın barış ve refaha doğru ilerlemesini sağlamaya yeter mi? Burada da cevabın hayır olması gerekir. Ama kendi devletlerinin işlerine karışmasından kuşku duyan yurttaşlar, küresel veya uluslarüstü yönetişime benzeyen her şeye karşı daha da çok kuşku duyacaklardır.

Bu olgular üzerinde duruyorum, çünkü imgelerin, araçların, fikirlerin ve aynı zamanda hastalıkların, hummaların ışık hızıyla yayıldığı küreselleşmiş dünyamızda ağır basan ve kuralları saptayan ideolojinin, bireylerin ve "kabilelerinin" –uluslar, etnisiteler, her türden cemaatler– kutsal egoizmine dayandırılması beni şaşırtıyor, kafamı karıştırıyor.

Bu tarz tavırlara yol açan tarihsel güzergâh gayet iyi görülüyor. Ama bütün gezegenin egoizmlerinin "cebirsel toplamı"na bağlanan bu aşırı güven insana endişeden başka bir şey vermiyor. Bu noktada irrasyonelliğe, dünyanın karmaşıklığı karşısında derin bir şaşkınlığı ele veren bir tür büyülü düşünceye doğru açık bir sapma söz konusu. Uygun çözümleri bulamayacağımızı hissederek bu çözümlerin kendiliğinden, mucize eseri gibi geleceklerine ve Tanrı'nın ya da kaderin görünmez elinin yeterli olacağına inanmak istiyoruz.

Bu da önümüzdeki onyıllar için güven verici hiçbir öngörüye korkarım ki izin vermiyor.

2

Çağımızın bir diğer kaygı verici ve aynı dünya görüşüne dayanan özelliği, ne kadar baş döndürücü olurlarsa olsun, eşitsizliklerin meşrulaştırılmasıdır.

Gerçi tüm insanlar arasında fiili eşitliği mantıklı bir hedef olarak görmeye devam edenlerin sayısı çok azaldı. Yine de kavramın kendisi hırpalanmış olsa bile günümüze dek simgesel bir ahlaki referans olarak duruyordu ve her halükârda eşitsizliklere övgüler düzmekten kaçınılıyordu ve kimse onlara alkış tutmayı da düşünmüyordu. İşsizlik konusunda da benzer bir saptama yapılabilir: Bir süredir hiç kimse tam istihdama inanmıyor, ancak eskiden kitlesel işten çıkarmalara yönelen firmaların dünya borsaları tarafından bir hisse satın alma dalgasıyla selamlandıklarına da rastlanmazdı.

Zamanın yeni ruhuyla değişen işte bu oldu. Benim ikinci vatanım Fransa'da bile eşitlik ilkesi hâlâ hatırlatılmakla birlikte, artık aşırı zenginleşme dehşetle değil, hayranlıkla izleniyor; bazı şirket yöneticilerinin gelirleri hâlâ rezalet diye değerlendirilse de, artık futbolcuların, film veya müzik dünyasının yıldızlarının gelirleri kimseyi şaşırtmıyor. Sahte bir eşitlikçiliğin uzun süre haksızlığı ve zorbalığı gizlemeye yaradığı Rusya veya Çin gibi ülkelerde bu tavır çok daha belirgin bir hal alıyor.

Ve medyada, sık sık olduğu üzere, en büyük servetler listesi ile insanların geri kalanlarının sahip oldukları arasında yapılan kıyaslamalar çarşaf çarşaf ortalığa döküldüğünde, hiçbir öfke patlamasına rastlanmıyor. Artık hiç kimse "esirler dünyası"ndan bir ayaklanma beklemiyor ve zaten bir gün ayaklanıp *Enternasyonal*'de söylendiği gibi mazi ta kökünden silinirse korkunç olur. Böyle bir isyan, bir kan denizinden ve çılgınca bir yıkım cümbüşünden başka sonuç vermez. Hâlâ bir ilerleme, özgürlük, edep, hatta eşitlik ideali besleyenlerin isteyecekleri kesinlikle bu olamaz. Günümüzde eşitsizliklerin kaygı verici olmasının nedeni, tüm gezegende ayaklanmalara yol açmaları tehlikesi değil; eşitlik ilkesinin temsil ettiği ahlaki pusulanın yok olunca hem ülkelerimizin her birinde hem de tüm insanlık için toplumsal dokunun daha kolay bozulmasıdır.

Bu saptama, inandırıcı kanıtlarla desteklenmesi zor olsa bile, dünyadaki gelişmeleri günbegün izleyenler için bariz bir gerçektir. Aşırı zenginleşmenin insanları büyülediği ve herkese düşler kurdurduğu zamanlarda, çürümenin yönetici sınıflar içinde ve tüm toplumda yayılmasının kaçınılmaz olduğu nasıl kanıtlanabilir? Bireylerin ve kabilelerin egoizmi haklı gösterilir, meşrulaştırılır, hatta takdir-i ilahinin bir aracı olarak kabul edilirken, nüfusun farklı bileşenleri arasındaki dayanışma bağlarının gevşediği nasıl ispat edilebilir? İsterlerse serseri olsunlar, "zenginlerin ve ünlülerin" rol model konumuna yükseltildikleri bir devirde, bundan dolayı tüm değerler manzumesinin itibarını yitirdiği nasıl gösterilebilir?

La Fontaine, *Ağustos Böceği ile Karınca*'da, kendi zamanının ahlakını yansıtmıştı; evrensel ve kalıcı bir değere sahipmiş gibi gözüken bu ahlak anlayışına göre, titiz, özenli, günlük çalışma kesin bir değerdi ve ağustos böceği "bütün yaz" şarkı söyleyeceğine bu değerden esinlenmeliydi.

Masalda güzel rol karıncaya aitti. Her mevsimde çalışma azmi sayesinde herkes tarafından onaylanıyor, masalın sonuna gülenleri kendi yanına çekiyordu: "Madem bütün yaz şarkı söyledin, şimdi de oyna biraz!" diye karşısındakiyle alay ediyordu. Ağustos böceği ise kendini köşeye sıkışmış gibi hissediyordu. Günümüzde ise tam tersi oluyor. Karıncalarla alay ediliyor, onlar küçük görülüyor. Ebeveynlerinin ömürleri boyunca sabahtan akşama didindiklerini, buna rağmen ne maddi rahatlığa erişebildiklerini, ne orta sınıfa dahil olabildiklerini ne de isimsizlikten kurtulabildiklerini görmüş gençler, onlara takdirden çok acıma hissiyle yaklaşıyorlar. O örneği izlemelerini destekleyecek hiçbir şey yok. Tam tersine, o örnekten uzak durmaya, isterse iğrenç dolandırıcılıklar ve kaçakçılıklarla olsun, "başarmış olanlara" öykünmeye veya her ne yoldan olursa olsun şöhret cennetinde kendi on beş dakikalarını kazanmaya teşvik ediliyorlar.

Rol modellerin altüst olmasının, uzun süre ayıp kabul edilmişe hayranlık duymaya ve uzun süre örnek gösterilmişi aşağılamaya başlamanın bir nüfus bünyesinde nasıl zararlara yol açabileceği üzerinde ne kadar durulsa azdır. Uyuşturucu kaçakçılarına öğretmenlerden fazla hayranlık duyulan bir mahallenin toplumsal çürüme odağı haline geldiğini anlamak için uzun ispatlara gerek var mı? Bütün bir toplum benzer bir zihniyet içine girdiğinde, parasal açıdan kazançlı işlere toplumsal açıdan yararlı işlerden daha çok değer verildiğinde, bunun yıkıcı sonuçlarını engellemek imkânsızlaşır. Yurttaşların tüm davranışları bu durumdan etkilenir...

• • •

Sanat veya edebiyatla uğraşanların çoğu gibi, ben de kendimi karıncaya olduğu kadar ağustos böceğine de yakın hissediyorum ve birinin yaptığı işi diğerinden daha saygıdeğer bulmaktan kaçınıyorum. Bu noktada da başlıca kaygım, insan toplumlarını parçalayan etkenlerin onları yapıştıran etkenlere ağır basmaya başladığını görmekten kaynaklanıyor.

Bu kitabın daha ilk sayfalarında bilimde, teknolojik buluşlarda olduğu gibi ekonomik kalkınmada da durmadan ilerleyen ama başka temel alanlarda, özellikle de farklı insan toplulukları arasındaki ilişkilerde ayak sürüyen, hatta gerileyen bir dünyanın kafa karıştırıcı paradoksundan söz etmiştim.

"Görünmez el" üzerine kurulan ekonomik, toplumsal ve siyasal öğretilerin son otuz kırk yılda yol açtığı sonuçlar ele alındığında bu paradoksun tam kalbine ulaşılıyor. Bu öğretiler bir yandan enerjileri serbest bıraktı, alışverişleri teşvik etti ve yaratıcılığı hızlandırdı. Ama aynı zamanda kamu iktidarlarının düzenleyici rolünü eleştirmeleri ve aşırı zenginleşmeyi yüceltmeleri, genel çıkar fikrinin özüne darbe indirdi, yurttaşlar arasındaki bağları zayıflattı.

Madalyonun bu öteki yüzü, bana su götürmez ve ağır sonuçları olan bir gerçek gibi görünüyor. Gerçi bu sonuçları kesin biçimde saptamak zor olabilir. Bir ülkedeki yurttaşlık duygusunun kaybı nasıl hesaplanabilir? Bir nüfusun çeşitli bileşenleri arasındaki ilişkilerin gevşemesi veya sıkılaşması nasıl ölçülebilir? Kamu otoritelerine karşı duyulan kuşkuyla cemaatçiliğin, şiddetin veya rüşvetin yükselişi arasında bir bağ bulunduğu nasıl ispatlanabilir? Burada elle tutulamayan ve niceliği ölçülemeyenin alanındayız, o nedenle rakamları ve olguları üst üste yığmak bir işe yaramaz.

Yine de benim hissiyatım, günümüzde insanlığın rotasından sapmasının, muhafazakâr devrimlerin kamu iktidarlarının rolünü algılama biçiminde yarattığı değişiklikle bağlantısız olmadığı yönünde.

Düşüncemi açıklığa kavuşturmak için, önce sorularla başlayacağım: İnsan toplumlarının çimentosu nedir? İnsanlara veya topluluklara bir arada yaşama arzusunu, aynı kolektiviteye, aynı ulusa ait olma isteğini veren nedir? Burada edebiyat yapmak için soru sormuyorum, bu soruları samimi olarak kendime de yöneltiyorum ve kesin bir kanaatim yok. Pek çok etken bir ülkenin sakinlerini birbirine kenetleyebilir: Ortak bir geleceğe, ortak atalara, ortak değerlere, hatta ortak bir düşmana sahip olma duygusu... Liste bu kadarla da sınırlı değil, üstelik çağlara göre değişir.

Bu asrın ayırt edici niteliklerinden biri, insanları bir araya getiren etkenlerin, az daha eklemeyi unutacaktım, özellikle çoğul toplumlar söz konusu olduğunda giderek azalmasıdır. Aslında bu "çoğul" belirlemesi yersiz kaçıyor. Toplumların hepsi çoğuldur ama bazıları bunu kabul etmeye diğerlerinden daha açıktır. Demek ki bütün toplumlar farklı güzergâhlardan gelmiş kişiler, aileler ve topluluklar arasında sağlam bağlar dokumakta zorlanıyor.

Yüzyılların akışı içinde ulusları şekillendiren geleneksel reçeteler günümüzde pek işe yaramıyor. Ortak atalar mevcut değilse, onları baştan sona icat etmek imkânsızdır. Herkes tarafından kendiliğinden kabul edilen bir "ulusal anlatı" yoksa, bu da dayatılamaz. Ortak değerler bile "çimento" rolünü artık tam üstlenemiyorlar. Bu rolü oynamaları isteniyor, sanki oynuyorlarmış gibi yapılıyor ama ne yazık ki çoğunlukla gerçekliğin yansımasından ziyade kusurlara göz yuman bir kurmaca söz konusu.

Ve dünyanın her yerinde yoksunluk, kafa karışıklığı içinde, entegrasyonun, topluma dahil etmenin, çeşitliliğin faziletleri hakkında konuşulup dururken, geniş dayanışmalar iplik iplik dağılıyor ve hem en zahiri hem de en batıni olan, hiçbir gerçek tercih özgürlüğünü gerektirmeyen içkin dayanışmalara dönülüyor – yine mi gerileme? Her bireyin, "zamanın ruhu" tarafından beklendiği üzere, kendi mecrasından gitmesi yeterli oluyor.

O kadar çok örnek sıralanabilir ki! Burada ABD'deki ırksal gerilimler örneğine değinmekle yetineceğim. Yurttaşlık hakları alanındaki onca ilerlemenin ve özellikle de Barack Obama'nın başkanlığa seçilmesi gibi güçlü bir simgesel olayın ardından, bu gerilimlerin azalacağı düşünülebilirdi. Ama tersi oldu, hatta gerilimler şiddetlendi. Anglosakson, Hispanik veya Afrika kökenli Amerikalıların aynı ataları kabul etmemeleri son derece normal. Ama artık ulus hakkında benzer bir görüşü ve ortak bir kaderi kabullenmeleri umulabilirdi. Gidişatın bu yönde olmadığı aşikâr.

Başka türlü olabilir miydi? Eşitsizliklerin dizginleri serbest bırakılmasaydı, Reagan *welfare state* ve uydurma *welfare queen*'e savaş ilan etmeseydi, ırksal gerilimler bu kadar sertleşmezdi varsayımını ileri sürmek aptallık mı olur?

Bu soruyu soruş biçimim şahsi kanaatimi de ele veriyor. Ben de toplumsal uyuma akıllıca yatırım yapıldığında, bir ulusun farklı bileşenleri arasındaki gerilimlerin azaltılabileceğini düşünenlerdenim. Hatta burada Mandela hakkında, onun kendi ülkesindeki ırksal gerilimlere çare bulma tarzı hakkında söylediklerimi tekrar etmek istiyorum: Cömertlik bazen ehveni şer olabilir ve bazen iyi bir eylem kazançlı bir iş manasına da gelebilir.

Yine de nesnellik kaygısı, Tarih'in şu ana dek henüz kesin bir hüküm vermediğini eklememi gerektiriyor. Ne Güney Afrika veya ABD'deki çetrefil ırklar arası ilişkiler konusunda; ne de daha geniş ve çok daha eski bir sorun olan, kamu iktidarları servetlerin yeniden paylaşımında rol oynamalı mı, oynamamalı mı konusunda... Bürokratik saçmalıklara veya vergilerin sürekli ağırlaştırılmasına isyan edenlerin gerekçelerine duyarsız değilim. Bununla birlikte bana öyle geliyor ki devlet ince, elle tutulmaz ama aynı oranda vazgeçilmez bir role sahip. Ortak aidiyet duygusunu güçlendiren bağlar dokunmasına binbir biçimde katkıda bulunuyor; sistematik biçimde eleştirilirse bu rolü yerine getiremez.

Bu nedenle, Reagan'ın dediği gibi, devletin bazen "sorunun kendisi" haline geldiğini kabul etmek akla yatkın da gelse, devletin yokluğu daha da ağır bir sorun olmaz mı diye sormak da tamamen meşrudur.

3

Muhafazakâr devrimlerin getirdiği büyük dönüşümlerin arasında, devletin rolünün eleştirilmesi dışında, kimlik duygularının giderek keskinleşmesinin de olduğunu belirtmiştim. Bu iki unsurun birleşik etkisinin, insanlığın bu yüzyılda yaşadığı sapmayı geniş ölçüde izah ettiğini düşünüyorum.

Birincisinin etkisinin somutça saptanmasının güç olduğunu yukarıda gördük. Ama zararları gözle görülebilen ikincisi için aynı şey geçerli değil. Kimlik taşkınlıkları tüm yerkürenin ve özelde her toplumun atmosferini zehirledi. Ama bunların sonucu olan şiddet olayları her gün gözlerimizin önüne serilirken, kaynaklandıkları söylem bir anlamda "izleri karıştırıyor", çünkü bu söylemde sürekli olarak dayanışmadan, kardeşlikten veya haksızlıkların giderilmesinden söz ediliyor ve toparlayıcı sözcüklerin arkasındaki zararlı etkileri saptamak her zaman kolay olmuyor.

İnsan toplumlarında gerçek yapıştırıcı etkenlerin karşıtı olarak çimento işlevi görecekleri düşünüldüğü halde bunu yapmayan etkenlerden söz ederken bunu kastetmiştim. Örneğin kimlik söylemlerinde sürekli bahsedilen dinsel aidiyet, dindaşların zihnine net bir "biz" ve "ötekiler" ayrımı yerleştirmek konusunda ürkütücü biçimde sonuç alıcıdır. Ama yakından bakıldığında, müminler arasında bile nadiren bir kenetlenme etkeni oluşturur. Özellikle de büyük küresel dinler söz konusu olduğunda bu durum geçerlidir. Bu dinler yayılmayı, yeni yerler fethedip insan devşirmeyi başardıkça, takipçileri arasında sağlam siyasal bağlar kurma kabiliyetleri de azalır. Olsa olsa bazı kültürel yakınlıkları kolaylaştırabilirler. Ama güçlü dayanışmalar daha çok küçük cemaatlere özgüdür; kendilerini saldırılara açık hisseden bu topluluklar blok oluşturma ihtiyacı duyarlar, bu da onlara genellikle sayısal büyüklükleriyle orantısız bir etki gücü sağlar.

Bu topluluklar hakkında sık sık, "azınlıkta olmalarına rağmen" çok önemli bir rol oynadıkları söylenir. Aslında "azınlıkta oldukları için" ağır bastıkları söylense daha doğru olurdu. Tarihçi İbn Haldun'un daha XVI. yüzyılda kaydettiği gibi, "kabile zihniyeti" sınırlı topluluklarda daha kolay ortaya çıkar; "asabiyet"lerini güçlendirir ve onlara başkalarıyla ilişkilerinde bazen belirleyici bir üstünlük sağlar. Günümüzün en bilinen örneklerinden biri, Esad ailesinin de içinden çıktığı Suriye Alevileridir (Nusayrî); bu cemaatin mensupları altmışlı yıllarda ordunun denetimini ele geçirmeyi, sonra da iktidarı alıp süresiz ellerinde tutmayı başardılar. Benzer bir olay Irak'ta Saddam Hüseyin'in içinden çıktığı Sünni Arap cemaatiyle de yaşandı ve bu nüfuz ancak Amerikan birliklerinin topyekûn işgaliyle kırılabildi.

Böylesine güçlü bir kenetlenme ancak yekpare bir topluluk bünyesinde gerçekleşebilir. Daha geniş bir bütün, hele yerkürenin Hıristiyanlık, İslam veya Budizm gibi büyük dinlerine denk düşen "uygarlık alanları" için düşünülemez; bu dinlerin inananları birçok ülkede çoğunluktadır ve üçü birlikte dünya nüfusunun yarısından fazlasını temsil etmektedirler.

Tam da bu olağanüstü yaygınlıkları nedeniyle, aralarında muazzam dil, kültürel gelenek, siyasal veya ailevi sistem farkları bulunan çok çeşitli toplumlar içinde kök salmışlardır. Bu toplumların aralarında kimi zaman toprak ihtilafları, çıkar çatışmaları, hatta sebepleri hatırlanamayacak kadar eskiye uzanan, ne olduğu belirsiz karşılıklı nefretler söz konusudur. Bu toplumlarda din bayrağı açılarak çatışmalar halledilmez, tam tersine körüklenir.

Bu konuda bir örnek bana çok anlamlı geliyor. 1947'de İngiliz makamları Hindistan'a bağımsızlığını verme kararını aldılar ama bu alt-kıtayı iki büyük devlete böldüler: Hinduların payına Hindistan, Müslümanların payına Pakistan düştü.

Hindular açısından işler kötü seyretmedi. Hinduizm, bir milyardan fazla mensubu olsa da, esas itibariyle tek ülkenin dini olarak kalmıştı ve bu nedenle nispi bir ulusal kenetlenme etkeniydi. Bu parçalayıcı ve travmatik bölünme olmasaydı, Hindistan daha hızlı ve uyumlu gelişirdi diye düşünüyorum; çünkü geleneksel olarak kast sistemine düşman kalabalık bir Müslüman nüfus yüzlerce yıllık yükleri muhtemelen sarsardı. Bu söylediğimi kanıtlamaya çalışmayacağım, sadece içimdeki bir his... Buna karşılık, şahsi bir sezgi değil ortaya çıkmış bir gerçek olduğu için hiçbir kuşkuya yer bırakmayan şey, Hindistan'ın Müslümanları açısından ayrılığın devasa bir trajedi haline geldiğidir.

Ana fikir Müslümanların baş başa kalmaları, komşularından daha başarılı ve örnek olma iddiasıyla kendi göbeklerini kendilerinin kesmeleriydi. Çoğu değerli insanlar olan Pakistan'ın kurucuları, dilleri ve toplumsal gelenekleri farklı, ortak noktaları ise aynı din olan birçok halkı bir araya getiren yeni ulus bünyesinde İslam'ın "çimento" vazifesi göreceğine inanıyorlardı.

Sayıca en kalabalık grup Bengallilerdi, o sırada Doğu Pakistan adı verilen bölgede yaşıyorlardı. Ama kendilerini, Batı Pakistan'a yerleşmiş ve Pencaplıların hâkimiyetindeki merkezi iktidar tarafından ihmal edilmiş hissediyorlardı. Bengal Kasım 1970'te dev bir siklonla yerle bir olunca gerilim doruk noktasına tırmandı. Tarih'in gördüğü en öldürücü siklonlardan birinin yaşandığı bu afette iki yüz elli bin, hatta bazı tahminlere göre beş yüz bin kişi can vermişti. Merkezi hükümetin kurbanlara yardım konusunda gerekeni yapmadığına inanan Doğu Eyaleti ayaklandı ve Bangladeş ismini alarak bağımsızlığını ilan etti. Pakistan yetkilileri buna zor kullanarak karşı koymaya çalıştılar ama Hint ordusu tarafından bozguna uğratılınca durumu kabullenmek zorunda kaldılar.

Kurulduktan kısa süre sonra yeni devlete gittim. Doğal afetin neden olduğu yıkım ile kronik sefaletin sonuçlarını birbirinden ayırmak benim için güç olsa da, siklonun etkileri hâlâ fark edilebiliyordu. Koca koca aileler silindir biçiminde büyük künklerin içine yerleşmişlerdi ve onların durumu, yol kenarlarında bir duvar ve çatıları olmadan yaşayanlardan daha iyiydi.

Ama rastladığım en berbat görüntüler bunlar değil, bir etnik azınlık olan Bihariler'in dayanılmaz çilelerinin manzarasıydı. Adlarını aldıkları Hint eyaletinden (Bihar) gelmiş Müslüman göçmenler olan Bihariler, yeni vatanları olan Pakistan'ın bütünlüğüne gönülden bağlı olduklarından, ayrılıkçılara karşı Pakistan hükümetini canla başla savunmuşlar ve bağımsızlık ilan edilince de topluca yeni ulusun düşmanı ilan edilmişlerdi. Sahip oldukları her şeye el konduğu için en yoksullardan bile daha yoksuldular ve çıplak, sağlıksız binalara kapatılmış, kaderlerine karar verilmesini bekliyorlardı.

"Kapatılmış" mı dedim? Aslında kapatılmış sayılmazlardı, kapılardaki silahlı muhafızlar tutuldukları yerden dışarı çıkmaktan kaçınan "hainler"i tartaklamaya gelen "vatanseverleri" engelliyorlardı.

O günden bu yana Tarih'in mağlupları ve zulme uğrayanları listesine daha birçok halk –özellikle de Güney Asya'nın yine bu bölgesinde yaşayan Rohingyalar– eklenmiş olsa da, ben sık sık

Bihariler'in hiç imrenilmeyecek kaderi hakkında düşünmüşümdür. Kimlik kaynaklı çalkantıların hüküm sürdüğü bir dünyada, herkes bir başkasının, bazen de tüm tarafların gözünde kaçınılmaz olarak hain haline geliyor. Her azınlık mensubu, her göçmen, her kozmopolit kişi, her çifte vatandaş potansiyel "hain" oluyor...

• • •

Bugünden bakıldığında Pakistan örneği daha da kaygı verici bazı başka saptamaları da aklıma getiriyor.

Birincisi, "paylaşım" mantığına girildiğinde, parçalanma sınırsız bir biçimde sürme eğilimi gösteriyor. Önce Müslümanlar Hindulardan ayrılıyor. Sonra Bengallileri Pencaplılardan ayırıyorlar. Ama bu halkların egemen oldukları devletlerin bünyesinde alay edilmekten, zulüm görmekten, hatta imha edilmekten korkan başka halklar da var; onların da kendi ülkelerine sahip olmaları gerekmez mi?

Gözü açılmış bir tarihçi bir gün bana, "her küçük balık için daha da küçük bir balık bulunur" demişti. Gerçekten de ayrılmanın sağlıklı bir çözüm olduğu kabul edildiği andan itibaren, "dilimlemenin" sona ermesi için bir neden kalmaz...

İkinci saptama: Bir halk topluluğu bir ülkede çoğunluk haline gelince daha hoşgörülü değil, paradoksal olarak daha hoşgörüsüz olur. "Paradoksal olarak" diyorum, çünkü ilke olarak baş başa kalmak istenmesinin nedeni, rakip grubun hak ihlallerinden kaygı duymamaktır; o halde ezici çoğunluk haline gelinince daha dingin ve merhametli davranılması beklenir. Ne yazık ki olaylar böyle seyretmiyor. Hatta tam tersi oluyor: Azınlıklar önemli bir ağırlığa sahip oldukları sürece, duyarlılıkları kamusal tartışmalarda dikkate alınıyor, bu da siyasal güçleri ortak yaşamı hakkaniyet ve uyum zihniyeti içinde düzenlemeye sevk ediyor. Buna karşılık, azınlıklar küçüldükçe, sadece çoğunluktaki grubun kamuoyu önem kazandıkça bambaşka bir mantığa, iddia yarıştırma mantığına giriliyor.

Cemaatçi bir sistem kuran bütün ülkeler sonunda rotadan bu şekilde sapıyorlar ama sapma Pakistan'da aşırılığın zirvesine çıktı, başka yerlerde nadir görülen çılgınca bir hoşgörüsüzlük yerleşti. Bütün azınlıklar baskıya uğrayıp aşağılanıyor ve onları savunmaya ya da kamusal yaşama biraz akıl ve dinginlik getirmeye çalışan herkes de aynı kadere maruz kalıyor. Bu da tüm cemaatler dahil olmak üzere toplumun bütünü için bir trajedi oluşturuyor.

Türdeşlik pahalı ve zalim bir hayaldir. Ona erişmek için yüksek bedeller ödenir ve şayet erişilirse, ödenmesi gereken bedel daha da artar.

Üçüncü saptamam, ilk ikisine dayanıyor ve onların söylemini biraz genişletiyor. İnsanların, günümüzde saptadığımız gibi, yollarını yitirmesi, XIX. yüzyıldan beri edindiğimiz berbat alışkanlıktan, birçok ulusun yan yana yaşadığı kümelerin o ulusların her biri ayrı ayrı yaşayabilsin diye parçalanmasından da kaynaklanmış olabilir mi diye merak ediyorum.

Hatta zaman zaman, imparatorlukların "halkların zindanı" olduğunu, halkların "kendi evlerinde", kendi sınırları dahilinde, kendi hükümetleriyle yaşamaya başlamak için bu imparatorluklardan kurtulmaları gerektiğini öne süren teorinin modern zamanların en yıkıcı teorisi olduğunu bile düşünüyorum.

Bunu söylerken aklımda özellikle I. Dünya Savaşı'ndan sonra parçalanan çok-etnisiteli iki büyük yapı var: Parçalanması on milyonlarca insanın canına mal olan ve en berbat tiranlıkların ortaya çıkışını kolaylaştıran Avusturya-Macaristan İmparatorluğu; bölünmesi, tüm insanlık üzerinde dolaşan terör ve gerileme heyulasına yol açarak günümüzde de süren Osmanlı İmparatorluğu.

Bununla birlikte, bu imparatorluklara karşı herhangi bir nostalji duymuyorum. Kesinlikle yeniden inşa edilmeleri gibi bir hayalim yok. Ne Habsburglar, ne çarlar ne de sultanlar için böyle bir düş kuruyorum. Benim üzüldüğüm, imparatorluklar zamanındaki, aynı dine, aynı dile, hatta aynı tarihsel güzergâha sahip olmayan halkların aynı siyasal yapı bünyesinde yaşamalarını doğal ve meşru gören bir zihniyet halinin yok olması. Farklı dillere veya dinlere sahip olan halkların birbirlerinden ayrı yaşamalarının daha iyi olacağını savunan fikirle mücadele etmekten hiç vazgeçmeyeceğim. Etnisitenin, dinin veya ırkın ulus inşa etmek için meşru temeller oluşturduklarını asla kabul etmeyeceğim.

Kimlik sorunlarına bu barbar yaklaşımı doğal, gerçekçi ve "insan tabiatına uygun" kabul etmekten vazgeçilmesi için, daha kaç içler acısı iflas, kaç katliam ve "temizlik" gerekecek?

4

Yer yer üzüntülerimden, pişmanlıklarımdan, kapıldığım nostalji veya melankoli duygusundan söz ettim. Bilanço çıkarma vakti gelince, bu tarz kavramlar zorunlu olarak akla geliyor ve insan onların çoğunlukla yetersiz, elverişsiz, hatta irrasyonel olduklarını bile bile, yine de anmadan edemiyor. Şahsen tanımadığım bir "yeryüzü cenneti"nin yok olmasına kim bilir kaç kez hayıflanmışımdır! Ben doğmadan çok önce sergilenmiş tavırlar yüzünden kim bilir kaç kez utanç, hatta bir nebze de suçluluk duymuşumdur! Sanki benden önce gelenlerin manevi mirasına sahip çıkınca onların hayallerini, hayal kırıklıklarını ve yollarını yitirişlerini de üstlenmem gerekiyormuş gibi...

Sürekli böyle terslikler içine düşmekten kaçınmak için, çağımı ve kendi varoluşumu etkilemiş trajedilerin hepsini son derece genel, hafif bir sözcükle ifade etme alışkanlığını edindim: "Hüzün" – bazen de dağınık duyguları ayrı ayrı bulanık anılara bağlamak için sözcüğü çoğul halinde kullanıyorum.

Hüzünlerimin hepsi aynı öyküyü anlatıyor: Sonunda boşa çıkan, ihanete uğrayan, doğası değiştirilen veya yok edilen büyük bir umut. Çocukluğumun iki cenneti, önce annemin, sonra da babamın cennetleri için peş peşe gelen hüzünler. Doğu Akdeniz'in "benimkiler" sayılanlar kadar "ötekiler" sayılanlar da dahil olmak üzere, birbirlerini lanetlemeye devam ederek aynı bataklıkta boğulan istisnasız tüm halkları için hüzün. Her kuşakta bir veya iki kez sıçrayıp ayağa kalkmayı deneyen, biraz yükselen, sonra da kanatları kırılmış şahinler gibi yere çakılan Arap toplumları için sürekli yinelenen hüzünler. Gençliğime can veren ve ömrümün günbatımında yıpranmış, gözden düşmüş bir halde gördüğüm soylu idealler; evrensellik, Tarih'in ileriye doğru yürümesi, kültürlerin ahenk içinde serpilip gelişmesi, değerlerin buluşması ve insanların haysiyet eşitliği için de hüzün...

Bugünkü en büyük hüzünlerimden biri Avrupa'yla ilgili. Bu konuda konuşmaya başladığımda hep çok şey beklediğim söyleniyor; bu kıtanın yüzyıllarca ve uzak sayılamayacak bir tarihe kadarki halini, zincirlerinden boşanmış milliyetçiliklerin çatışma sahası, en berbat barbarlıkların deney alanı olduğunu unutmamam gerektiği cevabını alıyorum... Bu karanlık sayfalar artık sonsuza dek geçmişte kalmadı mı? Fransa-Almanya sınırı farkına bile varmadan, sanki hâlâ aynı ülkedeymiş gibi, Alsace-Lorraine için kanlı savaşlar hiç yapılmamış gibi aşılıyor artık. Berlin'de Batı'nın bir semtinden Doğu'nun bir semtine eski Duvar'ın izlerine dikkat bile edilmeden geçiliyor. Dünyanın başka hangi kısmında böyle bir şey yaşandı? Benim doğduğum bölgede yaşanmadığı kesin. O bölge tam zıt yolu takip etti, öyle ki gençliğimde fazla bir tehlikeye girmeden dolaşabildiğim birçok yöresi ve kenti artık gidilemez hale geldi.

Dolayısıyla Avrupalıların II. Dünya Savaşı sona erdiğinden beri gerçekleştirdikleri çarpıcı ilerlemeleri azımsamak istemiyorum. Onları yürekten alkışlıyorum. Ama bugün belli bir hayal kırıklığı yaşadığımı inkâr edemem. Çünkü beni de bağrına kabul eden kıtadan başka şeyler bekliyordum: Tüm insanlığa bir pusula sunacağını, insanlığın yolunu yitirmesini, kabilelere, cemaatlere, hiziplere, topluluklara bölünmesini engelleyeceğini umuyordum.

Bu yüzyılın çalkantılarına baktığımda, çağdaşlarımızın güvenle ve umutla yönelebilecekleri hiçbir siyasi ve manevi otorite bulunmamasına üzülüyorum. Hem evrensel değerleri taşıyan hem de Tarih'in yürüyüşüne gerçekten etki edebilecek hiçbir otorite yok. Bakışlarımı, böyle bir görevi kimin üstlenebileceğini kaygıyla sorgulayarak dünyada gezdirdiğimde, bunu sadece Avrupa –şayet gerekli imkânları temin etseydi– yapabilirdi gibi geliyor bana.

Niçin Avrupa? İşin gerçeği, Avrupa bu rol için "doğal aday" değil. Mantıken bu rol daha çok Amerika Birleşik Devletleri'ne düşmeliydi. Uzun süredir küresel liderlik yapma iradesine ve bunun için gereken vasıfların çoğuna sahip çünkü. Eyaletlerinin üzerinde kurulduğu ilkeler başından itibaren inkâr edilmez bir evrensellik kaygısı güdüyor ve etnik bileşimleri dünyanın çeşitliliğini yansıtıyor; gerçi oldukça eksik bir biçimde ancak yine de diğer büyük ülkelerden daha fazla yansıtıyor. Özellikle de XX. yüzyılda büyük devletler arasında ve bütün alanlarda birinci sıraya yükseldiler: Sanayi üretimi, askeri güç, bilimsel araştırma, siyasal ve entelektüel nüfuz vb. Üç büyük dünya kapışmasından, I. Dünya Savaşı, II. Dünya Savaşı ve Soğuk Savaş'tan galip çıkan ABD bütün uluslar arasında hiç kimsenin kolay kolay karşı çıkamayacağı bir üstünlük kazandı. Mantıken tüm insanlık için referans gösterilecek otorite olmaları ve uzun süre de bu konumda kalmaları gerekirdi. Ama bu göreve layık olamadılar.

İşin en şaşırtıcı yanı, bugün artık bariz hale gelen başarısızlıkları, güçlerini yitirmelerinden –ben bu kitabı yazarken o güç hâlâ olağanüstü– veya rakiplerinin girişimlerinden değil, peş peşe gelen yöneticilerinin, kazanılan üstünlüğün sorumluluğunu tutarlı bir biçimde üstlenme konusunda sergiledikleri beceriksizlikten kaynaklanıyor.

• • •

Başkan Donald Trump'ı eleştiren çok sayıda kişi, ülkelerinin manevi itibarının zedelenmesinin onun başkanlık döneminde başladığına inanmaktan hoşlanıyor. Bence asıl dönemeç çok daha önce, tam Soğuk Savaş sona erdiğinde dönüldü. ABD kendini Tarih'in şafağından beri başka hiçbir devletin göz dikemediği bir konumda, gezegendeki tek süper güç olarak buldu. Tek başlarına yeni bir dünya düzeninin temellerini atabilecek durumdaydılar; üstünlüklerine ciddi anlamda karşı çıkabilecek kimse kalmamıştı.

Sovyetler Birliği'nin son yöneticisi Mihail Gorbaçov ülkesini ekonomik ve siyasal liberalleşme yoluna sokmaya karar vermişti ve Stalin'in II. Dünya Savaşı sonrasında Avrupa'nın doğusunda kaptığı imparatorluğu terk etmeye hazır görünüyordu. Amerikalı sorumlular, en çılgın hayallerini bile aşan bu beklenmedik durum karşısında, iki tavırdan birini seçeceklerdi. Ya Gorbaçov'un başlattığı gelişime, yürütmekte olduğu güç ve cesur geçişi kolaylaştırmak için ekonomik ve siyasal destek vererek eşlik edeceklerdi. Ya da rakip süper gücü kesin bir şekilde yere sermek için, onun bu bariz zayıflığından istifade edeceklerdi.

ABD açısından tam bir ikilem söz konusuydu. Kırk yılı aşkın bir süredir dünyanın her köşesinde onlarla amansızca savaşmış, askeri cephaneliği ölümcül bir tehlike oluşturan ürkütücü bir rakiple karşı karşıyaydılar. Şimdi bu rakip yere düşmüşken ayağa kalkmasına yardım mı etmeliydiler? Karşılarına çıkan fırsattan istifade ederek işini tam anlamıyla bitirmeleri daha doğru olmaz mıydı? Bu ikinci seçenek en gerçekçisi gibi görünüyordu ve o benimsendi. Gorbaçov'u kurtarmak için hiçbir şey yapılmadı, Sovyetler Birliği'nin çözülmesine izin verildi, sonra onu parçalamaya girişildi. Eski cumhuriyetlerinin birçoğu, Moskova'nın şiddetli protestolarına rağmen, NATO'ya alındı.

Washington'da yanlış yoldan gidildiğini söyleyen birkaç ses yükseldi. Bunların içinde en dikkat çekicisi, herkes tarafından saygı duyulan, yaşayan bir efsane ve ikon haline gelmiş yaşlı diplomat George F. Kennan'dı. Kırklı yıllarda o sırada Sovyet müttefiğine karşı henüz safça bir tutum benimseyen Amerika'yı, fazla güven duymaması ve dünyadaki iki kamp arasında ciddi ve uzun bir çatışma yaşanacağı konusunda uyaran oydu; Sovyetler Birliği'nin yayılmasını sınırlamak için, önüne askeri, siyasi, ideolojik açılardan "bent örecek" –veya sonradan öne çıkan İngilizce tabirle (*to contain*) olduğu yerde tutacak– bir düzeneğin gerekliliğini ilk vurgulayan da o olmuştu. Bu nedenle, Batı'nın kazandığı ve 1989'da Berlin Duvarı'nın yıkılmasıyla taçlanan zaferde belirleyici bir rolü olduğu herkes tarafından teslim ediliyordu. Kennan, kazanan stratejinin başlıca mimarlarından biri ve bir ileri görüşlülük, azim örneği olarak her yerde kutlanmıştı.

Şimdi istediği zafer kazanılmışken, Kennan yurttaşlarına, özellikle de kendisine başvuran yöneticilere özetle şunu söylüyordu: "Niçin savaştığımızı unutmayalım! Diktatörlük karşısında demokrasiyi muzaffer kılmak istiyorduk ve bunu başardık. Buradan dersler çıkarmalıyız. Dünkü düşmanlarımıza ebediyen düşmanımız olarak kalmaları gerekiyormuş gibi davranamayız!" Yaşlı diplomatın ayırt edici özelliği, Sovyet sisteminden duyduğu militan nefretin yanında, Rus halkına, kültürüne, edebiyatına –özellikle de Çehov'a– duyduğu derin sevgiydi.

Rusları aşağılayarak milliyetçi ve militarist akımların yükselmesine zemin hazırlanacağını ve ülkenin demokrasiye doğru yürüyüşünün geciktirileceğini ne kadar yinelese de kimse onu dinlemek istemedi. Ne yazık ki sık sık görüldüğü üzere, zafer ânında savunduğu yüce gönüllülük bir zaaf ve saflık olarak değerlendirildi. Ağır basan görüş, kazanılan avantajı, duraksamadan, ahlaki kuruntular veya entelektüel kaçamaklarla gevşemeden, mümkün olduğu kadar ileri götürmek gerektiğiydi. Başkan Clinton 1997'de danışmanlarından birine Kennan'ın uyarılarını dinlemek gerekmez mi diye sorduğunda, aldığı cevap, yaşlı diplomatın yanıldığı ve Rusların sonunda kendilerine dayatılan her şeyi kabul edecekleri, çünkü başka seçenekleri olmadığıydı.

Suçu şu veya bu Amerikan başkanına ya da onun danışmanlarına atmak yanlış olur. Çünkü Soğuk Savaş'tan çıkıldığında üstlerine düşen görev son derece çetin ve nazikti. Bir rolü üstlenmeleri değil, o rolü daha önce görülmemiş bir yerküre manzarası içinde baştan sona icat etmeleri söz konusuydu. Büyük Amerikan ulusunun rotasından nasıl böyle sapıp, tüm insanlığı da dümen suyunda sürüklediğini anlayabilmek için temel öneme sahip olduğunu düşündüğüm bu nokta üzerinde ısrarla duruyorum.

Dünyanın tüm ülkeleri için bazılarına rehberlik edip bazılarını paylayan bir tür "ebeveyn" devlet olmak, insan türünün düşmanları dışında başka bir düşmanı olmamak – bu misyonerce düş Amerikalı sorumlularda hep vardı ve önce I. Dünya Savaşı'nın, sonra da II. Dünya Savaşı'nın ardından tezahür etmişti. ABD, Marshall Planı sayesinde Avrupa'nın yeniden inşasına olduğu gibi, Japonya'nın barışçı ve demokratik bir devlete dönüştürülmesine de uğraşmıştı.

Ama bu çabaları gerekçelendiren amaç, Sovyet komünizmi tehdidine daha iyi karşı koyabilmekti. Bir düşmana karşı odaklanmamış bir dünya stratejisi fikri saçma geliyordu. Tüm dünya ülkelerinin müttefik veya himaye altına alınmış ülkeler olmasını istemek, en kadim çağlardan beri politikada uygulanan her şeye karşıttı. Her zaman birisine karşı seferber olunur, silahlar bilenir ve ittifaklar kurulur. Tehdit yaratan düşman çoğunlukla ne yazık ki bir kutup yıldızı gibidir; o olmadan nereye gidildiği, ne yapıldığı, hatta kim olunduğu bilinmez. Bunun hep böyle süreceğini düşünenlerden değilim ama işleyiş o kadar uzun süredir bu şekilde ki dünyayı, ötekileri ve kendisini başka bir algılama biçimi düşünmek için aşırı yaratıcılık ve gözü peklik sergilenmesi gerekiyor.

Soğuk Savaş'tan çıkıldığında Amerikalı yöneticilerden beklenen işte bu yaratıcılık ve gözü peklikti. Kendi çapında hiçbir rakibi kalmamış bir süper gücün izlemesi gereken çizgi neydi? Eski düşmanlarına karşı nasıl davranmalıydı? Onların kendi tarafına geçmelerine ve toparlanmalarına yardım mı etmeliydi? Ya eski müttefiklerine nasıl davranacaktı? Onlara dost ve himayesi altındaki ülkeler olarak muamele etmeyi sürdürmeli miydi, yoksa artık ticari rakipler olarak mı –gerçekten de öyleydiler– değerlendirmeliydi? Peki ya dünyanın geri kalanına nasıl davranacaktı? Dillere destan olmuş "dünyanın jandarması" rolünü mü oynamalıydı, yoksa sayısız ulus, kabile ve fraksiyonun diledikleri gibi çatışmalarına izin mi vermeliydi? Bu tavırlardan her birinin avantajları, tehlikeleri ve belirsizlikleri vardı.

Bugünden geriye bakıldığında, ABD'nin Tarih tarafından sokulduğu zor sınavdan başarıyla geçemediği aşikâr. Zaferlerini ve başarılarını izleyen otuz yıl boyunca, yeni bir dünya düzeni tanımlama, "ebeveyn devlet" olarak meşruiyetlerini yerleştirme ve son yüz yılın hiçbir ânında bugünkü kadar aşağılara düşmemiş ahlaki inandırıcılıklarını koruma anlamında sınıfta kaldılar. Dünkü rakipleri yeniden rakip oldular ve dünkü müttefikleri kendilerini artık gerçekten müttefik olarak hissetmiyorlar.

Ahlaki çöküntü bir tek seferde değil, uzun bir kayma, kafa karışıklığı, gerileme veya yanlış adımlar silsilesiyle ve siyasal tercihleri birbirinin zıt kutuplarında olan bir dizi başkan döneminde gerçekleşti.

ABD bazen 2003 Irak Savaşı'nda olduğu gibi müdahalecilik çılgınlığına kapıldı; rejimleri yıkmak, ulusları yeniden inşa etmek, koca bölgeleri kendi dünya görüşlerine göre yeniden şekillendirmek istiyorlardı. Başka anlarda, tedbirsizce üstlendikleri fazlasıyla ağır görevden bıkıp, her şeyi baştan sona değiştirdiler, artık başka bir yere müdahalede bulunmayacaklarına, postallarını bir daha yakıcı topraklara basmayacaklarına ve yerel fraksiyonların birbirlerini istedikleri gibi boğazlamalarına ses çıkarmayacaklarına kendi kendilerine söz verdiler. Bu son tavrın doruk noktası, Başkan Obama Eylül 2013'te, Suriye'de kimyasal silah kullanılmasının aşılması yasak ve ABD'nin sert tepkisine yol açacak kırmızı çizgisi olduğunu hiçbir yanlış anlamaya izin vermeyecek biçimde beyan ettikten sonra, harekete geçmenin bir yararı olmayacağına karar vermesiydi.

Korkarım, dünyadaki birçok akbaba bu geri adımı bir cezasızlık vaadi olarak görmüştür.

Sayfaların akışı içinde üç veya dört çarpıcı olaya değindim, başka örnekler de verebilirdim. Bütün çağdaşlarım gibi, ben de geçtiğimiz otuz kırk yıl içinde dünya sahnesinde sayısız çehresi olan bir Amerika'nın boy gösterdiğine tanık oldum. Cömert bir Amerika ve cimri bir Amerika. Kibirli bir Amerika ve pısırık bir Amerika. 11 Eylül'de, insanın onu ne kadar çok sevdiğini, temsil ettiği ve gezegenin geri kalanına verdiği her şeye ne kadar ihtiyacımız olduğunu söyleme isteği duyduğu, yaralı bir Amerika. İki yıl sonra, Irak Savaşı sırasında, günahkâr, sinsi, tahripkâr, tahammül edilmez bir Amerika.

Adil olmak istiyorsam, bu tür tavırların başka bir ülkeden kaynaklansaydı şayet aynı öfkeye yol açmayacağını da eklemeliyim. Ama sorun bu değil. Burada söz konusu olan, Washington'ın şu veya bu kriz karşısında Berlin, Paris, Moskova veya Pekin'den daha mı iyi daha mı kötü davrandığını belirlemek değil. Mesele, ABD diğer uluslara karşı, hakem veya vasi güç rolünü oynamaya layık bir tavır sergiledi mi, onu bilmek. Bu sorunun cevabı ne yazık ki "hayır"dan başka bir şey olamaz. Amerika'nın başarısızlığı aşikârdı, durmadan arttı ve şu anda telafisi zor görünüyor.

İnsanlık tarihinin bu nazik aşamasında, sadece kendi kaderini değil, bütün geminin kaderini dert edinecek bir "kaptan" ihtiyacı hissediliyor. Eğer *Titanic* gemisinin kaptanı, herkes cankurtaran sandallarına hücum ederken, hoparlörden "Açılın! Önce ben bineceğim!" diye haykırsaydı, bu hem gülünç hem de korkunç bir davranış olurdu.

5

Avrupa bu "ebeveynlik" işlevini ABD'den daha iyi üstlenebilir miydi? Yeni gerçekliklere uyarlanmış yeni bir dünya düzeninin temellerini atıp, kurallarını ve yönelimlerini saptayıp, gezegenin geri kalanının buna uymasını sağlayabilir miydi?

Bunu hiçbir zaman bilemeyeceğiz, çünkü yaşlı kıta bu rolü oynayabilecek imkânları temin etmedi. Ama en azından atılgan Amerika'yı, ateşini yatıştırmaya gayret ederek sadakatle destekleyebilecek, dikkatli bir "ikinci pilot" olabilirdi.

Niçin Avrupa? Hiçbiri tek başına belirleyici olmayan ama bir arada ele alındıklarında Avrupa'yı bu tarihsel sorumluluğun altından başkalarından daha iyi kalkabilecek konuma getiren çeşitli nedenlerden ötürü.

Birinci neden, bu kıtanın sanayi devriminin ve ona eşlik eden uygarlığın doğduğu yer, dolayısıyla bir anlamda modern insanlığın şekillendiği "atölye" olması. En kadim uygarlıkların beşiği olan Doğu Akdeniz'im açısından, iki veya üç yüzyıldır varoluşunda önem taşıyan her şeyin –fikirler, araçlar, silahlar ve yaşam tarzı– Avrupa'dan geldiğini kabul etmek bir hakaret sayılmaz.

"Benim" Doğu Akdeniz'ime sadece bir örnek olarak değiniyorum. Avrupa uygarlığı bütün gezegen için bir referans haline geldi. Böyle bir üstünlükten haklı olarak rahatsızlık duyulabilir ve sonsuza dek sürmeyeceğini varsaymak da mantıksız sayılmaz. Ama bu uygarlığın günümüzde konum alışlarımızı belirleyen normu temsil ettiğini kimse yadsıyamaz; onun bilimi bilimin kendisi, onun teknolojisi teknolojinin kendisi, onun felsefesi felsefenin kendisi oldu; ekonomi anlayışının artık inandırıcı bir rakibi kalmadı ve lütuflarıyla veya verdiği zararlarla dokunmadığı her şey marjinal, arkaik, gözle görülmez hale geldi, sanki olmamışa döndü.

Betimlediğim bu üstünlük, en az Avrupa kadar ABD'nin de dahil olduğu Batı dünyasına aittir. Ama Avrupa dünyanın geri kalanına yönelik "ebeveynlik" rolünü oynayabilmek için, Atlantik ötesindeki "büyük kızı"nda, ne kadar dinamik ve güçlü olursa olsun bulunmayan ek kozlara sahiptir.

Yaşlı kıtanın en büyük avantajlarından biri, Tarih'in Avrupa halklarına çoğunlukla ıstıraplar içinde değerli dersler vermiş olmasıdır. Kuşkusuz gezegenin her yerini fethetmiş ve uzun süre hâkimiyetleri altında tutmuş ama sonunda bu hâkimiyetin sınırlarını anlamışlar, bu da onları daha bilge, daha sorumlu –itiraf edelim ki bazen de daha pısırık– kılmıştır.

Avrupalıların çoğunda, sömürgecilerin kibri yerini daha ihtiyatlı, başkalarına karşı daha saygılı bir tavra bırakmıştır.

• • •

Benim gözümde, kıtanın kendi iç parçalanmalarından çıkardığı dersler de en az bu kadar önem taşıyor. Avrupa bunları aşmaya gayret ederken, insanlık tarihinin en mühim sayfalarından birini yazmaya girişti.

II. Dünya Savaşı'ndan sonra, Avrupa projesini tasarlayanlar, çeşitli halkları asırlık kavgalarının üzerine çıkmaya ve bundan böyle aynı ulusun farklı dallarıymış gibi birlikte yaşamaya yönlendirmek için kıtayı bambaşka temeller üzerinde yeniden inşa etmeleri gerektiğini anladılar.

Fikir yeni değildi, birbirini izleyen yüzyıllarda –sadece iki örnek verecek olursak, Erasmus ve Victor Hugo gibi– tanınmış şahsiyetler tarafından ifade edilmişti. Ama günümüzde Avrupa projesine evrensel bir boyut kazandıran özgün gerçeklikler söz konusu.

Nitekim, günümüzde gezegenimizin ayırt edici özelliği, tıpkı Avrupa gibi –her biri kendi tarihine, kendi ulusal hikâyesine, dillerine, inançlarına, kültürel referanslarına ve çoğunlukla komşularıyla asırlık çatışmalara sahip– çok sayıda bağımsız ülkeye bölünmüş olmasıdır.

Bunun bilincinde olsun ya da olmasın, büyük veya küçük, zengin veya yoksul bütün bu ülkelerin düşmanlıklarını aşıp tüm ulusların, tüm dillerin ve tüm kültürlerin varoluşlarını ve haysiyetlerini koruyacakları geniş kümeler içinde bütünleşerek dünyada güçlü bir varlığa sahip olmaları kendi çıkarlarınadır.

Yine de söz konusu yöneliş bu ülkelerin esinlenebilecekleri bir modelin varlığını gerektiriyor. Zaten gerçekleşme yolunda olan ve hep birlikte aynı çatı altında yaşamak için eskinin hangi davranışlarından kopmak gerektiğini somut bir biçimde gösterecek bir "pilot proje"ye gereksinim var. Tarihleri boyunca çatışmış ve artık birlikte ortak bir gelecek yaratmaya çalışan ülkeleri bir araya getirme iddiası taşıdığı için, sadece Avrupa projesi böyle bir model sunabilirdi.

Eğer yaşlı kıta kendi birleşik devletlerini kurabilseydi, böyle bir geleceğin bir ütopya veya hayal olmakla kalmadığını, pekâlâ mümkün olduğunu tüm insanlığa göstermiş olacaktı.

Avrupa Birliği'nin, böyle bir başvuru modelini tam anlamıyla temsil etmek için, dünyanın gidişatı üzerinde gerçekten ağırlığını hissettirebilmek adına, ekonomik alanda olduğu kadar siyasi ve askeri alanlarda da küresel bir büyük gücün tüm vasıflarıyla donanmış federal bir devlete dönüşmesi gerekirdi. Ama Avrupa bu zorunlu iradeyi göstermedi. Kuşkusuz halklar böyle bir rol üstlenmeye çok istekli değillerdi. Ve kuşkusuz çeşitli ulusların yöneticileri de ellerinde kalan bir parçacık hükümranlığı yitirmek istemiyorlardı.

Avrupalıların dramı, acımasız bir yer olan dünyamızda güçlü bir devlet olmaktan vazgeçilirse, sonunda itilip kakılmak, kötü muamele görmek ve haraca bağlanmak durumunda kalınmasıdır. O zaman saygı gören bir hakem değil, potansiyel bir kurban ve rehine adayı olunur.

• • •

Beni bağrına kabul etmiş kıtanın kaderi üzerinde düşünürken duyduğum muazzam hüsran buradan kaynaklanıyor. Tabii ki Avrupa Birliği kuruldu, genişledi ve önceki döneme kıyasla muazzam bir ilerlemeyi temsil ediyor. Ama zayıf, tamamlanmamış, melez ve şu anda şiddetle sarsılan bir yapı söz konusu.

"Melez" diyorum, çünkü kurucular önlerine çıkan iki yol arasında bir seçim yapamadılar: Amerika Birleşik Devletleri gibi tam ve geri dönülmez gerçek bir birlik mi olacaklardı, yoksa sadece bir serbest ticaret sahası mı? Bu kararın daha sonra alınabileceğine inanmak istediler. Ama alınamazdı. Altı veya dokuz devletin üzerinde anlaşabilecekleri bir konuya yirmi yedi veya yirmi sekiz devletle karar verilemez. Bugün tüm kurucu kararlar için olduğu gibi, bu kararın da ittifakla çıkması gerektiği için yapılamaz.

İşin gerçeği, tam bir birlik doğrultusundaki gözü pek her adımı yasaklayan veto hakkı her devlete tanınarak aşırı demokrasi gösterilmiş; iktidarı doğrudan Avrupa Birliği yurttaşları tarafından seçilen bir Avrupa hükümeti yerine Brüksel'deki devletler tarafından atanmış komiserlere bırakmayı tercih ederek de demokraside açık verilmişti.

Uzun bir demokrasi pratiği olan halklar, halk oylamasının kutsamasından geçmemiş yöneticilerle özdeşleşemezler.

Gözlerimizin önünde dağılıp gitmekte olan, bence tüm insanlık tarihinin bu en umut verici deneylerinden biri hakkında söylenecek daha çok şey var. Bence bu, yineliyorum, çağımızın en büyük hüzünlerinden biri. Gezegenin yaşadığı olaylar içinde sadece Avrupa hayalinin ufalanıp dağılmasını görmüş olsaydım, yine batıştan söz ederdim...

6

Dümen güvenilir bir "kaptan"ın elinde olmazsa insanlık "gemisi"nin batmaktan asla kurtulamayacağını ima ederek, denizcilik metaforunu belki de gereğinden fazla abarttım. Türümüz hakkında belki bin kez kıyamet kehanetlerinde bulunulmuştur ama insan hiç olmadığı kadar zengin, yaratıcı, hırslı bir şekilde varlığını sürdürmektedir. Üstelik tüm yıkıcı dürtülerine, tüm ölçüsüzlüklerine karşın. Peş peşe sıralanan yüzyıllar boyunca bizi yok olmaktan koruyan bir "görünmez el"e bir kez olsun inansam mı acaba?

Böyle bir yaklaşım benim bakış açıma uymasa da, sorgusuz sualsiz bir kenara da itemem. Çünkü kabul etmeliyim ki bir hakikat payı barındırıyor. Soğuk Savaş dönemini görmüş herkes gibi, ben de onlarca yıl boyunca kaçınılmaz olduğu söylenen nükleer felaket kâbusuyla birlikte yaşadım. Büyük devletlerin biriktirdikleri binlerce nükleer füzenin, bir çılgın yüzünden veya bir dizi hata sonucunda tüm uygarlıklarımızı yok edecek genel bir çatışmaya yol açacakları bize kim bilir kaç kez tekrar edildi! Dünyadaki iki kamp arasındaki bilek güreşinin kıyamete yol açacak bir alevlenme olmadan sona ereceğine ancak saflar inanır, deniyordu.

Ama öyle oldu. İki başrol oyuncusundan biri üstünlüğü ele geçirdiğinde, diğeri tek bir füze atılmadan yenilgiyi kabul etti. Bu mayın tarlasından, evet görünmez bir el yol gösteriyormuş gibi, sağ salim çıktık. Ufukta beliren yeni tehlikeler karşısında bir kez daha talihimize güvenmek, saçma mı olur?

Tarih'e yönelik bu iç rahatlatıcı bakışa uzun süre inanmak istedim ve bugün bile, tüm kaygılarıma karşın, içimin bir tarafı hâlâ ona bağlı. İnsanların bilgeliğine gözü kapalı iman ettiğimden değil, çağımızın özgün niteliğinden ve onun dönüşümlerine yön veren yasalardan ötürü böyle düşünüyorum.

"Küreselleşme" adını verdiğimiz karmaşık hadise, ona eşlik eden teknolojilerin niteliğinden dolayı, insanlığın farklı bileşenlerini birbirine yaklaştıran güçlü ve derin bir harekete yol açıyor. Bileşenler arasındaki bu zorunlu komşuluk, ister fiziksel ister sanal olsun, hem yakınlıklara hem de nefretlere neden oluyor. Bence zamanımızın en temel sorularından biri, sonunda bu tavırlardan hangisinin ağır basacağıdır. Kimlik gerilimleri yavaş yavaş azalıp dağılacak mı? Yoksa daha da şiddetlenip giderek daha çok parçalanma ve bölünmeye mi yol açacak?

Dünyadaki olaylara bakıldığında, daha çok nefretin revaçta olduğu gösteriler göze çarpıyor. Bunun birinci nedeni inkâr edilmez güçleri; bir diğer neden de daha dikkat çekici, daha gürültülü, daha yankı uyandırıcı olmaları. Yakınlıklarımızdan yola çıkan zıt akım ise daha ince, çok daha az görünürlüğü var, bu da ona çoğunlukla hak ettiğinden daha az değer biçilmesine neden oluyor. Oysa sonuçları tüm insan toplumlarında doğrulanabilecek gürbüz ve güçlü bir tarihsel eğilim söz konusu.

İçimden, benzerlerimiz hiç bu kadar benzerimiz olmamışlardı, demek geliyor. İstedikleri kadar zıtlaşsınlar, birbirlerinden nefret etsinler, savaşsınlar, birbirlerine öykünmeden duramıyorlar. Nerede olurlarsa olsunlar, ellerinde aynı araçlarla yaşıyorlar, aynı haberlere ve görüntülere erişiyorlar, sürekli olarak ortak alışkanlıklar ve referanslar ediniyorlar.

Eskiden ebeveynlerimiz ve büyük ebeveynlerimizle aynı jestleri yapma yönünde kendiliğinden bir eğilimimiz vardı, bugün ise çağdaşlarımızın jestlerini kendiliğinden yineleme eğilimi gösteriyoruz. Bunu kolayca kabullenmiyoruz. Aktarımın aileler, kabileler, uluslar ve mümin cemaatleri bünyesinde, bir kuşaktan diğerine "dikey" bir şekilde geçtiği efsanesine dindarca bağlılığımızı koruyoruz; halbuki gerçek aktarım giderek "yatay" hale geliyor, birbirlerini tanısınlar tanımasınlar, sevsinler sevmesinler, aynı devirde yaşayan insanlar arasında gerçekleşiyor.

Olaylara bu şekilde bakmak, itiraf edeyim ki, büyük sıkıntı anlarında sık sık içimi rahatlattı. Çevremde kimlik kaynaklı kasılmaları veya kinlerin zincirinden boşanmasını gözlemlediğimde, bunların artık geride kalmış, çoktan köhneleşmiş, batmakta olan ve eskinin önyargılarına, uygulamalarına umutsuzca sarılan bir dünyanın artçı çatışmaları, son çırpınışları olduğunu düşünerek içimi rahatlatıyordum.

• • •

Yine de bu toparlayıcı atılımın –çağdaşlarımız tarafından bilinçsizce taşınmakla birlikte– kimse tarafından bilinçli bir şekilde sahiplenilmemesi beni biraz endişelendiriyordu, günümüzde ise daha çok endişelendiriyor. Bu yeraltı hareketinin güçlü ama öksüz olduğu söylenebilir; şu manada ki, çağdaşlarımızın çoğu teknolojik ilerlemelerin kamçıladığı bu birleştirici dalga tarafından şekillendirilmiş, dönüştürülmüş, yeniden formatlanmış olmalarına karşın, dar topluluk aidiyetlerini (partikülarizm) yücelten öğretileri benimsiyorlar.

Demek ki çağdaşlarımız yaşadıkları çatışmalara ve karşılıklı nefret duygularına rağmen, her gün birbirlerine daha çok benziyorlar. Tersten ifade edildiğinde bu paradoks iç rahatlatıcı olmaktan çıkıyor: Evrensellik sürekli ilerleme kaydederken, aynı evrenselliği vazeden tüm hareketler ve öğretiler zayıfladı.

Yüksek sesle ve çoğunlukla saldırganca yapılan kimlik beyanı bugün tam gaz giden kuvvetlerin, yani muhafazakâr devrim kuvvetlerinin dünya anlayışının ve söyleminin her zaman asal bir unsuru olmuştu. Bu olgu, Afrika'da olduğu kadar Avrupa'da, Arap ülkelerinde olduğu kadar İsrail'de, Hindistan'da veya ABD'de, hemen her yerde doğrulanıyor.

Geleneksel olarak solda yer alan bazı güçlerin tavrı da kaygı verici: Eskiden hümanizm ve enternasyonalizm bayrağını sallayan bu güçler günümüzde kimlik ağırlıklı kavgaları savunmayı tercih edip çeşitli etnisite, cemaat veya sınıfsal kategorilere dayanan azınlıkların sözcülüğünü üstleniyorlar; sanki tüm toplum için bir proje kurmak yerine, hınçlarını bir araya getirdikleri takdirde yeniden çoğunluk olma umudunu taşıyabilirlermiş gibi davranıyorlar.

Ezilen azınlıkların talepleri çoğunlukla hakiki bir ahlaki meşruiyete sahip olduğu için, bu davranışta yakışıksız veya ayıplanacak bir şey yok. Ama strateji bu tarz ayrılıklar üzerine kurulduğu zaman, kaçınılmaz olarak dağılma ve parçalanmaya hizmet edilmiş oluyor.

İlericilik yandaşlarındaki bu bakış açısı ve dil değişikliği, bu kitapta daha önce değindiğim bir hadisenin, muhafazakâr güçlerin gösterdikleri amansız yükseliş neticesinde artık tartışmanın kurallarını belirlemeleri nedeniyle dünyadaki entelektüel "güç dengesi"nin altüst olmasının sonucudur. Mağluplar kendi "düşünce araçları"nı bırakıp galiplerinkileri almak ve onları kendi lehlerine kullanmaya uğraşmak zorunda kaldılar. Evrenselliği yücelten öğretiler son otuz, kırk yılda öyle gözden düştü ki, tüm dar topluluk aidiyetçilikleri bir anlamda meşrulaştı.

Bunun suçu öncelikle marksizmin vazgeçemediği hatalarına aitti ama sonuçlarına sadece o maruz kalmadı. Günümüzde insan topluluklarının çoğunda kimlik beyanları teşvik ediliyor ve daha farklı, daha dengeli, daha evrensel tavırlar saflık, pısırıklık, hatta şüpheli davranışlar olarak karşılanıyor. Uzun süre evrensellik kavgasının ön saflarında yer almış birçok halk bu yüzden pusulasını yitirdi. Zararın boyutlarını anlamak için, uzun süre tüm insanlığa yol göstermiş toplumlara bir göz atmak yeterli olacaktır.

Örneğin, açılım ve hoşgörü uygulamasında öncülük yapmış ama bugün aynı rotayı korumakta giderek zorlanan Hollanda ve İskandinav ülkeleri aklıma geliyor. Uzun süre bütün dünyaya örnek teşkil eden siyasal sistemi, dolandırıcılığa yakın bir milliyetçi demagojinin etkisiyle paramparça olan İngiltere aklıma geliyor. Benim kuşağım için kalıcı bir referans ve hayranlık konusu olan siyasal ve entelektüel yaşamı tanınmaz hale gelen İtalya aklıma geliyor.

Karşımızda, anlık gerilimlerin yol açtığı ve zamanla dağılacak yüzeysel tepkiler mi var? Yoksa inatçı, kalıcı, tersine çevrilmesi zor, insanları yıkıcı bir sarmala sürükleyebilecek bir hadise mi söz konusu?

Benim hissiyatıma göre, son onyıllarda bir senaryodan diğerine doğru kaydık. Çoğunlukla geçmişte gözlemlenen klasik bir senaryodan –farklı kökenlerden gelen topluluklar yan yana yaşarlar, sonra birbirlerinden kuşkulanmaya ve karşılıklı darbeler indirmeye başlarlar, bunun ardından ilişkilerde yatışma dönemi gelir ve bir zamanlar düşman olduklarını unuturlar– "mutlu son"un artık gündemde olmadığı bir senaryoya geçildi.

Bu yön değişikliğinin belirleyici etkenleri arasında, 1967'deki büyük bozgundan beri Arap dünyasını sarsan siyasal ve ahlaki çalkantılar da yer alıyor; bu çalkantılar 1979 civarında Doğu ve Batı'da muhafazakâr devrimlerin galip gelmesiyle birlikte şiddetlendi ve 11 Eylül 2001'den itibaren zincirleme tepkimelere yol açarak tüm gezegenin "savrulma"sına neden oldu. O zincirleme tepkiler de günümüzde bizi bir meçhule –kuşkusuz batışa– doğru sürüklüyor.

Bu savrulmanın en kaygı verici yönlerinden biri, günümüz dünyasında yaşanan "Orwell'ci sapma"dır. Bu adlandırmadan ötürü İngiliz yazarın affına sığınıyorum ama nasıl ki bir hastalığa onu tespit eden ve yenmeye uğraşan âlimin adını veriyorsak, bence burada da bir saygı ifadesi söz konusu.

7

Totalitarizme düşman olan George Orwell, gelecek zorba yönetimler ve onların her türlü insan haysiyetini ve özgürlüğünü yok etmek için modern araçları nasıl kullanabilecekleri konusunda çağdaşlarını uyarmak istiyordu. *1984* romanında kurduğu güçlü imgesel dünyanın insanların zihnini sarsması ve onları düşündürmesi doğaldı. "Big Brother"ın en mahrem düşüncelerimize varıncaya dek her şeyi görüp duyacağı bir dünyaya doğru mu gidiyorduk? Dilin, ancak resmi düşünceye uygun görüşlerin ifade edilebildiği şekilde denetim altına alınıp yozlaştırıldığı bir dünya mı olacaktı bu? İnsanlık türünün yüksek çıkarları adına hareket ettiğini iddia eden kadir-i mutlak bir otorite tarafından her jestin, her görüşün, her duygunun izlenip yargılandığı bir dünya mı?

1903'te doğan Orwell, XX. yüzyılın bellibaşlı iki totaliter rejiminin, Stalin ve Hitler rejimlerinin yükselişine tanıklık edebilmişti. Her ikisine karşı da savaşmıştı; önce İspanyol Cumhuriyetçilerin yanında elinde tüfeğiyle, sonra da yazılarıyla savaştı. Nazizmin devrilmesinin keyfini yaşayabildi, ama o öldüğünde –1950'de tüberkülozdan kaynaklanan vakitsiz bir ölüm– diğer totalitarizm son derece sağlıklı görünüyordu. II. Dünya Savaşı'ndan zaferle çıkmanın itibarını da yaşayan Stalin iktidar dizginlerini sıkıca elinde tutuyordu; orduları Avrupa'nın yarısını işgal etmişti ve atom bombasına da sahipti. Batı ile Sovyetler Birliği arasındaki çatışmanın sonucunun ne olacağı belli değildi. Yazarın betimlediği karabasan,

Stalinci bir diktatörlüğün tüm dünyaya, özellikle de İngiltere'ye egemen olduğu varsayımından yola çıkıyordu.

Eğer akciğerleri daha iyi tedavi edilseydi, Orwell eserine adını veren yıla ve onun da ilerisine, Sovyet rejiminin yıkılışına kadar pekâlâ yaşardı. O zaman ölümünden sonra saygılarımızı ifade edeceğimize, bu olayı onun da huzurunda kutlardık. Buna sevinmeye de hakkı olurdu, zira benzerlerini uyardığı tehdit o sırada tamamen bertaraf edilmiş gibi duruyordu.

Bugün bertaraf edildiğinden o kadar emin değiliz. Kapıdan kovulan Big Brother bir anlamda bacadan geri dönüyor. Bunun nedeni yeni bir totaliter yönetimin iktidara gelmesi değil, daha dağınık, daha zararlı bir hadise: Güvenlik kaygılarımızdaki şiddetli yükseliş.

Bu satırları yazdığım sırada araya girmiş olan küçük zaman mesafesinin de yardımıyla, 11 Eylül saldırılarından sonraki dünyanın öncekine asla benzemeyeceği şimdiden net biçimde görülüyor. Terörizme karşı savaş önceki savaşlardan, özellikle de iki dünya savaşı ve Soğuk Savaş'tan, hiç bitme eğilimi göstermemesiyle ayrılıyor. Sanki günaha veya Kötülüğe karşı savaş ilan edilmiş gibi bir hava var. Savaş sonrası hiç olmayacak. Bir an bile gardlar indirilemeyecek, tehlikenin bertaraf edildiği açıklanamayacak, özellikle de Arap-Müslüman dünyada olup bitenlere bakıldığında. Bu dünya ne zaman dengesine ve dinginliğine yeniden kavuşacak? Bu konuda emin olunabilecek tek şey, işlerin yoluna girme şansının doğması için onlarca yıl gerekeceği.

Önümüzde suikastlar, katliamlar ve çeşitli vahşet eylemleriyle dolu uzun bir kargaşa dönemi bizi bekliyor; tehlikeli ve travmatik geçeceği kesin olan bu dönemde ABD gibi bir güç, başında hangi idare olursa olsun, kendini korumak, savunmak, düşmanlarını saklandıkları yerlerde de kovalamak, tüm telefon konuşmalarını dinlemek, İnternet'te yazdıklarını gözetim altında tutmak, mali işlemlerinin her birini denetlemek isteyecektir...

Bu kaçınılmaz bir şey ve getireceği savrulmalardan sakınmak imkânsız. Terörist gruplara fon transferleri engellenmek isteniyor. Ama fırsattan istifade, Amerikan yurttaşlarının da vergi kaçırıp kaçırmadıkları denetlenecektir. Terörizm ile vergi kaçakçılığının bir ilgisi var mı? Hiçbir ilgisi yok. Sadece şu var: Denetleme için uygun teknolojiye ve iyi bir bahaneye sahip olunduğunda, denetleme yapılır.

Teröristler arasındaki iletişimi yakalamak için uğraşılıyor ama aynı zamanda fırsattan istifade, ticari rakiplerin de konuşmaları dinlenecektir. Bomba koyan bir teröristin konuşmalarıyla bir İtalyan, Fransız veya Koreli sanayicinin konuşmalarının bir ilgisi var mı? Hiçbir ilgisi yok. Sadece şu var: Elde dinleme yapmak için iyi bir bahane varsa ve bu Amerikan şirketlerine yardımcı olacaksa, dinleme yapılır. Hatta Alman, Brezilyalı, Hintli veya Japon yöneticilerin özel konuşmaları bile dinlenir; şayet sonunda bunu öğrenirlerse, özür dilenecek, sonra da olay sızmasın diye birkaç ek önlem alınarak dinleme yeniden başlatılacaktır.

İlk sırada ABD'yi saydım ama bu olay Rusya, Çin, Hindistan, Fransa ve daha genel anlamda yeterli kapasiteye sahip herkes için geçerli – veya önümüzdeki yıllarda geçerli olacak.

Neredeyse insan doğasının kanunu bile denebilir: Bilimin yapabilme yeteneğini kazandırdığı her şeyi er ya da geç, şu veya bu bahaneyle yapıyoruz. En azından, gözümüzde bunun sağlayacağı avantajlar yol açabileceği tersliklere ağır bastığı sürece...

• • •

Bu kaygıları dile getirdikten sonra ve başkalarını da ifade etmeden önce, günümüzde yaşadığımız dünyanın neyse ki henüz Orwell'in eserinde betimlenen dünya olmadığını hemen vurgulamak istiyorum.

Şu anda duyulabilecek korkular özellikle potansiyel tehlikeleri kapsıyor. Çağdaşlarımızın maruz kaldığı çok sayıda gözetim rahatsızlığa, şaşkınlığa ve bazen haklı bir öfkeye yol açıyor; ama kesinlikle New York'taki kulelerin yıkılması, Nijeryalı kız öğrencilerin meşum "Boko Haram" tarafından kaçırılması veya kameralar önünde insanların başlarının kesilmesi gibi bir dehşete neden olmuyor. Bu tarz iğrençlikler karşısında, diğer ürküntülerimiz zorunlu olarak önemsizleşiyor.

Ama böylesi "Orwell'ci" bir sapmanın risklerini azımsarsak hata ederiz. Çünkü bu sapma, onu belirli bir vadede çok zararlı kılacak bir özelliğe sahip.

Nitekim, canice vahşet eylemleri geçmişin karanlık sayfalarına geri dönüşü akla getirirken, *1984*'ün yazarının bizi uyardığı sapma, deyim yerindeyse, gelecekten geliyor. Bilimdeki ilerlemeler ve teknolojik buluşlar onu mümkün kılıyor; o da bu gelişmeleri bir gölge gibi adım adım izleyip saptırıyor. İlerlediğimizi sanıyoruz ama aslında rotadan sapıyoruz. Birçok alanda ilerleme kaydediyoruz, daha iyi ve daha uzun yaşıyoruz. Ama yolda ilerlerken, sürekli gözetim altında tutulmadan gidip gelme, okuma ve yazma özgürlüğü gibi şeyler de yitiriliyor.

Delinmiş bir haznedeki yağ gibi, özgürlüğümüz damla damla akıp gidiyor ve biz bunu dert etmiyoruz. Her şey normal görünüyor. Hatta şarkılar söyleyerek gaza basıyoruz. Ta ki motor iflas edip araba artık gidemeyecek hale gelinceye kadar...

Telefon konuşmaları ve banka işlemlerindeki gözetimden bahsedip en büyük demokratik ülkelerde bile yetkili makamların bunu istismar etme eğiliminde olmasından duyduğum kaygıyı dile getirdim. Aslında çok daha ileri noktalara varan ve herkesin gündelik yaşamında gözlemleyebileceği bir sapmanın basit örnekleridir bunlar.

Zaman zaman yazar veya besteci arkadaşlarımla elektronik posta yoluyla haberleşiyorum. Birkaç yıldır çok düzenli olarak bir hadise yaşanıyor. Ben onlara yazarken veya onların iletilerini okurken, ekranımda onların kitaplarını veya plaklarını satın almamı öneren küçük bir duyuru beliriyor. İletimde Simone de Beauvoir, Saul Bellow veya Robert Musil'den bahsedersem de aynı şey oluyor. Derhal onların eserlerini daha ucuza almamı öneren duyurular beliriyor.

Bunun ilk kez farkına vardığımda meraklandım, hatta rahatsız oldum; sonra alıştım – alışmam, bu yöntemi onayladığım anlamına gelmiyor. Böyle bir işlemin bu kadar hızlı bir şekilde yapılabilmesi için, yazmakta olduğum iletiye doğrudan erişim, anahtar-sözcük analizi ve özel yazışmamın ürünü olan bir metni ânında ekranımda gösterebilme kapasitesi gerekiyor.

Teknik ayrıntılara girmeyeceğim; yeterli uzmanlığım yok ve her halükârda bu alandaki değişimler o kadar hızlı cereyan ediyor ki bugün yenilikçi gözüken uygulamalar muhtemelen iki yıl içinde eskimiş olacak. Ama doğru olarak kalacak, hatta giderek doğrulanacak şey, bilgisayarda yazdığımız her sözcüğün, telefonda söylediğimiz her sözün, dijital bir aletle çektiğimiz ve kaydettiğimiz her görüntünün, onları analiz etme, biriktirme ve istedikleri gibi kullanma imkânlarına sahip meçhul kişiler tarafından görülüp dinlenebildikleridir.

Dinlenmenin ötesinde, cep telefonlarımız, MOBESE kameraları, dronlar, uydular ve durmadan yenileri icat edilen ileri teknoloji ürünleri sayesinde günün her anında yerimiz tespit edilebiliyor, hatta bazen görüntümüz alınabiliyor. Böylece kimin kimle buluştuğu, neler konuştuğu, herkesin geceyi nerede geçirdiği ve daha pek çok olgu ve jest kesin bir şekilde bilinebilecek.

Şahsen bütün bunlar beni gündelik hayatımda fazla rahatsız etmiyor. İletilerimin içeriğini analiz edip reklam duyurularını gösteren yazılımların otomat olduğunu ve bir insan gözü tarafından gözetlenmemin pek muhtemel olmadığını biliyorum. Gizlilik saplantım yok ve kitaplarımı, şarabımı veya gömleklerimi nereden aldığımın, geceleri hangi çatının altında uyuduğumun bilinmesi beni fazla rahatsız etmiyor.

Ama bugün çeşitli yetkili makamların bu çağda yaşayanların özel hayatlarına burunlarını sokma konusunda sahip oldukları imkânların asla hoşgörülemeyecek istismarlara yol açabileceğini anlamak için, çok ince senaryolar kurmaya gerek yok. İster yurttaşların siyasal görüşlerini gözetim altında tutmaya meraklı hükümet büroları, ister temin ettiğimiz sayısız bilgiyi –*big data* adı verilen veri ummanı– ele geçirme, sonra da altın fiyatına satma yarışına girmiş özel şirketler söz konusu olsun, bu tehlike mevcut. Zevklerimiz, görüşlerimiz, alışkanlıklarımız, sağlık durumumuz, iletişim bilgilerimiz ve ilişkide olduğumuz insanların iletişim bilgileri ve daha binbir öğe, hepsi birer meta haline geliyor.

Hayatlarımıza bu "kanunsuz sızma" gerçekten zararlı mıdır, yoksa modern dünyanın rahatsız edici ama zararsız bir özelliği midir, bunu saptamak için sonsuza dek tartışılabilir. Kendi payıma, bunu sağlıksız ve bizi kaygan bir zemine sürükleyebilecek bir özellik olarak değerlendirmekten kendimi alamıyorum.

• • •

Varoluşumuzda özel addettiğimiz ile kamusal alanda gözler önüne serilen arasındaki sınır her gün biraz daha siliniyor. Zaten kendi özel alanımızın bu şekilde daraltılmasına çoğunlukla biz de suç ortaklığı yapıyoruz. İletişim kurma ve hoşa gitme arzusuyla, taklitçilik, boyun eğme veya cahillik yüzünden, özel alanımızı istila ettiriyoruz. Nadiren, bizi zenginleştiren ile bizden bir şeyler alıp götüren, bizi özgürleştiren ile bizi köleleştiren arasında seçim yapmaya çalışıyoruz.

Giderek mükemmelleşen, bize gücümüzün her şeye yettiği ve zengin olduğumuz duygusunu veren cihazlara sahibiz. Ama bunlar adli kontrol şartıyla serbest bırakılmış hükümlülerin elektronik bileziklerine veya boynumuzda taşıdığımız ama diğer ucunun kimin elinde olduğunu dert etmediğimiz tasmalara benziyorlar.

Böyle bir sapmanın bazılarımıza *1984*'te anlatılan, sayısız gözün insanları sokaklarda, ofislerde, evlerin içine kadar Big Brother ve onun Düşünce Polisi adına izledikleri, insanın yakasına yapışıp bırakmayan dünyayı çağrıştırmasına şaşırmak mümkün mü?

8

Ergenliğimden beri Orwell'in yazılarını heyecanla, ama aynı zamanda eleştirel ve seçici bir bakışla okumuşumdur. *Hayvan Çiftliği*'ni her zaman benzersiz bir başyapıt olarak gördüm, ne var ki *1984* beni o kadar cezbetmemişti. Ana fikir yadsınamayacak kadar güçlüydü, ancak tezli romanlarda sık sık görüldüğü üzere, roman tezin altında biraz boğuluyordu. Üstelik dünyadaki gelişmeleri yakından izlemeye başladığımda, Stalin ölmüş ve cenazesi de Kızıl Meydan'daki mozoleden çıkarılmış, hatta Stalingrad şehrinin adı bile değiştirilmişti. Bu kitabın bizi uyardığı muzaffer Stalinizm tehdidi artık pek inandırıcı değildi ve çaldığı tehlike çanları biraz yersiz görünüyordu.

Bir edebi eserde en önemli şeyin, yazarın bize aktarmak istediği ileti değil, her okuyucunun kendi bulabileceği entelektüel ve duygusal gıda olduğunu anladığım gün, *1984* ile barıştım. Bu romanı yetişkinliğimde yeniden okuduğumda şunun farkına vardım: İnsan toplumlarının, ne kadar ileri olurlarsa olsun, en eski devirlerden beri, inşa ettikleri her şeyi tehlikeye atabilecek bir çarka kendilerini kaptırma riski mevcuttur.

Bu tehdidin günümüzde yazarın korktuğu biçime bürünmediği doğru. Onun imgelemi kendi zamanının gerçeklikleriyle koşullanmıştı: Kendi asrının totaliter sapmalarını gördüğü için, geleceğin zorba yönetimlerinin nereden çıkacaklarını, hangi inançlar adına yönetimlerini sürdüreceklerini ve hangi yöntemlerle kalıcılıklarını sağlayacaklarını bildiğini sanıyordu. Bu noktada yanılıyordu. Ama işin özünde haklıydı. Çünkü hem sol hem de sağ diktatörlüklere duyduğu nefretin ötesinde, daha temel bir endişeye, bilimin saptırılması, ideallerin bozulması ve insanlığın kendisini özgürleştireceği varsayılan şey tarafından köleleştirilmesi endişesine sahipti.

Metinleriyle bize bu endişeyi aktardı. Ne yazık ki söz konusu endişe hâlâ son derece haklı gözüküyor. Bunun nedeni Orwell'in aklından çıkmayan totaliter karabasan değilse bile, herhalde hayal etse dehşete kapılmasına yol açacak başka karabasanlar...

Her an koruma altında olma yönündeki gerçek ve meşru isteğimiz yüzünden her hareketimizin her gün izlendiği korku içindeki bir dünya, sonuçta bu gözetimin paranoyak ve megaloman bir zorba tarafından zorla dayatıldığı bir dünyadan daha da ürkütücü değil mi?

Orwell'in aklında "Big Brother", "Büyük Birader" adlandırması, tıpkı Stalin için zaman zaman kullanılan "Halkların Babası" ifadesi gibi, tabii ki gerçeği yansıtmıyordu. Zorba ile kurbanları arasındaki bağların "kardeşçe" veya "babaca" bir nitelik taşıdığını varsaymak, korkunç bir çürümenin sonucudur. Ama XXI. yüzyılda yaşayan bizler, bizi her yerde izleyen elektronik gözleri düşman gibi hissetmiyoruz.

Bizi kuşatan yüzü öfkeyle buruşmuş dünya karşısında, güvenlikte olma ihtiyacımız giderek artıyor. Bu nedenle güvenliğimizi sağlayanları zorba olarak değil, sahici "büyük biraderler" olarak görüyoruz. Zaten bu "büyük biraderler"in hiçbir kötü niyetleri yok; özel dünyamıza burunlarını sokmaları genellikle bizimle birlikte sürüklendikleri bir rota sapmasından kaynaklanıyor.

Böyle ihlallerin beni gündelik hayatımda fazla rahatsız etmediklerini bizzat kabul etmedim mi? Bütünü içinde bakıldığında, buna kolayca uyum sağlıyorum ve bazen bir avantaj olarak da görüyorum. Aynı çağı paylaştığım insanların çoğu için de bunun geçerli olduğunu varsayıyorum. Bir suçlunun kimliğinin, geçtiği yolları sürekli izleyen kameralar sayesinde saptandığını veya rüşvetçi bir yöneticinin, takılan sevimli isimle "*fadette*"* diye anılan detaylı telefon faturaları sayesinde yakayı ele verdiğini öğrendiğimizde buna seviniyoruz.

Ancak kendi mahremiyetimiz aşırı bir istilaya uğradığında öfkelenip kafa tutmaya başlıyoruz. Ama bu öfke de kısa sürüyor ve pek şiddetli olmuyor. Sanki tepki gösterme yeteneğimiz uyuşmuş veya uyuşturulmuş gibi.

Bugün içinde yaşadıklarımızdan farklı koşullarda, özgürlüklerimize getirilecek en ufak bir engelleme bizde bir öfke patlamasına yol açardı. Bizi dinlemeleri, filme çekmeleri, gidiş gelişlerimizi gözetim altında tutmaları hiç kabul edilemez gelirdi; havaalanlarında üzerimizi aramaya, bedenlerimizi görüntüleme cihazlarıyla taramaya, ayakkabılarımızı veya kemerlerimizi çıkarmak zorunda bırakmaya cüret etmelerini hakaret sayardık; yetkililere katı sınırlar koymak amacıyla derhal yurttaş birlikleri oluşurdu.

Ama artık böyle tepki vermiyoruz. Biyoloji terminolojisinden yararlanacak olsaydım, son otuz yılda dünyada olup bitenin vücutlarımızda "antikor salgılanması"nı "bloke" ettiğini söylerdim. Özgürlüklerimize yönelik ihlaller bizi eskisi kadar incitmiyor. Ancak gevşek bir biçimde karşı çıkıyoruz. Koruyucu makamlara güvenme eğilimindeyiz ve bazen abarttıklarında, hafifletici nedenler buluyoruz.

Eleştirel düşüncemizdeki bu uyuşma benim gözümde anlamlı ve çok kaygılandırıcı bir gelişmeyi temsil ediyor.

Bu kitapta zaman zaman hepimizin bu asırda içine sürüklendiğimiz çarktan söz ettim. Bu çarkın mekanizması, "antikorların bloke olması" fikri üzerinden yakından gözlemlenebilir: Kimlik gerilimlerinin yükselmesi bizde haklı korkulara yol açıyor; bu korkular yüzünden hem kendimiz hem de sevdiklerimiz için her ne pahasına olursa olsun güvenlik arayışına giriyor ve tehdit edildiğimizi hissettiğimiz anda tetikte görünmeye önem veriyoruz. Bu

---

* *Fadette*: *Facture* (fatura) ve *détaillée* (ayrıntılı) kelimelerinin birleştirilmesinden türetilmiş, Fransa'da polis veya istihbarat servisleri tarafından sıkça kullanılan kelime (ç. n.).

nedenle sürekli tetikte olma tavrının yol açabileceği istismarlara karşı eskisi kadar tetikte değiliz; teknolojiler özel hayatımızı ihlal ettiğinde eskisi kadar tetikte değiliz; kamu yönetimleri yasalarda daha otoriter ve daha cezalandırıcı yönde değişiklikler yaptığında eskisi kadar tetikte değiliz; "Orwell'ci" bir sapmaya karşı eskisi kadar tetikte değiliz...

• • •

Her kuşağın iki zorunluluk arasında bir denge bulması şart: Her türlü özgürlüğü yok eden toplumsal modelleri öne çıkarmak için demokratik sistemden yararlananlardan korunmak; aynı zamanda demokrasiyi koruma bahanesiyle onu boğmaya hazır olanlardan korunmak. Bugün, iki yönde de mevcut olan bazı sapmalara karşın, bu dengenin henüz bozulmadığı kanısındayım; ama gelecek perspektifleri hiç ferahlatıcı değil. İnsanlara çocuk muamelesi yapan ve kullaştırma potansiyeli taşıyan bir dinamik harekete geçirildi ve onu durdurmak güç olacak; teknolojik ilerlemeler bu dinamiğe kaçınılmaz olarak yeni hareket alanları açacak ve onu haklı gösteren tehditler yok olmayacak. Bazıları bunu totaliter değilse bile, en azından otoriter ve hileci, içten pazarlıklı bir girişim olarak görüyorlar; ben ise ne yazık ki zincirlerinden boşanmış gibi dünyaya yayılan ve alt etmeyi bir türlü beceremediğimiz kimlik iblislerinin kaçınılmaz sonucu olarak değerlendiriyorum.

Hatta bu belalı dinamik bugün düşünülebilenin ötesine geçerek, daha da kötüye gidip hız kazanabilir. Eğer yarın kentlerimiz konvansiyonel olmayan –biyolojik, kimyasal veya nükleer– silahların da kullanıldığı kitlesel saldırılara maruz kalırsa çağdaşlarımızın nasıl bir tavır takınacaklarını hayal etmeyi göze alamıyorum.

Bu tür felaketlerden kaçınılabileceğini umuyorum ama bir gün bunun gerçekleşebileceğini ve toplumlarımız üzerindeki yıkıcı etkilerini düşünmek de ne yazık ki saçmalık sayılamaz.

Bu tür iğrenç eylemlerin gerçekleşmesi bertaraf edilse de rotadan sapma devam edecek. ABD, Avrupa ve başka yerlerde yapılan her oylamada, seçmenlerin, orantısız güç kullanımına ve güvenlik saplantısına karşı kendilerini uyaranlardan ziyade, her türlü imkânı kullanarak korunmak gerektiğini söyleyenlere kulak verdikleri görülüyor. Hedef alınmaktan ürken ve gülünç duruma düşürüldüğüne inanan insanlar için anlaşılır bir tavır söz konusu; ama bu korunma isteği, en az o kadar meşru başka istekleri tehlikeye düşürmeden nereye kadar gidebilir?

Dünyanın bugün gözlemlenebilen gidişatının toplumlarımızdaki güvenlik korkularını yatıştırma yönünde ilerlemediği kesinlikle belli oluyor.

İşin gerçeği, bu eğilimin tersine dönebileceği tek bir senaryo bile bulamıyorum. Her şey, kimi zaman yavaşlayıp kimi zaman hızlanarak, ama hep aynı doğrultuda, korkuları artırarak devam edeceğini düşündürüyor.

Ülkelerimiz yirmi veya elli yıl sonra neye benzeyecek? Gerek siyasal gerekse entelektüel manzaradaki değişimlerin geçici olduklarının ortaya çıkacağını; terörizme veya göçlere ilişkin kaygıların gelip geçeceklerini ve toplumlarımızın bu zorlu sınavlardan daha cömert, daha hoşgörülü, daha yüce gönüllü olarak çıkacaklarını öngörebilmek isterdim. Ama ufukta görülen manzara hiç böyle değil. Bugün yaşayanların ve onların çocuklarının, torunlarının, bunun için bazı özgürlükleri ve bazı değerleri askıya almak gerekse bile, yüksek duvarlı, etkili bir şekilde korunan bir kalede yaşamak daha iyidir, diyecek seslere daha duyarlı olacaklarından korkuyorum.

Orwell *1984*'ün kahramanlarından birine sinikçe, "İnsanlar özgürlük ile mutluluk arasında seçim yapmak zorundaydı ve büyük çoğunluk mutluluğu seçiyordu" dedirtir. Kimse olayları bize bu kadar çiğ bir biçimde sunmuyor, ancak söz konusu ikilem bu yüzyıl bağlamında tamamen manasız da görünmüyor.

9

"Orwell'ci" sapmadan uzun uzun söz etmemin nedeni, demokrasinin, hukuk devletinin ve insanlık macerasına bir anlam veren değerlerin bütününün geleceğini tehlikeye atmasıdır. Ama ufukta, ne kadar kaygı verici olursa olsun, sadece bu tehdit gözükmüyor.

Toplulukların, bireylerin ve cemaatlerin kutsal egoizminin ağır bastığı, dağılmakta olan bir dünyada birçok durum karmaşıklaşıp kızışıyor, yönetilemeyecek hale geliyor.

Hiç önemsiz sayılamayacak bir örnek: İklimdeki bozulmalar. Birkaç onyıldır bilim insanları küresel ısınma ve bunun yol açabileceği felaketler konusunda bizi uyarıyor: Bazı kara parçaları su altında kalırken diğerlerinin kuraklığa maruz kalması, bunların yol açacağı kitlesel göçler, hatta ısı derecelerinin artık durdurulamayacak şekilde başını alıp gitmesi ve Dünya'nın yaşanamaz bir yer haline gelmesi...

Felaketi önlemek için şu ana kadar alınan tedbirlerin yetersiz, etkilerinin ihmal edilebilecek kadar düşük kaldığı ve tehlike işaretlerinin çoğaldığı konusunda sürekli uyarılıyoruz: Buzulların boyutları öngörülenden daha hızlı biçimde azalıyor, bazı deniz akıntıları çok düzensiz davranıyor, en uç meteorolojik hadiseler bugüne dek görülmemiş bir ritimle gerçekleşiyor. Ve geçen her yılın ardından, bugüne dek ölçülmüş en sıcak yıllardan biri olduğunu öğreniyoruz.

Bu konuda şüpheci olanların varlığını ve bir tartışma sürdürülmesinin meşru olduğunu görmezden gelmiyorum. Ama bu kadar çok sayıda saygıdeğer bilim insanı böyle bir kaygı sergiliyorsa, en azından hata yapmamış olabileceklerini de hesaba katmak gerekir.

İşin aslı, umarım yanılıyorlardır. Çünkü varsayımları, benim de çekindiğim gibi, ne yazık ki doğru çıkarsa, günümüzde hüküm süren yolunu yitirmişlik hali içinde felaketi bertaraf etmek zor olacak. Bir yönetici, bilim insanlarının uyarılarının ideolojik bir bakışın tetiklediği sızlanmalardan ibaret olduğunu ve mutlak önceliği ekonomik performansa vermeye devam etmek gerektiğini düşünüyor; bir başkası ülkesinin zaten yeterince çaba gösterdiği ve daha sanayileşmiş ya da çevreyi daha çok kirleten ülkelerin taşın altına ellerini koymaları gerektiği kanısında; bir diğeri ise erdemli demeçlerle veya gerçek sonuçlarını umursamadan, iyi medyatik yansımaları olan önlemlerle yetiniyor...

Hiçbir şey yapmamak veya mümkün olan en azını yapmak için öne sürülen nedenler ne olursa olsun, ayırt edici özelliği uluslararası mercilere karşı giderek artan bir kuşku ve her koyun kendi bacağından asılır deyişinin yüceltilmesi olan günümüz dünyasının bu çapta bir tehlikeyle başa çıkmak için gereken dayanışma atılımını gösteremeyeceği açıkça belli oluyor.

Gün gelecek, 2018 yılının Aralık ayında, Paris sokaklarında kaosun yaşandığı bir cumartesi gününün akşamı, bir Amerikan başkanının küresel ısınmaya karşı mücadele konusunda uluslararası sözleşmenin imzalandığı kentte ayaklanmalar çıktığı için memnuniyetini alenen ifade etmesi ürküntüyle karışık bir şaşkınlıkla hatırlanacak.

Bu iklim tehdidine Tarih'le ilgilenenler için daha az şaşırtıcı ama aynı ölçüde endişe verici bir tehdit daha ekleniyor: Silahlanma yarışı. Sovyetler Birliği parçalandıktan sonra durulan yarış, özellikle büyük küresel güçler olmayı veya yeniden o konuma gelmeyi düşleyen ülkeler ile onları engellemeye kararlı ABD arasında iyiden iyiye hız kazanıyor.

Son otuz, kırk yılda baş döndürücü bir hızla gelişen Çin gibi muazzam bir ulus doğal olarak dünya sahnesinde birinci planda rol oynama iddiasını taşıyor. Bunun için gerekli insan kaynaklarına, finansal imkânlara, sanayi kapasitesine sahip ve bazı yüksek askeri teknolojilerdeki gecikmişliğini dev adımlarla kapatıyor. Ayrıca uzun vadeli planlama yapabilecek bir siyasal sisteme de sahip ki bu da günümüz dünyasında az bulunan güçlü bir koz.

Pekin ile Washington arasında öncülleri görülen rekabet mecburen sert geçecek; çoğunlukla ticari, medyatik, diplomatik veya sibernetik bir savaş görünümüne bürünecek bu rekabete daha şimdiden dünyada ve uzayda dizginsiz bir silahlanma yarışı eşlik ediyor.

Rusya da daha önemli bir rol oynamayı planlıyor. Soğuk Savaş'tan harap olmuş, aşağılanmış ve morali bozuk çıkan Rusya, kaybettiği mevzileri –Suriye'deki gibi siyasi, hatta Kırım'daki gibi coğrafi bakımdan– yeniden kazanmaya uğraşıyor. Moskova açısından da çeşitli alanlarda gerek Washington, gerekse Batı'nın geri kalanıyla bilek güreşi başladı.

Bu büyük güçlerin yanı sıra, daha belirgin bir küresel veya bölgesel rol oynamaya niyetlenen ve silahlanma yarışına katılacak başka devletler de var: Hindistan, Pakistan, Türkiye, İran, İsrail, bu arada Fransa, Almanya, iki Kore veya Japonya ilk aklıma gelenler...

Böylesi bir "çekişme" ilk defa yaşanmıyor. Her yüzyılda bazı ülkelerin daha öndeki yerlere göz diktikleri, başkalarının da buna karşı çıktıkları, yerlerini yeniden ele geçirdikleri veya tam tersine geriledikleri, sonra da çöktükleri görülmüştür. Zaten onların çatışmaları bizimkilerden çok daha vahşice yaşanıyordu.

Ama kaydedilen bilimsel ilerlemeler nedeniyle, tehlikeli bilgilerin, becerilerin gezegenin tamamına yayılmış olması ve durmadan yeni ölüm makinelerinin geliştirilmesi çağımızı daha tehlikeli kılıyor. Birçok devletin yanı sıra radikal hareketler, hatta mafyatik örgütler bile bu silahlara sahip veya onları edinmeye uğraşıyorlar.

Bu nedenle çığırından çıkmaların engellenmesi daha zor görünüyor ve sonuçlar çok tahripkâr olabilir. Çevrelerine radyoaktif maddeler yayabilen ve etkisi koca bir eyaletten uzun süre silinmeyen "kirli bombalar"ı ya da daha beteri, içeriğinin bir kentin nüfusunu topluca yok edebileceği söylenen o cam tüpleri düşünüp de korkmamak mümkün mü?

Dünyada yeminli düşmanlarının kesin olarak icabına bakma düşleri kuran ve bazı koşullarda eyleme de geçebilecek o kadar çok aktör var ki... Beslenebilecek tek umut, asla bu imkânı bulamamaları!

• • •

İnsanlığın yapmayı bildiği en iyi şey, yapmayı bildiği en kötü şey tarafından bozuldu – zamanımızın trajik paradoksu budur ve pek çok alanda doğrulanmaktadır.

En umut verici ve türümüzün geleceği açısından en faydalı tıbbi ilerlemeler bile bu parçalanmış dünyada tehlikeli olabiliyorlar. Bilim yarın hücrelerin yaşlanma ve eskiyen organların değiştirilmesi süreçlerine hükmetmeyi, dolayısıyla insan ömrünü hatırı sayılır ölçüde uzatmayı başarırsa bu büyüleyici bir gelişme olmaz mı? Ama bu pahalı tekniklerin en az iki veya üç kuşak boyunca sadece dünya nüfusunun çok küçük bir bölümünün istifadesine açık olacağı ve o zaman bu seçilmişler azınlığının çağdaşlarından ayrılıp ömürleri diğer fanilerden çok daha uzun farklı bir insanlık oluşturacakları dikkate alındığında, bu gelişme ürkütücü bir görünüme bürünmez mi? Tüm eşitsizliklerin en üst sonucu olacak bu farklılık acaba nasıl yaşanacak? Uzun bir ömre sahip olma imkânından dışlananlar kaderlerine razı olacaklar mı? Tam tersine, öfkelerinin iki katına çıkacağı ve kanlı bir intikam düşü kurmaya başlayacakları varsayılabilir.

Peki ya ayrıcalıklılar? Yüksek duvarların arkasında barikatlarını kurup kendilerine tehdit olarak göreceklerini acımasızca yok etme eğilimi içine girmezler mi?

Bu olasılık geleceğe ait bir mesele gibi görünebilir ama aynı yönde bir diğer olasılık var ki çok daha yakın, hatta şu anda gerçekleşmekte... Yapay zekâda, robotlaştırma ve nano-teknoloji alanlarındaki mucizevi ilerlemelerden söz ediyorum; bunların sonucunda, şu ana kadar sadece insanlar tarafından yapılabilen sayısız faaliyet yüksek teknolojili makinelere devrediliyor.

Bu gelişimin kökleri tabii ki çok eskilere, sanayi çağının başlangıcına dayanıyor. O sırada sertçe eleştirilen, hatta şeytanlaştırılan makineleşmenin her şeye karşın faydalı olduğu ortaya çıktı, çünkü emekçileri en sevimsiz işlerden kurtarırken, maliyetlerin düşürülüp üretimin artırılmasını sağladı. Ama günümüzde yaşanan olayın niteliği farklı. Kopya ettirilmeye çalışılan sadece rutinleşmiş hareketler değil, artık inanılmaz derecede karmaşık insan zekâsı da taklit ediliyor, hatta giderek geçiliyor.

Herkesin bildiği üzere, günümüzün hem en iyi satranç hem de en iyi go oyuncuları bilgisayarlar. Bütün bunlar buzdağının görünen yüzünün tepesine dikilmiş iki bayrak sadece...

İnsanların yerini makinelerin almakta olduğu tüm sektörlerde, ulaşımda, ticarette, tarımda, tıpta veya sanayi üretiminde her gün biraz daha doğrulanıyor bu olgu. Daha şimdiden şoför robotlar, nakliyeci robotlar, resepsiyoncu robotlar, kasiyer robotlar, çevirmen robotlar, cerrah robotlar, güvenlikçi robotlar vb var. Bu sonu gelmeyen liste araştırma alanında kaydedilen ilerlemelerle birlikte durmadan uzuyor. Her şey, "mekanik kuzenlerimizin" gelecekte evlerimizde, sokaklarımızda, ofislerimizde, mağazalarımızda ve fabrikalarımızda, kısacası her yerde olacaklarını düşündürüyor.

Bazen uygun olmasa da sürekli "robot" terimini kullanıyorum. Belirli bir zekâ veya beceri derecesiyle donatılmış makineler her zaman insan görünümünde olmuyor ve bazılarının kolları, bacakları, bir kafaları ve sesleri olsa da, diğerleri sadece parlak ve şakırtılı makineler görünümündeler. Ama birçok dilde de bu şekilde benimsenen sözcük, Çekçe kökenindeki insanın kendi suretinde yaratılmış bir mahlukun sırtına yıkarak kurtulacağı, zahmetli, sevimsiz veya fiziken yapması imkânsız bir mitsel iş fikrini koruyor.

Yarın Mars, Jüpiter ve Satürn'e veya daha da uzak yerlere, Güneş sisteminin dışındaki gezegenlere keşfe çıkılmak istendiğinde, robotlardan başka astronot olarak kim gönderilebilir ki? Sadece onlar, bizim kaldıramayacağımız atmosfer koşullarındaki otuz veya seksen yıl sürecek uçuşları başarabilir. Sadece onlar, oksijen azlığını dert etmeden, Ay'da kalıcı bir üs kurabilir.

O zaman, insan astronotlar destanından geriye, bir kahramanlık çağının, el yordamıyla ilerlenen ilk dönemlerin anılarından başka bir şey kalmayacaktır.

Benzer bir hadise, en azından en zengin ülkeler için, askeri alanda da gerçekleşebilir. Aynı görevler dronların desteğindeki robotlar tarafından gerçekleştirilebilecek olduktan sonra, niçin askerlerini ölüme göndersinler? İşi bilimkurguya dökmüş gibi görünebilirim, ancak bazı devletler bu sorunu şimdiden gündemlerine almış durumdalar ve araştırmacılar her gün konu üstünde çalışıyorlar.

Gerçi bir insan askerin bir otomattan çok daha iyi altından kalkabileceği görevler var. Ama bunun tam tersi de yine o kadar doğru. Bir robot saatte yüz kilometre koşmaya programlanabilir ve bir sincap, fil veya fare boyunda olabilir. En önemlisi de, savaşta "ölürse" iç cephede hiçbir çalkantıya yol açmamak gibi muazzam bir üstünlüğe sahiptir. Ne ceset torbası, ne bayrağa sarılmış tabutlar, ne yaslı aileler, ne travmatik gaziler ne de "çocuklarımızı geri getirin" diye yapılan gösteriler... Tabii ki karşı cephede kurbanlar olmaya devam edecektir ama bu, yöneticilerin siyasal ve medyatik olarak yönetmekte hiç zorluk çekmeyecekleri farklı türden bir sorun oluşturuyor.

Bazen ne kadar mükemmelleştirilmiş olurlarsa olsunlar, tüm bu robotların arkasında her zaman insan eli ve beyni bulunduğunu hatırlatarak içimizi rahatlatmaya çalışıyoruz. Kuşkusuz öyle ama sorun bu değil. Konu, büyük İ ile yazılmış İnsan'ın gerekliliğini korumaya devam edip etmeyeceğini bilmek değil; yirmi veya kırk yıl sonra hâlâ kaç insana ihtiyaç duyulacağı söz konusu. Eğer günümüzdeki robotlaştırma eğilimi sürerse, yüz milyonlarca iş kaybolacak ve birkaç onyıl içinde türdeşlerimizin sadece küçük bir bölümü zenginliklerin üretiminde rol oynamaya devam edebilecek.

Peki diğerleri, milyarlarca insan ne olacak? İş dünyasından tasfiye edilmiş, marjinalleştirilmiş ve sözcüğün tam anlamıyla "kullanılmaz" olarak nasıl yaşayacaklar? Onlara insan dayanışması adına, "faydalı" azınlık tarafından mı bakılacak? Bu durum onların gereksiz, boşuna kalabalık eden, asalak ve potansiyel zararlı kişiler olarak algılanmasına yol açma tehlikesini barındırmayacak mı?

O zaman binlerce yıl boyunca sabırla oluşturulmuş insanlık kavramının manası boşaltılmış olacak.

• • •

Bu yüzyılda karşılaştığımız veya karşılaşacağımız tehlikelerden birkaçını gözden geçirdim. Pek çok başka tehlike saymak da mümkün!

Bazılarıyla, doğrudan bilgimizdeki ilerlemelerden kaynaklandıkları için, bir gün mutlaka yolumuz kesişecek; bazılarının ortaya çıkışı ise daha çok son dönemde yolumuzu çeşitli şekillerde yitirmemizden.

Her halükârda, öngörülemez, rastlantılara bağlı ve daha epey süreceği anlaşılan bir alana girmiş bulunuyoruz. Çağdaşlarımızın çoğu ilerleme ve refahın hüküm süreceği bir geleceğe artık inanmıyor. Nerede yaşarlarsa yaşasınlar, şaşkın, öfkeli, mutsuz, pusulalarını yitirmiş haldeler. Çevrelerindeki kaynaşan dünyaya kuşkuyla bakıyor ve tuhaf palavracılara kulak vermeye yatkın görünüyorlar.

Artık rotadan her türlü sapma mümkün ve hiçbir ülke, hiçbir kurum, hiçbir değer sistemi, hiçbir uygarlık bu çalkantıların içinden zarar görmeden geçebilecek gibi durmuyor.

Sonsöz

No siempre lo peor es cierto.
En kötüsü her zaman gerçek değildir.

Pedro Calderon de la Barca (1600-1681),
bir komedisinin başlığı

Yaşamak durumunda kaldığım kafa karıştırıcı dönemle ilgili bu düşünce çabasına girişirken, kendimden ancak doğrudan veya yakınlarım aracılığıyla olayların görgü tanığı olmuşsam ve birinci tekil şahısta bir anlatıyla bazı şeylere ışık tutabileceksem bahsetmeye içimden söz vermiştim. Seyircilik rolümden ayrılmayı ve olayları görüş tarzıma ölçüsüz bir yer ayırmayı hiç istemiyordum.

Hatta birkaç kez iki bölümün arasında durup, bir "göz yanılması"nın kurbanı olmadığımdan, batmakta olanın sadece benim dünyam –annemin Mısır'ı, babamın Lübnan'ı, Arap uygarlığım, ikinci vatanım Avrupa, ayrıca cesur evrenselci ideallerim– değil, dünyanın kendisi olduğundan emin olmaya çalıştım. Ama her seferinde, ne yazık ki yanılmadığıma kanaat getirip yeniden yazmaya koyuldum.

Hayır, benim ağzımdan size seslenen nostalji değil, gelecek kaygım, çocuklarımın, torunlarımın ve onlarla aynı zamanı paylaşacakların bir karabasan dünyasında yaşayacakları konusunda hissettiğim haklı korku konuşuyor. Aynı zamanda insanlık macerasına bir anlam veren her şeyin yok olacağından da endişeliyim.

Kitabın daha ilk paragrafında kucağında doğduğum can çekişen uygarlıktan söz ettiğimde, sadece Doğu Akdeniz uygarlığını kastetmiyordum. Kuşkusuz o, deyim yerindeyse, ölüm döşeğine diğerlerinden daha yakındı; her zaman kırılgan, titrek, yitip gidecek gibiydi, şimdi ise harabe halinde. Ama sahiplendiğim, beni beslemiş olan ve bugün sulara gömülme tehlikesiyle karşı karşıya kalmış tek uygarlık o değil.

Kökenimin ait olduğu uygarlıkla ilgili olarak şunu da eklemek zorunda hissediyorum kendimi: Yok oluşu içinde yetişmiş insanlar açısından ister istemez bir trajedi olsa da, dünyanın geri kalanı açısından da buna benzer bir acı söz konusudur. Nitekim o çoğul

Doğu Akdeniz hayatta kalıp, serpilip gelişebilseydi insanlık, tüm uygarlıklarıyla birlikte, bugün gözlemlediğimiz sapmadan kaçınabilirdi diye düşünüyorum ve buna inanıyorum.

Karanlık, yeryüzüne benim doğduğum topraklardan başlayarak yayılmaya koyuldu.

Birkaç yıl önce bu son cümleyi yazmakta tereddüt geçirirdim, kendi tecrübemden ve yakınlarımın tecrübesinden hareketle kabaca genelleme yaptığım izlenimine kapılırdım. Bugün ise dünyayı sarsan ihtilaçların son yarım yüzyılda Arap dünyasını sallayan çalkantılara doğrudan bağlı olduğu konusunda artık hiçbir kuşkuya yer kalmadı.

Ocak 1952'de Kahire'nin merkezini ve yarım yüzyıl sonra New York'taki İkiz Kuleler'i tutuşturan alevlerin aynı yangının parçaları olduğunu ileri sürecek değilim. Ama bugün herkes "benim" vatanım olan Doğu Akdeniz'in batışı ile diğer uygarlıkların batışı arasında bir neden-sonuç ilişkisi bulunduğunu görebilir.

Yetmiş yıllık ömrüm boyunca sonu gelmez bir dizi halinde sıralanan pek çok olaya yakından veya uzaktan tanıklık edebildim. Şimdi bakışlarımla, aynı freskin parçalarıymışlar gibi, hepsini birden kucaklıyorum. Ana eksenleri, iç içe geçen renkleri, gölgelendirilmiş alanları, kıvrımları, büklümleri algılıyorum ve beni çevreleyen evrenin şifresini eskisinden daha iyi çözebildiğimi hissediyorum.

Karmaşık gelişmelere fazlasıyla kesin tarihler biçerek gözü karalığı bazen biraz ileri götürdüğümü yadsımayacağım; örneğin Arap umutsuzluğunun 5 Haziran 1967'de doğduğunu veya dünyada "büyük değişim yılı"nın 1979 olduğunu yazdım. Daha yaklaşık ve saldırıya daha az açık ifadelerle yetinebilirdim. Ama zaman kaybetmemeye, etkililiğe ve berraklığa öncelik vermek istedim. Olayların yakın ve dikkatli bir tanığı olarak sezgime güvendim ve ihtiyatsız açıklamalarımın barındırdığı hakikat kırıntılarının ufukta bekleyen faciaları gerçekten anlamak isteyenlere faydası olacaklarını ümit ettim.

• • •

Bu kitapta yaptığım gibi, eli kulağında bir batış endişesi yaratmakla, beni okuyacakları umutsuzluğa sevk etme tehlikesini göze almış olmadım mı?

Cesaret kırıklığı aşılamak gibi bir niyetim katiyen yok ama bu yüzyılda içinden geçtiğimiz ağır koşullarda aklı başında, samimi ve güvenilir kalmak herkesin görevidir. Aynı zamanı paylaştıklarımızın korkularını yatıştırmak için tehlikelerin gerçekliğini yadsımak ve dünyanın acımasızlığını azımsamak yolunu seçersek, çok geçmeden olaylar tarafından yalanlanmak tehlikesiyle karşı karşıya kalırız.

Geleceğin yolları pusularla doluysa, takınılacak en berbat tavır, her şey çok güzel olacak diye mırıldana mırıldana gözü kapalı ilerlemek olacaktır.

Ayrıca silkinip toparlanmanın hâlâ mümkün olduğuna eminim. İnsanlığın bugüne kadar inşa ettiği her şeyin yok oluşuna uslu uslu boyun eğeceğine inanmam zor. Bu şekilde yolunu yitiren tüm toplumlar ve tüm uygarlıklar kaybetmeye mahkûmdur, ancak rota tekrar yakalanırsa hepsi galip çıkmayı başarabilir. Bunun bilincine varıldığı gün, tavırlar kökten değişecek, sapma önlenecek ve kurtarıcı bir dinamik işlemeye başlayacaktır.

Bu nedenle bıkmadan, göz yummadan, cesareti kırılmadan, özellikle de hırçınlaşmadan tehlikeyi haber vermek, açıklamak, çağrıda bulunmak, önceden uyarmak gerekli, hatta zorunludur. Günümüzde yaşanan facialarin mekanizmalarını hiç kimsenin denetleyemediği bir çarkın işleyişinin sonucu olduğunu, zenginiyle yoksuluyla, güçlüsüyle zayıfıyla, yönetenleriyle yönetilenleriyle, isteyelim veya istemeyelim, aidiyetlerimiz, kökenlerimiz veya kanaatlerimiz ne olursa olsun, hepimizin bu çarkın içine sürüklendiğini hiç aklımızdan çıkarmamalıyız.

Gündemin aciliyetlerinin ve iniş çıkışlarının ötesinde, bu asrın curcunası ve kulakları sağır eden gevezeliklerinin ötesinde, temel bir kaygı düşünce ve eylemlerimize sürekli yol göstermeli: Çağdaşlarımızı, kimlik, ulus veya din konusundaki kabileci anlayışlara tutsak kalarak ve kutsal egoizmi yüceltmeye devam ederek, çocuklarına kıyamet misali bir gelecek hazırladıklarına nasıl ikna edebiliriz?

Çeşitli nüfus topluluklarının böylesine yan yana yaşadıkları, sayısız elde bu kadar çok sayıda imha gücü yüksek silahın bulunduğu bir dünyada, herkesin tutkuları ve aç gözlülükleri serbest bırakılamaz. Herhangi bir "kolektif hayatta kalma içgüdüsü" sayesinde tehlikelerin kendiliklerinden bertaraf edileceği düşünülüyorsa, bu iyimserlik ve geleceğe inanmak değil, inkârcılık, körlük ve sorumsuzluktur.

• • •

Bu kitapta değindiğim tehlikelerle ilgili, son yıllarda –eğer rota sapması giderilmezse yarın neler olup bitebileceği hakkında bir ön bilgi niteliğinde– açıklayıcı, hatta bazen kaygı verici başlangıçlarla karşılaştık... Bu felaketler tam anlamıyla tepemize inmeden önce, yaşananlardan ders çıkarmayı becerebilecek miyiz? Çok geç olmadan toparlanıp dümeni doğru yöne kırmak için gereken cesarete sahip olabilecek miyiz?

Hâlâ bunu ümit etmek istiyorum. İnsanlık gemisinin, bir zamanlar *Titanic*'in başına geldiği gibi, tehlikeden bihaber ve yok edilemezliğine inanmış bir halde mahvoluşa doğru seyretmesi, sonra da gecenin içinde orkestra *Sana daha yakın olmak için Tanrım*'ı çalar ve şampanya su gibi akarken, sonunu getirecek buzdağına çarpıp batması çok üzücü olur.